dtv
premium

Jess Jochimsen

BELLBOY

ODER: ICH SCHULDE PAUL EINEN SOMMER

Roman

Deutscher Taschenbuch Verlag

Von Jess Jochimsen sind im
Deutschen Taschenbuch Verlag erschienen:
Das Dosenmilch-Trauma. Bekenntnisse eines 68er-Kindes (20370)
Flaschendrehen oder: Der Tag, an dem ich Nena zersägte (20568)

Originalausgabe
Oktober 2005

www.dtv.de

Lektorat: Edition diá, Berlin (www.editiondia.de)
Umschlagkonzept: Balk & Brumshagen
Umschlaggestaltung: Stephanie Weischer unter Verwendung von Fotos
von © gettyimages / Juxtapose und Comstock
Satz: Regina Leonhart, Freiburg
Gesetzt aus der Garamond Regular 10,25 / 12,75'
Druck und Bindung: Kösel, Krugzell
Gedruckt auf säurefreiem, chlorfrei gebleichtem Papier
Printed in Germany · ISBN 3-423-24477-1

And the things you can't remember,
tell the things you can't forget.

Tom Waits

Dedicated to the boys of summer
Für Dieter, Sascha und Jan
Und in Erinnerung an Uli,
der so fehlt

1

Paul trat in mein Leben wie ein Hautausschlag. Wie eines dieser Ekzeme, die ich als Kind öfter hatte, wenn es besonders heiß war im Sommer. Urplötzlich bekam ich dann Pusteln am linken Oberarm, ich merkte es erst gar nicht, und auf einmal waren sie da, kleine rote Pusteln mit weißen Köpfen, sie breiteten sich aus zu einem handtellergroßen Feld und juckten.

»Eigenschweißallergie«, diagnostizierte Doktor Söhnlein, der Kinderarzt, »nichts Tragisches. Das gibt sich.«

Es gab sich nicht, der Ausschlag begleitete mich den ganzen Sommer lang, hartnäckig und zäh. Ich konnte machen, was ich wollte, waschen, eincremen, Pflaster draufkleben, das Ekzem durch Kratzen in ein blutiges Schlachtfeld verwandeln, nichts half. Der Ausschlag war nicht wegzukriegen, »hier gefällt es mir, hier bleibe ich«, schien er damit sagen zu wollen. Nie breitete er sich aus, er beschränkte sich auf seinen Kreis von rund zehn Zentimetern Durchmesser auf meinem Oberarm. Dabei hätte es durchaus Stellen gegeben, an denen ich mehr schwitzte, vor allem Stellen, die man nicht so sah, Oberarm war ganz blöd, ärmellose Shirts konnte ich vergessen. Obwohl *er* sie mochte, der Ausschlag wollte gesehen werden. »Guckt her, Leute, bin ich nicht ein schmucker Eiterherd.« Luft tat ihm gut, Luft und in Ruhe gelassen werden. Aber weg ging er nicht. Und allzu lange durfte man ihn auch nicht ignorieren, dann begann er zu nässen und zu jucken, als riefe er: »Du könntest mich ruhig mal wieder beachten. Komm, lass uns was machen.« Ich gewöhnte mich an den Ausschlag, ich war nie allein, gemeinsam gingen wir vormittags zur Schule und nachmittags ins Schwimmbad, wir spielten Fußball, hingen gemeinsam rum, stritten und verliebten uns gemeinsam. Manchmal ließ er mich machen, manchmal war er eifersüchtig. Und irgendwann wurden die Tage kürzer, der Herbst kam, und das Ekzem verschwand. Ohne Tschüs zu sagen, unmerklich. Na ja, nächsten Sommer sehen wir uns ja wieder, dachte ich, und so war es auch. Bis ich wegzog.

In die Stadt hat es der Ausschlag nie geschafft, er war ein Landei und brauchte seine gewohnte Umgebung. Bis zum 8. April 2003, jenem Tag, an dem Paul in mein Leben trat. Oder besser gesagt: wieder in mein Leben trat. Paul ist mein Cousin, mehr als zehn Jahre hatte ich ihn nicht gesehen, er blieb zurück in der Provinz, in der miefigen Enge von Elternhaus und Verwandtenbesuchen, von grauen Reihenhaussiedlungen, einsamen Bushaltestellen und traurigen Stadtfesten. Er blieb zurück in der Welt der Ausfallstraßen, der Sonntagskleidung, der Ohrfeigen, der »Willst du mit mir gehen?«-Zettelchen, er blieb zurück in dem Leben mit Hautausschlag, das ich verlassen hatte.

Ich spülte gerade den Weinkelch, als es klingelte. Durchs Küchenfenster sah ich auf der Straße ein Taxi mit laufendem Motor. Ich trocknete mir die Hände ab, und mein Oberarm begann zu jucken. Ein vertrautes Gefühl, mechanisch kratzte ich mich. Im Gehen rieb ich mit dem Abtrockentuch über die Haut und öffnete die Tür.

»Gehört der Irre zu Ihnen?«, fragte ein Mann, der aussah und roch wie ein Taxifahrer. Neben ihm stand die Vergangenheit.

»Paul! Was machst du denn hier?«, rief ich und legte das Tuch weg.

»Sind Sie«, der Taxifahrer kramte nach einem Papierfetzen, »sind Sie Lukas Baumgarten?« Er reichte mir den Zettel.

»Ja.«

»Dann kriege ich sechsundzwanzig Euro.«

Paul griff sich in den Schritt. »Wenn man's zu oft macht, kriegt man krumme Finger.«

»Was tust du denn da?«

»Krumme Finger kriegt man«, wiederholte er.

»Der ist völlig bekloppt«, sagte der Taxifahrer, »aber hier ist er wohl gut aufgehoben.« Er zeigte auf das Klingelschild, auf dem nicht nur mein Name, sondern auch der der Kirchengemeinde stand. »Kann ich jetzt meine Kohle haben?«

Konsterniert gab ich ihm das Geld.

»Wegsperren sollte man solche«, sagte der Taxler, »wegsperren, und fertig. Servus.« Er ging.

»Paul«, sagte ich, und noch mal, »Paul«. Mehr brachte ich nicht heraus, und mein Oberarm juckte.

»Ich hab sie verloren.« Paul begann zu weinen.

»Wen hast du verloren?« Was, zum Teufel, war hier los? »Komm doch erst mal rein.«

»Man darf sie nicht verlieren.«

»Wen? Paul, Herrgott, was hast du denn?«

»Die Zähne.«

»Was ist damit?«

»Ich hab sie verloren.«

»Jetzt spinn doch nicht rum, Paulemann.«

Mein linker Oberarm brannte wie Feuer. Ich ignorierte ihn und sah Paul an. Mein kleiner Cousin. Achtundzwanzig musste er mittlerweile sein oder neunundzwanzig, ungefähr zwei Jahre jünger als ich. Er stand da, wie er immer da stand: schief. Das linke Bein leicht vorgestellt, die Schultern eingezogen, demütig, als würde er darauf warten, dass ihm jemand sagte, was er tun sollte. Er zog die Nase hoch und schniefte. Einmal Heulsuse, immer Heulsuse. Seine Zähne waren, soweit ich erkennen konnte, alle an ihrem Platz.

»Sind doch noch alle da«, sagte ich.

»Doch nicht die.«

»Ja, welche dann?«

»Die aus Milch.«

»Deine Milchzähne?«

»Die darf man nicht verlieren.«

»Bist du meschugge, Kleiner?«

Paul schrie auf und schluchzte. Aus seinem Schluchzen wurde ein gellendes Heulen. Er warf sich auf den Boden und strampelte mit den Beinen. Seine Fäuste trommelten gegen den Türpfosten. Wie ein Insekt, das auf den Rücken gefallen war, früher hatte er das oft gemacht, wenn er bei Mensch-ärger-dich-nicht verloren hatte oder nicht mitspielen durfte. »Brüllkäfer«, hatten wir ihn dann genannt.

»Hör auf, Paul!«

»Ich will aber nicht!«

Was passierte hier? Mein kleiner Cousin war verrückt, komplett durchgedreht. Wie kam er eigentlich hierher? Was sollte das alles? Und was hatte ich damit zu schaffen? Ich kratzte mich mit den Fingernägeln am Arm.

»Ich hatte sie«, Paul rappelte sich hoch, »die Zähne aus Milch, gestern hatte ich sie noch.«

Ich hielt ihn an den Schultern fest. »Paulemann, ich habe keinen Schimmer, was passiert ist, aber deine Milchzähne hast du schon länger verloren. Jeder verliert sie, das ist normal.«

»Ich hätte sie aber noch gebraucht.« Er griff sich wieder in den Schritt.

»Was packst du dir eigentlich dauernd an deinen Dödel?«

»Wenn man's zu oft macht, kriegt man krumme Finger.«

»Und das willst du?«

»Will ich nicht.«

»Ja, dann lass das. Wer erzählt dir überhaupt so was?«

»Dietsche sagt das.«

»Dietsche sagt viel.«

»Er sagt auch, dass man die Zähne wieder reinmachen kann.«

»Unsinn. Verarschen wollte er dich.«

»Mama sagt das auch.«

»Tante Erika? Nein, Paul, das hat sie bestimmt nicht gesagt.«

»Hat sie wohl.«

Irgendwas war passiert. Irgendetwas musste sich in den letzten zehn Jahren ereignet haben, von dem ich nichts mitgekriegt hatte. Vielleicht sogar früher. Paul war immer schon seltsam, eine Memme, eine Nervensäge, aber verrückt war er definitiv nicht gewesen. Ich musste Lena anrufen, sie würde Bescheid wissen. Oder besser Dietsche. Genau. Schließlich war er sein Bruder. Am besten sollte er gleich herkommen und Paul mitnehmen. Ich hatte damit nichts zu tun. Familienscheiße.

»Darf ich fernsehen?« Paul schien sich gefangen zu haben.

»Klar. Der Fernseher steht in der Küche. Magst du was trinken?«

»Hm«, Paul fummelte am Fernsehgerät, »kann ich eine Cola?«

»Hab ich nicht. Aber Bier und Wasser sind im Kühlschrank.«

Er beachtete mich gar nicht. Der Fernseher lief mittlerweile, und Paul setzte sich auf einen Stuhl. Nach ein paar Sekunden stand er auf, lief zum Fernseher, schaltete um und setzte sich wieder. Es liefen Nachrichten.

»Mag ich nicht«, sagte er, stand wieder auf und ging zum Fernseher.

»Schon mal von der Erfindung der Fernbedienung gehört?« Paul reagierte nicht. Diesmal blieb er am Gerät stehen und schaltete durch die Programme. Bei einem Zeichentrickfilm blieb er hängen.

»Wo läuft Speedy Gonzalez?«

»Keine Ahnung. Gibt's das überhaupt noch?«

»Egal.«

Er setzte sich hin. Und starrte auf die Mattscheibe. Lieblos gezeichnete japanische Mädchen spielten Volleyball.

»Die haben gar keine Titten«, sagte er, »aber die eine ist nett.«

Ich halt das nicht aus, dachte ich, das geht über meine Kräfte.

»Bleib mal einen Moment hier, ich bin gleich zurück.«

Ich trat ins Treppenhaus und horchte, ob ich Musik hörte. Keine Musik. Also war Stevie nicht da. Wenn man ihn einmal brauchte ... Trotzdem stieg ich die Stufen hoch, sicher war sicher.

»Stevie, Stefan, bist du da?« Keine Antwort. Der Herr Pfarrer war aushäusig.

Ich atmete durch. Das kriege ich auch allein hin, wenn nur mein Oberarm nicht so jucken würde. Erst jetzt bemerkte ich, dass ich den Zettel, den mir der Taxifahrer gegeben hatte, immer noch in der linken Hand hielt. Ich zerknüllte ihn und steckte ihn in die Hosentasche. Ein Stockwerk tiefer, fand ich meine Haustür verschlossen. Nicht auch das noch!

»Paul. Kannst du bitte die Tür aufmachen.« Ich klopfte meine Taschen ab, obwohl ich es schon wusste: kein Schlüssel, kein Handy, keine Kippen.

»Paulemann!«

Von drinnen hörte ich das tumbe Zack-Bumm des Zeichentrickfilms. Ich klingelte und trat mit dem Fuß gegen die Tür. »Paul, mach auf!«

Ich könnte sie aufbrechen, dachte ich. Wie im Film, Anlauf nehmen, einmal mit voller Wucht dagegen und dann mit der Tür in die Wohnung segeln. Abrollen, und ehe Paul bemerkt haben würde, was los war, könnte ich ihm eine einschenken. Hier, nimm meine Rechte! Ich könnte aber auch den Schlüsseldienst rufen.

Nur wie, ohne Handy. Wo war eigentlich das nächste Münztelefon? Ich ging im Geiste die Straßen der Umgebung ab. Zum Teufel, ich hatte ja nicht mal Geld einstecken, außerdem funktionierten die ja nur mit Karte. Wieso heißen sie dann Münztelefon? Leck mich doch! Was ist eigentlich aus den ganzen schönen gelben Häuschen geworden? Ich machte einen letzten halbherzigen Versuch.

»Paul!«

Irgendwann würde Stevie heimkommen, er hatte einen Schlüssel. Ich hörte Geräusche hinter der Tür.

»Wieso bist du weggegangen?« Pauls Stimme klang anders. Leise und bestimmt.

»Ich bin nur kurz zu meinem Vermieter hoch. Mach auf, ich hab keinen Schlüssel mit.«

»Nein, damals. Wieso bist du weggegangen?«

»Hör mal zu, das ist meine Wohnung, du öffnest jetzt die Tür, sonst kannst du was erleben.« Keine Antwort. »Soll ich die Bullen rufen, oder was? Lass mich jetzt rein, verdammt noch mal.«

»Ich soll keine Fremden reinlassen.« Paul kicherte.

»Ich bin kein Fremder, sondern dein beschissener Cousin.«

»Und warum bist du dann weg?«

»Hör jetzt endlich mit dem Blödsinn auf! Wir sind erwachsene Menschen.«

Das wirkte. Die Tür öffnete sich, und Paul stand im Türrahmen. Kerzengerade, bewegungslos. Er stand einfach nur da und sah mich fragend an.

Erwachsene Menschen, hatte ich gesagt, aber bei ihm war ich mir da eigentlich nicht mehr so sicher.

»Paul«, begann ich vorsichtig, »ich weiß echt nicht, was los ist ...«

»Dann erzähl's mir.« Trotz lag jetzt in seiner Stimme.

»Was denn?«

»Alles.«

So geht das nicht, dachte ich, so geht das einfach nicht. Nicht mit mir. Er konnte doch nicht aus heiterem Himmel hier auftauchen und den Hampelmann spielen. Wir hatten uns ewig nicht gesehen. Streng genommen war er ein Fremder für mich. Das sah er ja selber so. Ich lebte mein Leben und er seins. Fertig. Ich sah ihn ernst an und dachte: Wir gehen da jetzt rein und rufen zu Hause an. Ende der Ansage.

Obwohl ich kein Wort gesagt hatte, kippte etwas in ihm, seine Schultern sanken ein, den rechten Fuß zog er zurück.

»Egal.« Er drehte sich um und schlurfte Richtung Küche. »Kann ich noch fernsehen?«

»Ja, ja. Ich komme gleich nach.«

Ich setzte mich auf die erste Treppenstufe. Die Hitze drückte von draußen ins Treppenhaus. Einen Jahrhundertsommer hatten sie angekündigt. Ich kratzte mich am linken Oberarm, hinschauen brauchte ich nicht, ich wusste es: Er war wieder da. Paul war wieder da. Und der Ausschlag war wieder da. Ich kramte in meinen Hosentaschen und zog den Papierfetzen hervor. Auf dem Zettel stand in Kinderschrift mein Name und meine Adresse. Und darunter der Satz: »Er muss es wissen.«

2

Ich weiß nicht, wie lange ich im Treppenhaus gesessen hatte. Als ich in die Wohnung kam, war der Fernseher aus und Paul schlief. Er lag angezogen und zusammengerollt auf meinem Bett. Völlig friedlich, wie ein Kind, in Embryonalstellung. Ich kratzte mich am Arm. Was hatten sie dir nur angetan? Ich wusste nichts von ihm. Die letzten Jahre daheim hatte ich mich nicht mehr für ihn interessiert, genau genommen schon vorher nicht wirklich. Ich ging aufs Gymnasium, so wie Dietsche und Lena auch, er machte Realschule. Und dann irgendeine Lehre. Schlosser oder so was Ähnliches. Irgendwas, was keiner brauchte.

Bei Dietsche meldete sich niemand, bei meiner Schwester sprang der Anrufbeantworter an und versprühte heile Welt: »Das ist der Anschluss von Hubert, Lena, Carina und Hendrik Baumgarten-Küppers. Wir sind alle ausgeflogen. Hinterlasst eine Nachricht, und wir rufen zurück.«

Alle vier gleich, Spitze. Ich legte auf. Wie ich dieses Geschwafel hasste ... »Das ist der Anschluss einer intakten Familie. Bitte behelligen Sie uns nicht mit Ihren Problemen.«, »Das ist der Anrufbeantworter der Familie Baumgarten-Küppers, wieso rufen Sie nachmittags an? Sie wissen doch, dass wir da arbeiten, wie andere anständige Leute auch. Schließlich haben wir gebaut, und irgendwer muss die Raten ja abbezahlen.«, »Hier spricht Lena Baumgarten-Küppers aus der Provinz, und das Wildeste, was ich in meinem Leben je gemacht habe, ist der Doppelname.«, »Hallo, hier ist Lena. Lukas, du weißt doch, wie's läuft: Hubert ist auf Dienstreise, die Kleinen sind im Kindergarten oder beim Sport, und ich vögel gerade mit dem Nachbarn.«

Und ich hatte Paul am Hals ... Tauchte einfach hier auf, wie aus einer Anstalt entlaufen, mit einem Zettel in der Hand. Völlig krank. *Was* musste ich wissen?

»Hallo Tante Erika, Lukas ist dran.«

»Menschenskinder, Lukas, das ist ja eine Überraschung, dass du anrufst. Wir haben ja schon Ewigkeiten nichts mehr von dir gehört. Was macht das Studium? Wie geht's denn immer?«

»Geht so, Tante Erika. Was ich sagen wollte ...«

»Lukas, ach Lukilein, das ist wirklich schön. Du musst uns mal wieder besuchen. Wie lang ist das her? Warst du in letzter Zeit mal am Grab? Lena kümmert sich wirklich ganz toll darum. Sie hat Azaleen gepflanzt und Begonien und so was Modernes aus Asien, sieht aber wirklich prima aus. Ich komme ja auch nicht so oft hin, weil doch der Sepp im Koma liegt, es ist furchtbar. Du weißt schon, der Sepp, dein Großonkel von hinter Wasserburg. Er hat Dietrich mal dieses Mofa geschenkt.«

»Erika, hör doch mal ...«

»Ach Lukas, manchmal machen wir uns schon auch Sorgen um dich. So alleine in der Stadt. Und München ist ja auch so groß. Lukas, Junge, du musst wirklich mal rausfahren zu uns. Sie haben doch die Bundesstraße ausgebaut, da bist du in null Komma nichts heraußen bei uns. Dietrich würde sich sicher auch freuen, er wohnt ja jetzt wieder hier, bei den Hofers zur Untermiete, von der Apotheke, du weißt schon, aber nur, bis er was Besseres findet. Er ist ja auch regelmäßig beim Sepp zu Besuch ...«

»Tante Erika! Paul ist hier.«

»In München? Das ist gut. Hat der Hubert auch gesagt. In München können sie ihm sicher weiterhelfen. Hat er gesagt. Da wird er bestimmt auch eine Arbeit finden. Oder so eine Umschulung. Weil, da sind doch auch die ganzen Ämter und alles. Ach, mein Paulchen.«

»Paul ist krank, Erika. Er ist krank. Er ist heute hier reingeschneit ...«

»Deswegen ging das ja auch nicht mehr beim Gschwandtner. Also, wo Paul zum Schluss war, beim Gschwandtner. Tiefbau, du weißt schon. Das ist zu stressig, aufm Bau. Und der Paul war immer schon sensibel. Hat der Doktor Söhnlein auch gesagt, das kommt vom Stress. Jetzt soll er sich erst mal richtig erholen, dann wird das alles wieder, hat der Doktor gesagt. München ist gut, da können sie ihm ...«

»Tante Erika. Was ist los? Kannst du bitte herkommen und Paul abholen?«

»Wieso? Nein! Das geht gar nicht. Wie stellst du dir das denn vor?«

»Er ist dein Sohn, Tante Erika. Ich kann mich hier nicht um ihn kümmern, ich, ich hab zu tun, ich muss arbeiten.«

»Der Nebenjob in deinem Pfarramt, oder was? Das ist doch keine Arbeit. Herrschaftszeiten, Lukas. Jahrelang hört man keinen Ton von dir. Und jetzt, wo du was brauchst, rufst an.«

»Es geht doch gar nicht um mich.«

»Wo deine Eltern gestorben sind, da waren wir gut genug. Für dich und die Lena. Aber seit du in der Stadt bist ... Die Lena kümmert sich wenigstens ums Grab. Und um die Familie, aber du ... Wie lang hast du dich nicht mehr gemeldet, ha? Wir haben hier auch zu tun.«

»Ja, Tante Erika. Was soll ich jetzt mit Paul ...«

»Paul ist erwachsen, Lukas. Er weiß schon, was er tut. Und auf mich hört er ja eh nicht. Wie er sich aufgeführt hat die letzte Zeit. Die Leute haben ja alle schon geredet. Aber das kommt vom Stress, sagt der Doktor Söhnlein. Das wird schon wieder. München ist gut. Erst mal erholen. Und dann kommt ihr mal heraus zu uns. Dann können wir auch den Sepp besuchen, der freut sich.«

»Erika ...«

»Lukas, ich muss jetzt. Bis dann. Servus.«

Aufgelegt. Das durfte doch alles nicht wahr sein. Ich rieb meine Schulter. Während des ganzen Telefonats hatte ich mich gekratzt wie verrückt. Das Ekzem blutete. Paul schlief immer noch, und ich suchte nach einem Pflaster. Es würde nichts nützen.

3

Wieso erinnerte mich Paul dermaßen an meine Nachhilfeschüler? Er war neunundzwanzig und nicht elf oder zwölf. Ich sah auf den Plan: Um fünf musste ich rüber nach Perlach. Mathe mit Manfred. Jetzt war es halb drei, mit ein bisschen Glück würde Stevie bald kommen, dann könnte ich das Auto nehmen. Wo blieb er eigentlich?

»Wenn er zu blöd ist, dann tue ich ihn runter vom Gymnasium«, sagte Manfreds Mutter immer, »ich kann mir das eh nicht leisten.«

Jedes Mal, wenn ich Manfred zum hunderttausendsten Mal den Dreisatz erklärte, kam mir der alte Rainald-Grebe-Song in den Sinn: »In jedem Haufen, in jedem Verein / gibt's ein' / der daneben steht / Manfred.« Wie konnte man ein Kind der Neunziger nur Manfred nennen? Manfred Müller, Deutschlands dümmster Stabreim, mit ausgeprägter Mathematikschwäche.

»Im Supermarkt kostet ein Kilo Kartoffeln 2,90 Euro, im Bioladen dagegen 4,10 Euro. Wie viel spare ich im Supermarkt, wenn ich zweieinhalb Kilo möchte?« Die Zeiten werden rauer. Wer denkt sich so einen Mist aus? »Komm, Manni, zweimal Dreisatz und dann subtrahieren. Das schaffst du.«

»Mama sagt, Bioladen können wir uns nicht leisten.«

»Da siehst du mal, wie realistisch dein Mathebuch ist. Auf jetzt.«

»Wenn ich die Fünfte schaff, krieg ich einen DVD-Player.«

»Ja, Manni, aber so schaffst du sie nicht. Ab, komm, wenn ein Kilo 2,90 kostet, dann kosten zweieinhalb?«

»Pearl Harbor hab'n sie beim Lidl für 19,99. Den hol ich mir.«

»Kartoffeln wär'n billiger.«

»Darf ich mit Taschenrechner?«

»Nein, darfst du nicht. Das wirst du doch hinkriegen, die Aufgabe noch, komm, dann sind wir fertig.«

So läuft das. Die Hälfte der Zeit sitzt Manfred vor seinem Computer und simuliert Mathe oder ballert rum. Ich trinke mit seiner Mutter Kaffee und spiele Kummerkasten.

»Wenn er zu blöd ist, dann tue ich ihn runter vom Gymnasium. Ich weiß gar nicht, wie ich das alles schaffen soll. Er gibt sich aber auch überhaupt keine Mühe. Ich bin Ihnen ja so dankbar, Herr Baumgarten.«

»Ist schon in Ordnung.«

»Und in Deutsch ist er jetzt auch so schlecht. Dabei hat er das immer gemocht. Weil er halt ständig vorm Computer sitzt. Was soll er auch machen, wenn ich im Geschäft bin? Das wird mir alles zu viel. Noch einen Kaffee? Ich sag's, wie's ist: Abtreiben hätt ich sollen, damals.«

»So dürfen Sie nicht reden, Frau Müller.«

»Die Bescheinigung hätte ich gehabt, aber sein Herr Vater hat ja nicht woll'n. Der versoffene Depp. Und wo ist er jetzt? Über alle Berge. Einfach wegmachen, das wär's gewesen.«

Abtreibung oder Manfred? Beides nicht schön. Ich hätte auch nicht vor der Entscheidung stehen wollen. Wie man's macht ...

Zurück zum Plan: Um fünf also Mathe-Manni und dann noch kurz bei Sarah vorbei, um die Kohle für die evangelische Skifreizeit einzutreiben. Menschenskinder, es war April. Über drei Monate wartete ich jetzt auf das Geld. Kein Wunder, dass es mit den Kirchenfinanzen nicht so rosig aussah. Warum durften die Kinder eigentlich mitfahren, ohne vorher zu bezahlen? Und überweisen ging natürlich nicht.

»Ich schaff's zurzeit einfach nicht auf die Bank, Lukas. Schau doch einfach mal vorbei am frühen Abend. Da bin ich da. Ich könnte uns auch was zu essen machen. Die Sarah würde sich sicher freuen, wenn du kommst.«

Der Sarah wäre das komplett egal. Die ist schmerzfrei. Die sitzt vor ihrem CD-Spieler oder ihren Heftchen mit Schminktipps und interessiert sich einen Dreck dafür, ob ihre Mutter nebenan gerade ihre Zunge in den Nachhilfelehrer steckt ... Sollte Stevie doch selber sehen, wie er an das Geld kam.

Ich beschloss, Paul zu wecken. Irgendetwas musste ich ja machen. Wo sollte er überhaupt bleiben, wenn ich nachher loszog? So wirr, wie er vorher gewesen war, konnte ich ihn schlecht alleine lassen. Wenn Stevie nicht käme, würde ich ihn mitnehmen müssen. Mit Paul zu Mathe-Manni, auf einen Depp mehr oder weniger kam es jetzt auch nicht mehr an. Ich riss das Pflaster von meinem Oberarm und kratzte die Wunde wieder auf.

»Paul, Paulemann, aufwachen!« Er drehte sich auf die andere Seite. »Paul. Cousinowitsch. Der Mittagsschlaf ist zu Ende.«

Er rührte sich nicht. Schlief tief und fest. Ich neigte meinen Kopf nah an den seinen. Er atmete ganz flach. Wie ein Säugling. Ich musste mein Ohr direkt an seine Nase halten, um überhaupt ein Atemgeräusch zu hören. Ob er noch kitzelig war? Früher hatten Dietsche und ich ihn oft gekitzelt. »Chinesische Folter« hatte Dietsche das genannt. Ich hielt Paul fest, und Dietsche strich mit einer Feder über Pauls Fußsohlen, kitzelte ihn in Knie- und Armbeugen und in der Achselhöhle. Paul wieherte und krümmte sich vor Lachen.

»Sag uns, wo der Schatz versteckt ist, du Schuft«, knurrte Dietsche, und Paul lachte und prustete, bis ihm die Tränen kamen.

»Wir werden das Versteck schon aus dir rauskitzeln, mein Freund.«

Paul liebte dieses Spiel.

Ich ließ ihn weiterschlafen. Erst mal erholen, hatte der Arzt gesagt.

Sei's drum.

In der Küche schaltete ich den Fernseher an und blätterte lustlos in der »Süddeutschen Zeitung«. Acht Sonderseiten zum Irakkrieg. Jeden Tag dasselbe. *Und Frieden so wichtig.* Sogar auf VIVA flatterte das dämliche Peace-Zeichen. Darunter saßen Moderatorendarsteller mit Ikea-Namen und lasen Betroffenheits-E-Mails vor, die wahlweise mit »Make love not war« oder »Fuck Bush« endeten. Na dann mal los, das passt doch! Zwischen Gesülze und Videoclips wurde ständig eine 0190er-Nummer eingeblendet, unter der man anrufen konnte, um eine Minute lang zu schweigen. Die waren sich wirklich für nichts zu doof. Peace-Management für Minderbemittelte. Was sollte das? Angeblich denkende Menschen wählen eine Hotline und sagen dann eine Minute lang nichts. Für den Frieden. Das Geld, so sagte der Dienst habende Sören, gehe karitativen Zwecken zu. Also an Leute, die es brauchen können – die Telekom zum Beispiel. Wenn das unsere Friedensbewegung ist, bin ich für den Krieg!

»Kein Blut für Öl!« Ich konnte es nicht mehr hören und stellte den Ton ab. Kein Blut für Öl, für andere Dinge schon. Für Frieden zum Beispiel. Für den waren sie alle. Außer Mathe-Manni vielleicht. Seit die Amerikaner gen Bagdad marschierten, um die Welt vom Terror zu befreien, war der Junge wie ausgewechselt. Er wusste alles.

»Nachts Streubomben werfen und tagsüber vorrücken, mit der ganzen Stellung, so muss man's machen.«

Wenn Manfred das Rechnen nur halb so gut beherrschen würde wie Panzertypen und Geschütznamen, wäre ihm der DVD-Player sicher. Dann könnte er sich die Bombardements noch mal in Zeitlupe anschauen.

Aber zumindest war die Kirche voll. In diesem Punkt waren wir eindeutig Kriegsgewinnler. Und nicht nur sonntags. Andauernd gab es spontane Sing- und Arbeitskreise, nächtliche Gebetsrunden, Lichterketten, und Stevie war ganz in seinem Element. Er hielt glühende Predigten gegen den amerikanischen Präsidenten. Schwor seine Schäfchen auf den Pazifismus ein. Mahnte zur Toleranz gegenüber Andersdenkenden. Organisierte, machte, tat. Endlich volles Haus. Endlich geliebt. Endlich egal, dass ein schwuler Pfarrer der bayerischen Gemeinde vorstand.

Auf jeden Fall rannten die Leute wie bekloppt zur Messe, als würde da das Weltgeschehen entschieden. *Dank des mutigen und tapferen Zusammenhalts einer Münchner Vorstadtgemeinde sind die Kämpfe um Bagdad zum Erliegen gekommen.*

In der »Süddeutschen« las ich, dass auf der großen Berliner Antikriegsdemo der Slogan »Frieden ist geil« zur besten Parole gewählt worden war. Von einer »unabhängigen Jury namhafter Intellektueller«. Die schrieben das wirklich so hin. Stell dir vor, es ist Krieg, und du wirst nicht in die Jury der Demonstrationsparolenbewerter berufen!

Ich schnitt den Artikel für Stevie aus, seinen Humor hatte er schließlich noch nicht verloren. Im Gegenteil, er blühte auf. Es freute ihn diebisch, dass all jene, die ihm das Leben sonst schwer machten, jetzt auf ihn angewiesen waren. Die Superchristen, die Moralapostel, die Blockwarte, ja, sogar einige CSU-nahe Landfrauen rannten ihm die Bude ein. An der Kirche kam in puncto Friedensbemühen einfach keiner vorbei. Wir hatten die Infrastruktur. Wir hatten die Kontakte. Und wir hatten Gott und die Regierung auf unserer Seite.

Aus seiner Homosexualität hatte Stevie nie einen Hehl gemacht. Er trug sie nicht zur Schau, das nicht, wäre vielleicht auch des Guten zu viel gewesen, aber er verleugnete sie auch nicht. Am Anfang hatte es natürlich böse Briefe gegeben und einmal auch einen tumben Artikel in einer Werbegazette. »Schwuler Pfarrer im Münchner Osten?«, hatte das Blatt getitelt. Darunter stand unser Lieblingssatz: »Der in Hannover gebürtige Pastor Stefan Frank Borchert lebt in eheähnlicher Gemeinschaft mit einem Pfarramtsangestellten.«

Damit war ich gemeint. Wir hatten uns bepisst vor Lachen. Es war aber auch ein starkes Stück: Schwul, WG und Preuße – mehr

Teufelszeug ging nicht. Daraufhin hatte irgendjemand ein Fenster der Kirche eingeworfen, und dann glätteten sich die Wogen wieder. Ein Tribunal gegen die Geistlichkeit war wohl nicht erwünscht. Ich wurde sogar rührend rehabilitiert. Die Frau des Bürgermeisters schrieb einen wütenden Leserbrief, dass ich ihren Kindern seit geraumer Zeit Nachhilfe geben würde, dass sie und auch ihr Gatte äußerst zufrieden mit mir seien, und das eine könne sie versichern: »Schwul ist Herr Baumgarten nicht.« Sie musste es wissen.

Stevie hatte über die ganze Sache nur gelacht: »Nicht mal ein kleines Graffito, das ist schwach. Da hätten wir endlich die Fassade renovieren können.«

An der hing jetzt seit vier Wochen ein drei auf viereinhalb Meter großes Regenbogenbanner, eine dieser Fahnen, die den ganzen Stadtteil zierten, bei uns natürlich ohne die Beschriftung »Pace«.

»Wer hätte das gedacht«, sagte Stevie, »dass ich jemals die Gay-Pride-Flagge an meiner Kirche hissen würde, und keine Sau merkt was?«

Wegen dieser Subversivität mochte ich ihn. Es konnte schon mal vorkommen, dass bei einer Disco im Pfarrhaus »Highway to Hell« durch die heiligen Hallen donnerte, und auch seine Demonstrationsbeiträge waren ganz großes Tennis. Im vergangenen Herbst hatte die NPD zu einer Kundgebung auf den Orleansplatz geladen, und wir konnten schon mal für das Irak-Event üben. Die halbe Stadt war alarmiert.

»Kein Fußbreit den Faschisten«, hieß es allerorten.

Stevie hatte mit der Kinderbibelgruppe einen ganz eigenen Fußballgesang-angehauchten Kampfruf einstudiert. Weil er selber es dann doch vorgezogen hatte, zu Hause zu bleiben, marschierte ich mit den Knirpsen auf die Demo, und die Zwerge standen wacker ihren Mann und schmetterten den Nachwuchs-Nazis entgegen: »Ohne Hitler habt ihr keine Chance, ohne Hitler habt ihr keine Chance!«

Klang prima aus den Mündern von Achtjährigen. Schade, dass es damals keine Parolenjury gegeben hatte.

Ich verstaute den ausgeschnittenen Zeitungsartikel in der Küchenschublade und sah auf die Uhr. Halb fünf. Mathe-Manni wartete.

»Lukas.«

Ich fuhr herum. Paul stand in der Tür, mit verstrubbelten Haaren, und rieb sich die Augen. »Lukas, ich hab Hunger.«

Automatisch kratzte ich mich. »Es ist noch Pizza von gestern da.«

»Ich will aber ein Nutella-Brot.«

»Hör mal, Paul, ich muss gleich noch mal weg, arbeiten. Am liebsten wäre es mir, wenn du hier bleibst. Ich bin in einer Stunde zurück.«

»Erst essen.«

»Du kannst ...«

»Und dann Zähne putzen.«

»Paul. Schau doch mal ...«

Es rumpelte im Treppenhaus. »Lukas, wo steckst du?« Stevie. Endlich.

»In der Küche.«

Stevie kam ins Zimmer, schwer bepackt mit Plastiktüten. Er strahlte uns an. »Hi, Lukas, Lieblingsapostel. Ja, wen haben wir denn da?«

»Das ist mein kleiner Cousin Paul, und Paul, hier haben wir meinen Vermieter und Arbeitgeber, Herrn Borchert. Pfarrer Stefan Frank, der Pastor, dem die Frauen vertrauen.«

»Hast du mir ja nie von erzählt. Ich dachte, deine ganze Familie ist tot oder verschollen. Hi, ich bin Stevie«, er reichte Paul die Hand, »das ist vielleicht ein Schnuckelchen.«

»Stevie, bitte.« Ich bedeutete ihm, ruhig zu sein.

»Schnuckelchen, Schnuckelchen«, äffte Paul ihn nach.

»Habt ihr was getrunken?«

»Schnuckelchen, hihi, er hat Schnuckelchen gesagt.« Er rannte zurück ins Schlafzimmer und warf sich lachend aufs Bett. »Schnuckelmuckelwuckelchen!«

»Paul, komm her. Ich muss los.«

»Fang mich doch. Fang mich doch!«

»Hat der sie noch alle?«, fragte Stevie leise.

»Eher nicht. Stevie, ich erzähl dir das später. Ich muss zu Müllers. Nachhilfe. Kann ich den Wagen haben? Und hast du bitte ein Auge auf ihn.«

»Mit dem größten Vergnügen.«

»Lass den Scheiß, bitte. Ich weiß auch nicht, was hier los ist. Er ist auf jeden Fall ziemlich krank. Verflucht.«

»Was kratzt du dich denn dauernd?«

»Stevie ... Das überfordert mich alles. Ich ... Er ist heute Mittag gekommen und ... und ...«

»Hey«, Stevie guckte mich an, »komm mal runter.«

Paul brüllte aus dem Schlafzimmer: »Ich will jetzt ein Nutella-Brot. Nie krieg ich Nutella. Nie, nie!« Er begann zu weinen. Dann schrie er wieder. »Am! Dam! Des!«

Stevie stellte die Tüten ab. »Au weia. Ein Schäfchen in Not. Bin gleich zurück.«

Paul schluchzte nebenan hemmungslos Kinderverse in die Kissen. »Am. Dam. Des. Am. Dam. Des.« Ohne jede Melodie. Er presste jedes Wort in stumpfem Stakkato einzeln hervor. »Wieso? Weshalb? Warum? Wer nicht fragt. Wer nicht fragt.«

Ich ging zu ihm und setzte mich auf die Bettkante. »Willst du ein Taschentuch?«

Wie hilflos diese Geste war, und zugleich doch so groß ... Wann hatte ich das letzte Mal bei jemandem am Bett gewacht? Wann hatte zuletzt jemand bei mir gesessen? Und wer? Tante Erika wahrscheinlich. Meine Eltern? Ich erinnerte mich nicht.

»Hier. Schnäuz dich mal.«

Der Rotz lief ihm aus der Nase. Mechanisch nickte er mit dem Kopf.

»Wer nicht fragt. Wer nicht fragt.« Seine Augen waren dabei weit aufgerissen und schoben die Stirn in Falten. Und er sah so alt aus. Aus der Spur geworfen und steinalt. Als hätte er abgeschlossen mit sich und der Welt. Ein alter Mann, der fassungslos auf die Scherben seines Lebens blickt und sie einfach nicht mehr zusammengefügt kriegt.

»Am. Dam.« Er griff nach dem Taschentuch. »Des.«

Ich bin nicht verantwortlich, dachte ich, ich bin dafür nicht zuständig.

»Lukas?«

»Ja.«

»Du gehst nicht mehr weg, versprochen?«

»Hm.« Ich nickte langsam.

»Nicht mehr weg«, wiederholte Paul manisch. »Nicht mehr weg. Nicht mehr weg.«

Ich glaube, das war der Moment, an dem ich erkannte, dass mir Paul Angst machte. Eine Angst, die ich nicht kannte.

»Noch jemand Hunger? Werden noch Schoko-Brote gewünscht?« Stevie steckte seinen Kopf ins Zimmer. »Voilà. Bitte sehr, bitte gleich.« Er zauberte ein Tablett hervor. »Ich liebe es, wenn ein Plan funktioniert. Wenn mir die Herren in die Küche folgen wollen.«

Paul jauchzte. »Au ja. Nutella.« Das Senile, das bis vor wenigen Sekunden an jeder Faser seines Körpers sichtbar gewesen war, war verschwunden. Er sprang auf und lief in die Küche.

»Nutella hatte ich leider keine. Dafür aber das hier.« Stevie zeigte auf das Tablett, das jetzt auf dem Tisch lag. Neben zwei Flaschen Wasser, einer Kaffeekanne, einer Schüssel mit Teig und einem Päckchen Zucker befanden sich dort drei große Scheiben Brot, die jeweils mit einer ganzen Tafel Vollmilchschokolade belegt waren.

»Die eiserne Ration«, lachte Stevie.

Paul strahlte. Große, glückliche Kinderaugen, die eben noch alt und leer gewesen waren.

»Ich, ich ...«, stammelte er, »Lukas, ich ... habe keine Zahnbürste mit, man muss doch ... putzen.«

»Das werden wir hinkriegen«, sagte Stevie, »jetzt greif erst mal zu.«

Paul nahm eins der Brote, betrachtete es ehrfürchtig und biss dann genüsslich ab. Beim Kauen schloss er die Augen.

»Du auch?«, fragte Stevie.

»Danke, nein.« Ich hatte keinen Hunger.

»Ich eigentlich auch nicht, aber egal, geben wir uns den Süß-Flash eben mal vor dem Rausch.« Er deutete auf die Schüssel. »Tatatata! Das werden leckerschmecker Haschkekse à la Création du Chef.«

»Sag, dass das nicht wahr ist«, entfuhr es mir.

»Heute Abend kommt Karl vorbei«, sagte Stevie und verdrehte die Augen, »wär doch gelacht, wenn meine traditionellen Haselnuss-Gras-Makronen die alte Klemmschwester nicht enthemmen könnten.«

Ich musste lachen.

»Er bringt übrigens Sophie mit.«

»Sophie? Ich dachte, die ist in Berlin.«

»Ist sie auch. Aber heute ist sie hier. Heute«, er warf einen kurzen Blick auf Paul, »heute ist Besuchstag.«

Sophie war in der Stadt. Mir wurde heiß. Sophie ...

»Und noch eine Überraschung hab ich für dich. Mathe-Manni muss ohne dich rechnen. Ich hab abgesagt.«

»Darf ich noch ein Brot?«, fragte Paul.

»Klar. Hau weg die Kalorien«, sagte Stevie, »und dann wird gebacken.«

»Jippieh!« Paul quiekte wieder. »Backen. Kann ich helfen?«

»Na sicher kannst du. Wenn sich dein Cousin hierfür freundlicherweise in die Sakristei bewegen würde, um ein paar Oblaten zu holen.«

»Bitte?«

»Ja, hast du schon mal Makronen ohne Oblatenboden gegessen?«

»Du willst den Kiffteig ... auf Hostien?«

»Heiliger Boden, Highlander.« Stevie grinste. »Du mit deiner katholischen Prägung. Merk dir endlich, dass du bei Evangelens arbeitest, da gibt's keine geweihten Oblaten. Abmarsch!«

»Du spinnst.«

»Backe, backe, fangen wir jetzt endlich mit dem Backen an?« Paul rutschte unruhig auf dem Stuhl hin und her. Sein Mund war schokoladenverschmiert. Er gluckste vor Freude.

»Und?«, fragte Stevie.

»Ich gehe ja schon.«

Auf dem Weg in die Sakristei fasste ich mir an den Oberarm. Das Ekzem war da, aber es juckte nicht mehr. »Heute kommt Sophie, mein Freund«, schien der Ausschlag zu sagen, »für heute lasse ich dich in Ruhe, aber morgen wird was unternommen, klar?«

Klar. Ich unternehme was. Was, würde sich zeigen. Ich musste es ja wissen.

4

So sahen also die Ballnächte im Jahre 2003 aus: Man lud seine Gäste auf acht ein, sie kamen eine halbe Stunde früher und zogen ohne Aufforderung ihre Schuhe vor der Tür aus.

»Hallo zusammen, den haben wir noch schnell besorgt.« Karl

friemelte ungeschickt am Preisschild einer Weinflasche herum. »Muss man aber kalt stellen.«

Er taperte linkisch den Flur entlang. Ich konnte mir nicht helfen: Männer in Anzug und Strumpfsocken hatten etwas Wehleidiges. Keine Ahnung, was Stevie an ihm fand. Karl war irgendwie glatt. Glatt und feist ... alert. Genau, das war das richtige Wort. Er arbeitete bei irgendeiner großen Berliner Bank, hatte Stevie erzählt. Ein Kredithai von der verständnisvollen Sorte, einer, der immer »wir« sagte, wenn er »ich« meinte, um sich selber herauszuhalten. »Da schauen wir doch mal nach, was wir für Sie tun können.«, »Werfen wir noch mal einen Blick in Ihre Unterlagen ... also, solange wir Ihren Einkommensnachweis nicht vorliegen haben, fürchte ich, können wir nicht ... Wissen Sie, ich persönlich würde sofort ... aber mir sind die Hände gebunden, wir haben nun mal Richtlinien ...« Viel Spaß, Stevie! »Ich persönlich könnte mir schon vorstellen, die Nacht hier zu verbringen, aber wir haben morgen ein Meeting ...« Hellbraune Socken!

»Den Weg kennst du ja«, sagte ich, »und Stevie hat bestimmt ein Paar Schlappen für dich.«

»Bin gleich so weit«, rief Stevie aus der Küche.

»Hi, Lukas.«

»Sophie, schön, dass du da bist.«

Sie trug ihre Haare länger, das war das Erste, was mir auffiel. Ein Schauer durchfuhr mich. Ob es mir passte oder nicht: Ich freute mich, sie zu sehen.

Sie drückte mir einen Kuss auf die Wange. »Na wie isses? Lass dich mal anschauen.«

Was war das denn? Ein Verwandtenbesuch? Mensch, bist du aber gewachsen!

»Du hast dich wirklich kein Stück verändert.« Der verbotene Satz, und sie sagte ihn ohne jede Ironie.

»Ist ja auch erst ein halbes Jahr her, dass wir uns gesehen haben.« Ich konnte den Anflug von Bitterkeit, der in meinem Ton lag, nicht unterdrücken. Die alten Mechanismen griffen sofort.

»Na ja, allzu viel habe ich wohl nicht verpasst.« Sie sah sich in der Wohnung um. »Immer noch Nachhilfe und Glocken läuten?«

»Jawoll.«

»Die Uni haste total geknickt, oder?«

»Von Zeit zu Zeit gehe ich«, log ich. Au Mann, das lief nicht.

Komm jetzt, Steuer rumreißen: »Aber wenn ich groß bin, will ich Lokomotivführer werden.«

Sophie lachte.

»Ist das Verhör jetzt beendet?« Stevie rettete wie so oft die Situation. Er trug eine himmelblaue Kochmütze, eine farblich dazu passende Schürze mit der Aufschrift »Essen ist der Sex des alten Mannes« und darunter eng anliegende Shorts. »Dürfte ich bitten?«

Der Küchentisch war festlich gedeckt. Inklusive Tischtuch. Stevie wollte es wirklich wissen. Er hatte sein gutes Geschirr von oben runtergebracht, Kerzen brannten, Johnny Cash sang »Solitary Man«. Das volle Programm. Um noch einen Hauch von Alltäglichkeit zu verbreiten, lief der Fernseher. Ohne Ton, versteht sich. Er zeigte die Bilder des Tages: Amerikanische Soldaten standen mit schwerem Geschütz am Stadtrand von Bagdad und guckten ernst, aber zuversichtlich. Ab und an blitzte es. Schnitt. Konvois von voll gepackten irakischen Autos und Kleinlastern verließen die Stadt. Schnitt. Ein General sprach. Schnitt. Ein Krankenhaus mit weinenden Kindern. Schnitt. Jetzt sprach der Kanzler. Schnitt. Großdemonstration gegen den Krieg in London. Schnitt. In Paris. Schnitt. In Berlin. Schnitt. Noch mal der Kanzler. Das könnten auch die Bilder von gestern oder von letzter Woche sein, dachte ich.

Karl nahm das Angebot zum Smalltalk dankend an: »Schon der Hammer, oder? Die Amis ziehen das voll durch.«

»Ja, ja, schlimm das.« Stevie hantierte an der Salatschüssel.

»Also ich find's völlig krank, was da unten abgeht«, sagte Sophie. »Und alles nur wegen dem blöden Öl.«

Karl verbesserte sie: »Wegen des Öls.«

»Balsamico müsst ihr euch selbst nehmen.« Stevie packte die Brechstange aus.

»Immerhin gehen die Menschen auf die Straße«, meinte Karl, »'ne halbe Million waren es gestern. In Berlin kommste kaum noch durch. Wir hätten fast unseren Flieger verpasst.«

Ich sah Stevie an. Er hat nicht »Flugzeug« gesagt, er ist ein »Flieger«-Sager, du weißt, was das heißt.

»Ich find's gut. Irgendwas muss man ja machen«, sagte Sophie, »und ich find's auch gut, dass die Deutschen dagegen sind, so blöd das klingt.«

Das klingt wirklich blöd, dachte ich.

Stevie schenkte Wein nach. »Wann hat es das zum letzten Mal gegeben? Eine halbe Million Deutsche demonstrieren *für* die Politik der Regierung!« Er gab sich die Antwort selbst: »Bei der Wiedervereinigung.«

»Und bei Hitlers Machtergreifung«, platzte ich heraus.

»Du bist so doof.« Sophie sah mich kalt an. »Deinen Zynismus kannst du dir echt sparen.«

Mein Oberarm juckte wieder. Der Ausschlag stichelte: »Wenn du's eh vergeigst, kann ich mich auch wieder zu Wort melden.«

Sophie aber erinnerte sich wohl an den Grund ihres Kommens: »Wieso bin ich eigentlich hier? Du, du ...«, sie suchte nach der richtigen Formulierung, »Hauptsache, du kannst 'nen blöden Spruch ablassen.«

»Sorry. Ich hab's nicht so gemeint.«

Wieso gab ich klein bei? Was hatte ich denn erwartet? Gegen Ende ihrer Zeit in München und auch die paar Male, die wir uns nach ihrem Umzug gesehen hatten, hatten wir uns immer gezofft. »Kannst du nicht einmal ernst sein?«, »Wie soll'n das werden, später?«, »Soll das immer so weitergehen?« Solche Fragen. »Wenn du aus deinem Leben nichts machen willst, dein Bier.«, »Ich hab wenigstens Pläne.«, »Du änderst dich eh nicht.« Solche Aussagen. Anschließend Sex, aber nicht mehr immer.

Kurz bevor Sophie endgültig nach Berlin zog, saßen wir dann in ihrer Bude und führten das obligatorische »Lass uns Freunde bleiben«-Gespräch.

»Es wird nicht funktionieren, Lukas«, hatte sie gesagt, »man kann eine Studiliebe nicht ins wirkliche Leben rüberretten.«

Alles an diesem Satz war falsch. Wenn das wirkliche Leben erst noch kommt, was war dann das bisherige, bitte? Das Aufwärmtraining? Das unwirkliche Leben? Eine »Studiliebe«! Schon dieses Kompositum hatte alles entwertet. Auswendig gelernter Konversationsmüll. Ich war zu diesem Zeitpunkt schon lange kein Student mehr. Ich hatte bereits über vier Jahre bei Stevie gearbeitet. Fast drei Jahre bei ihm gewohnt. Sophie hatte das nie gestört. Im Gegenteil. Sie war oft bei uns, in den Suburbs. Sie hatte es sogar ganz cool gefunden, dass ich keiner von den Durchziehern war, keiner von denen, die geradlinig ihr Studium runterrissen, um möglichst schnell in die Arbeitswelt entlassen zu werden.

»Slacken auf hohem Niveau« hatte sie es genannt, wenn wir am Wochenende im Pfarrhaus abhingen und den lieben Gott einen guten Mann sein ließen. Einmal, als Stevie gerade den Gottesdienst abhielt und ich verschlafen im Technikraum auf der Empore saß und auf meinen Einsatz wartete, hatte sie sich zu mir geschlichen, ihr Nachthemd ausgezogen und sich auf meinen Schoß gesetzt. Wieso erinnerte ich mich gerade jetzt an diese Geschichte?

»Bist du verrückt? Wenn dich jemand sieht, ist hier der Teufel los.«

»Lass es uns hier tun, mein kleiner Nachhilfelehrer.«

»Scheiße, zieh dir was an, wenn sich einer umdreht ...«

Sophie war hierauf nackt an die Plexiglasscheibe getreten und hatte Stevie über die Rücken der Kirchgänger zugewunken. Wie in »Kentucky Fried Movie« hatte sie ihren Po und ihre Brüste ans Glas gepresst, um Stevie aus dem Konzept zu bringen.

»Ihr habt sie doch nicht mehr alle«, hatte Stevie später gegrinst, »aber mich kriegt ihr so nicht dran, allerdings hat mein polnischer Organist nur noch Grütze gespielt. Gut, dass er schwarzarbeitet und uns nicht verpetzen kann.«

Wir hatten eine gute Zeit, verdammt. Von mir aus hätte das ewig so weitergehen können. Was war denn so falsch daran? »Es wird nicht funktionieren, Lukas.« Sie hatte Recht behalten.

»Und jetzt gibt's Nachtisch.« Stevie riss mich aus meinen Gedanken. Ich sah Sophie an. Sie lächelte in die Runde. Erst jetzt wurde mir klar, dass Paul ja auch noch da war. Er hatte den ganzen Abend über kein einziges Wort gesagt. Hatte still dagesessen und interessiert von einem zum anderen geschaut und zugehört. Für Sophie und Karl musste er völlig normal gewirkt haben.

»Will jemand Kaffee?«, fragte Stevie.

Sophie lächelte immer noch. Vielleicht hatte sie auch den alten Zeiten nachgehangen. »Hast du koffeinfreien? Oder eine Latte macchiato?«

Diesmal war es Stevie, der mir einen Blick zuwarf. Du hast es selbst gehört, Kleiner. Latte macchiato! Vergiss die Lady, sie spielt jetzt in einer anderen Liga.

Kaffee ohne Koffein, hatte ich irgendwo gelesen, das ist wie Wichsen ohne Hände.

»Ich muss mal kurz aufs Klo.« Nichts wie raus hier.

Ich klappte Brille und Deckel runter und setzte mich angezogen darauf. Was machte ich mir eigentlich noch immer Gedanken über Sophie? Sie lebte seit mehr als zwei Jahren in der Hauptstadt, und obwohl sie nie darüber sprach, wusste ich, dass es da einen anderen gab. *Ich leb mein Leben und du deins.*

Ich griff hinter den Spülkasten und zog das Beichtbuch hervor. Ich hatte es versteckt, damit Sophie oder Karl es nicht zufällig in die Finger bekämen, wenn sie aufs Klo gingen. Schon seit langem führten Stevie und ich eine Art Tagebuch. Oder besser ein Heft, in dem wir Rechenschaft ablegten.

»Ist doch jammerschade, dass es bei den Protestanten keine Beichte gibt, findste nich'?«

So war die Idee entstanden. Weil es in unserer Kirche logischerweise auch keinen Beichtstuhl gab, hatten wir beide beschlossen, auf dem Klo ein Heft zu deponieren. Er bei sich. Ich bei mir.

»Beim Kacken hat man Zeit und Muße.«

Jeder schrieb auf, was gerade so abging. Ob man mit seinem Leben zufrieden war, was momentan schief lief, kleine Sünden. So Zeug. Von Zeit zu Zeit lasen wir uns die Einträge gegenseitig vor und erteilten uns anschließend die Absolution. Natürlich ging es hauptsächlich um den Spaß, und so schrieben wir auch. Übertrieben, pointiert, aber im Grunde sagten wir uns die Wahrheit. Ich schlug die erste Seite auf: »Meine Name ist Lukas Baumgarten. Von Beruf bin ich Messner.«

Wir hatten uns scheckig gelacht, als ich das vorgetragen hatte.

»Stimmt doch, oder?«

»Das heißt ›Küster‹ bei uns, aber es klingt auf jeden Fall besser als ›Bediener der Glockenläutanlage‹.«

Das war mein Job. Meine einzig wirklich geregelte und regelmäßige Tätigkeit. Jeden Sonntag, wenn Stevie predigte, hockte ich im Technikraum, in der »Schaltzentrale Gottes«, wie Stevie sagte, und sorgte für Stimmung. Ich bediente das Licht, fuhr Playbacks ab, wenn wir keinen Orgelspieler hatten, und vor allem war ich der Herrscher über die Glocken. Immer wenn am Ende des Gottesdienstes das Vaterunser gesprochen wurde, hatten sie zu klingen. So wollte es das Gesetz.

Nachhilfe konnte man absagen oder verschieben, das Glockenläuten nicht. *Tradition rules.* Wie oft hatte ich diesen Deppenjob schon verflucht. Für den Sonntag war Stevie zuständig, er bereitete alles vor, er leitete die Zeremonie, er räumte anschließend auf. Nur für die blöden Glocken brauchte er mich. Und natürlich konnte man auch keine Zeitschaltuhr benutzen, denn Stevie bestritt seine Gottesdienste nach Lust und Laune. Wenn ihm nichts einfiel, sprach er das Vaterunser schon um zehn nach zehn; wenn er sich verplauderte und in der Predigt vom Hundertsten ins Tausendste kam, konnte es auch mal halb elf oder später werden. Mein Gott, die Menschen flogen zum Mond, sie bauten die kompliziertesten Maschinen, aber zum Beispiel ein Kabel von der Schaltzentrale zur Kanzel zu legen, damit Stevie die Glocken selbst bedienen könnte, ging nicht.

Während ich auf dem Klo saß, erinnerte ich mich daran, wie ich früher mit Sophie öfter auf Feste zu ihren Kommilitonen gegangen war, die ich allesamt nicht leiden konnte. Ich hasste diese Zusammenkünfte, dieses pseudointellektuelle Geschwafel, diesen Standesdünkel. Irgendwann kam immer einer der Rollkragenpullover zu mir und stellte die obligatorische Frage: »Und? Was studierst du so?«

»Nichts. Ich bin Glöckner.«

»Ach was, das ist ja spannend.«

Sophie machte mir jedes Mal Vorwürfe. »Kannst du nicht einmal deine Sprüche sein lassen?« Aber sie meinte es nicht so. Oder doch?

Stevies erster Satz in seinem Beichtbuch lautet: »Ich glaube, mir ist aufgegangen, dass ich schwul bin, als ich mit vierzehn oder fünfzehn in der Kirche saß, aufs Kreuz starrte und Jesus sexy fand.«

Ich suchte nach einem längeren Eintrag über Sophie, ich hatte fast nie etwas über sie geschrieben. Hier.

»12. 6. 2000. Mein Studium der Germanistik und Philosophie habe ich erfolgreich abgebrochen. Was mich hervorragend dazu befähigt, Nachhilfe zu geben. Gerade in Mathe und Physik. Draußen pisst es. Was führe ich doch für ein trauriges Dasein: Ich lebe auf Kosten der evangelischen Kirche, schlafe mit allein erziehenden, frustrierten Müttern lernschwacher Kinder und habe einmal im Jahr meinen großen Tag, wenn die süddeutsche Sacropop-Nachwuchshoffnung Seventh Heaven bei der Kinderbibelwoche auftritt und ich Bass spielen darf. Das Schlimmste dabei ist aber, dass ich mir einbilde, glücklich zu sein. Sophie hat Recht. Mir ist nicht zu helfen. Ich liebe sie.«

Den letzten Absatz hatte ich Stevie nicht vorgelesen.

Ich steckte mir eine Zigarette an. Was sollte ich heute aufschreiben? Dass ich mich schon den ganzen Tag kratzte wie ein Bekloppter, weil mein kleiner Cousin wieder aufgetaucht war? Dass ich ihn loswerden wollte? Dass das mit Sophie endgültig den Bach runtergegangen war? Dass sie jetzt auch zu den Ciabattafressern gehörte? Dass Stevie scharf war auf eine aufgedunsene Arschkrampe in Markenkluft und Strumpfsocken? Dass ich sowieso unfähig bin und jetzt gleich mein Vergessen in Alkohol und Haschischplätzchen suchen würde?

Ich schrieb: »Pärchenabend mit Paul. Super Idee.« Dann warf ich die Kippe in die Schüssel und zog die Spülung.

Zurück in der Küche, sah ich, wie Paul auf seinem Stuhl stand und übers ganze Gesicht strahlte. In den Händen hielt er die Pappschachtel mit den Plätzchen.

»Rattata zong, rattata zong, hier kommt ein Karton!« Immer wieder ließ er die Schachtel auf den Tisch fallen. »Rattata zong, rattata zong, hier kommt ein Karton. Bong!«

»Gleich haben wir nur noch Krümel«, rief Stevie, »dann können wir die Kekse in der Pfeife rauchen.«

»Ich bin das Krümelmonster«, tönte Paul, »Rattata zong. Bong.«

Alle lachten. Auch Sophie.

»Hab ich was verpasst?« Ich setzte mich.

»Die hab ich gebacken, ich gebacken.« Paul kippte die Schachtel aus und suchte die heile gebliebenen Makronen heraus. Er stapelte sie zu fünf Häufchen.

»Einer teilt, und der andere sucht aus. Dann wird's gerecht.«

Den Satz hatte ich doch schon mal gehört. Von Tante Erika, als wir klein waren.

»Gerecht, gerecht, gerecht.«

»Äh, für mich nicht, danke«, sagte Karl.

»Doch, du auch!«, befahl Stevie.

Die Haufen waren exakt gleich groß. Eine Makrone blieb übrig.

»Es geht nicht auf.« Paul hielt inne. Mathe-Manni könnte sich ein Beispiel an ihm nehmen, dachte ich.

»Mach doch Brösel«, meinte Stevie, »alle für einen, einer für alle.«

»Rattata zong, rattata zong!« Paul schlug mit der Faust auf das Plätzchen. Es lag eine unglaubliche Wucht in dem Schlag. Eine

Urgewalt. Als müsste irgendetwas, was tief in Paul verborgen lag, mit aller Macht nach draußen. Der ganze Tisch wackelte, Besteck fiel zu Boden, zwei oder drei Gläser kippten um. Für einen kurzen Moment wurde es ganz still.

Dann versuchte Karl zu fluchen: »Mist! Scheibenkleister!« Seine Hose war mit Wein besudelt.

»Ups. Nass gemacht«, lachte Stevie.

»Das ist 'n Brioni, Mensch.«

»Wir sind versichert. Außerdem geht das wieder raus. Ich helf dir nachher.« Er grinste.

Paul starrte auf den Tisch. »Ich hab's, ich hab's ... kaputtgemacht.« Ungläubig betrachtete er seine Hand. Vom Knöchel seines kleinen Fingers tropfte Blut. Er schniefte, Tränen traten in seine Augen. Dann brüllte er: »Die gehör'n alle mir!« Er schob die Häufchen zusammen, wobei er eine kleine Blutspur über den Tisch zog, und nahm so viel Kekse in die Hände, wie er halten konnte. »Alle mir! Ich hab se gemacht!« Er rannte ins Schlafzimmer.

»Paul!« Ich lief ihm nach, aber er hatte die Tür schon zugemacht und stemmte sich dagegen. Das zweite Mal an diesem Tag war ich ausgesperrt. Schien eine neue Mode zu sein. Sosehr ich auch drückte, Paul war stärker. Wie kann er eigentlich solch einen Gegendruck erzeugen, wo er doch die Hände voll mit Plätzchen hat, dachte ich?

»Die kriegt ihr nicht«, heulte er von der anderen Seite, »die sind meine.«

»Ist ja gut, Kleiner«, sagte ich, »mach jetzt auf.«

»Lukas.« Sophie stand mit der Jacke in der Hand in der Küche. »Ich geh dann mal.«

»Wart doch noch einen Moment, bitte. Ich muss das hier erst ...«

»Nee, Lukas, ich pack's.«

»Sophie!«

Ich hörte, wie Paul den Schlüssel im Schloss herumdrehte. »Ich komm hier nie wieder raus! Nie wieder!«

Da war sie, diese Angst. »Paul, hey, Paul, iss die Kekse bitte nicht alle. Da ist Rauschgift drin, hörst du. Ich bin gleich zurück.«

Ich wandte mich ab und ging auf Sophie zu. »Ich bring dich noch raus.«

»Und wir bringen deine Hose in Ordnung«, sagte Stevie und

schob sich eine der übrig gebliebenen Makronen in den Mund. »Kannst du bitte ein paar Teller mit nach oben nehmen.« Er bugsierte Karl aus der Wohnung.

»Hey«, sagte ich, als ich mit Sophie im Treppenhaus stand.

»Hey.«

»Wie lange bist du noch in der Stadt?«

Sie schüttelte den Kopf.

»Kann ich dich anrufen?«

»Lieber nicht.«

»Sophie, ich wollte ... War's das?«

»Lukas ...«

»Ja.«

»Ach nichts.« Sie blickte auf und deutete in Richtung Wohnung. »Kümmer dich um ihn, ja.«

»Hm.«

»Pass auf dich auf.«

Langsam schlurfte ich in die Küche zurück. Ich befeuchtete meinen Zeigefinger und stippte einige Haschkrümel auf. Stevies selbst zusammengestellte CD »Countrysongs für schwüle Abende I« lief immer noch. Eine Band, die ich nicht kannte, sang »if the phone doesn't ring, it's me«. Wie passend. »Put your tongue outta my mouth, I'm kissing you goodbye«. Wir hatten uns nicht mal geküsst. Ich aß noch ein paar Krümel und kratzte mich am Arm.

Probehalber drückte ich die Klinke der Schlafzimmertür, die Tür ließ sich öffnen. Paul hatte sich ausgezogen und schlief nackt auf der Bettdecke. Schnell guckte ich nach, ob noch irgendwo Kekse herumlagen. Ich konnte keine finden, er musste sie alle gegessen haben. Respekt.

Paul sah ganz anders aus als vorher. Fast zufrieden. Kein Wunder, dachte ich. Er lag auf der Seite, mit der einen Hand umschloss er lose sein Glied, der Daumen der anderen Hand steckte in seinem Mund. Er lutscht Daumen, dachte ich. Und dann: Dieses Bild stimmt nicht. So wie Paul dalag, das ging einfach nicht zusammen. Diese beiden Handhaltungen hatten nichts miteinander zu tun. Entweder oder. Ich suchte nach Wichsflecken, entdeckte aber keine. Paul wälzte sich herum, mit seinem Daumen rieb er sich mechanisch über die vorderen Schneidezähne. Er murmelte im Schlaf: »Vor dem Schlafen, nach dem Essen. Vor dem Schlafen, nach dem Essen ...«

Ich holte eine zweite Decke aus dem Schrank und breitete sie über ihn. Es war eine der Wolldecken, die wir zu Dutzenden im Pfarrhaus herumliegen hatten. Wir nahmen sie immer auf die Zeltlager und Jugendfreizeiten mit. Dort machte ich immer noch einen Rundgang, bevor ich ins Bett ging, und schaute nach, ob alle Kinder brav in ihren Feldbetten lagen und zugedeckt waren. Stevie schlief dann meistens schon, aber mir war diese letzte Kontrolle wichtig. Sie beruhigte mich.

»Vor dem Schlafen, nach dem Essen Zähneputzen nicht vergessen.«

Heute deckte ich zum ersten Mal in meinem Leben einen erwachsenen Mann zu. Meinen kleinen Cousin; und die Ruhe stellte sich nicht ein.

Am nächsten Morgen präsentierte mir Stevie triumphierend eine einzelne braune Männersocke. Etwas später besetzten die Amerikaner Bagdad.

5

Die nächsten Tage hatte ich Zeit, meine Gedanken zu ordnen, denn Paul schwieg.

Stevie hatte beim Frühstück noch in knappen Worten seine Nacht mit Karl geschildert: »Alter, der Typ ist ein Tier. Schön, wenn so eine jahrelang sublimierte sexuelle Neigung ausgerechnet in meinem Bett zum Ausbruch kommt. Ich schreib's ins Beichtbuch. Bei dir alles klar?«

»Geht so.«

»Schläft dein Cousin noch seinen Flash aus? Kopf hoch, das wird schon wieder.«

Dann war er verschwunden, und kurze Zeit später saß Paul am Küchentisch. Er sah nicht so aus, als hätten ihm die Kekse über die Maßen geschadet.

»Na Kleiner, alles frisch? Willste 'nen Kaffee?« Ich brachte ihm eine Tasse. Er trank ihn schwarz.

»Hunger? Nimm dir einfach, was du brauchst.«

Der Frühstückstisch war noch gedeckt. Paul schmierte sich ein Brot, aß es, schmierte sich ein zweites.

»Paul. Kannst du mir erzählen, was los ist?«

Paul kaute.

»Hallo. Erde an Paul. Was geht?«

Es brauchte eine Weile, bis ich begriff, dass er mich gar nicht wahrnahm. Er schien mich noch nicht einmal zu hören. Wenn ich ihn ansah, schaute er mit glasigen Augen durch mich hindurch.

Ich probierte es einfühlsam, ließ ihn längere Zeit in Ruhe, redete dann wieder auf ihn ein. Keine Reaktion. Paul schwieg. Dann sagste halt nichts, dachte ich, ist ja auch ganz schön. Ich setzte einen weiteren Kaffee auf, las die Zeitung, sah fern. Paul saß neben mir und schwieg.

Der spielt das doch, dachte ich, der macht mir was vor. Er ist hierher gekommen, um eine groß angelegte Schmierenkomödie aufzuführen. Ich erinnerte mich daran, dass sich Paul schon als Kind öfter so verhalten hatte. Dietsche gegenüber. Die beiden hatten zwei Spiele, das Nachplapperspiel und das Schweigespiel. Das Nachplappern ging so: Um seinen kleinen Bruder zu ärgern, wiederholte Dietsche einfach, was Paul gerade sagte.

»Darf ich dein Playmo-Schiff haben?«, fragte Paul.

»Darf ich dein Playmo-Schiff haben?«, äffte Dietsche ihn nach.

»Ich geb's dir auch wieder.«

»Ich geb's dir auch wieder.« Dietsches Stimme war dabei immer etwas höher, etwas Abfälliges lag in ihr.

»Jetzt sei doch nicht so«, bettelte Paul.

»Jetzt sei doch nicht so«, wiederholte Dietsche.

»Hör auf!«

»Hör auf!«

Paul begann zu schniefen. »Du bist gemein.«

»Du bist gemein.« Dietsche grinste jetzt.

»Blödkopf!«

»Blödkopf!«

An diesem Punkt verstand Paul meistens, dass es sich um ein Spiel handelte. Er dachte nach. Dann sagte er: »Ich bin doof.«

»Ich bin doof«, antwortete Dietsche.

Paul jubelte: »Du hast gesagt, dass du doof bist.«

»Du hast gesagt, dass du doof bist.«

So ganz hatte Paul die Regeln noch nicht begriffen. Er probierte es erneut: »Ich bin ein blöder Doofmann.«

»Ich bin ein blöder Doofmann.« Dietsche variierte seine Tonlage nun. Er versuchte genauso zu sprechen wie Paul.

»Scheiße, Pipi, Kacka«, sagte Paul.

»Scheiße, Pipi, Kacka«, echote Dietsche.

»Du, nee ... ich bin der blödste große Bruder, den es gibt.«

»Du, nee ... ich bin der blödste große Bruder, den es gibt.«

So ging das eine Weile hin und her, bis Paul wütend wurde. »Dann nehm ich mir das Playmo-Schiff eben.«

»Dann nehm ich mir das Playmo-Schiff eben.« Dietsche wechselte wieder in die höhere Tonlage. Er hatte Paul nun da, wo er ihn haben wollte.

»Hör auf«, quengelte Paul, »das ist ’n Scheißspiel!«

»Hör auf, das ist ’n Scheißspiel.«

»Ich sag’s der Mama.« Paul brüllte jetzt.

»Ich sag’s der Mama.« Dietsche wusste haargenau, dass Tante Erika nichts unternehmen würde. »Lasst die Kindereien«, würde sie sagen, vielleicht noch: »Dietrich, Schluss, du bist der Ältere.« Dietsche aber dachte gar nicht daran. Und Paul war der Jüngere, und er war so hilflos. »Du sollst jetzt endlich aufhören«, schrie er und boxte Dietsche in die Seite.

»Du sollst jetzt endlich aufhören«, äffte Dietsche ihn nach und boxte zurück.

Paul konnte nicht mehr. Mit den Fäusten schlug er wie wild nach seinem Bruder. »Ich will das nicht spielen. Hör auf, hör auf, HÖR AUF!!!«

Dietsche wiederholte auch das und schlug zurück. Fester jetzt. Dann heulte Paul nur noch. »Du hast mir wehgetan«, schluchzte er.

»Du hast mir wehgetan.« Dietsche imitierte das Weinen seines Bruders. Das Spiel war zu Ende. Und es begann ein neues, denn Paul sagte nichts mehr.

Anfangs machte Dietsche noch Pauls Bewegungen nach, dann verlor er die Lust. Das schlechte Gewissen meldete sich wohl.

»Kannst jetzt wieder reden«, sagte Dietsche, »ich hör auf, okay?«

Paul redete nicht.

»Paul, war doch nur Spaß. Du kannst das Piratenschiff ruhig nehmen.«

Aber Paul guckte weg und hielt den Mund. Er hatte jetzt eine Waffe entdeckt. Schweigen konnte Dietsche nicht nachmachen. Dietsche ging dann, kam aber nach kurzer Zeit zurück. »Sprichst du jetzt wieder?« Paul sprach nicht. Dietsche lief ins Kinderzimmer und holte das Playmobil-Schiff. »Hier. Ich schenk's dir.« Paul wandte sich ab. »Du wolltest es doch.« Paul wollte nicht, er spielte nun sein Spiel, und er wusste, dass er es gewinnen konnte. Er musste nur eisern durchhalten. Seinen Bruder ignorieren. Den ganzen Tag nichts sagen. Bis zum Abendbrot.

»Was hast du denn, Paul?«, fragte dann Dietrich senior, Dietsches und Pauls Vater, »warum sagst du denn nichts?«

»Sie haben mal wieder gestritten«, sagte Tante Erika.

»Dietrich«, der Vater wurde jetzt streng, »was – war – heute – los?« Er presste jedes Wort einzeln hervor.

»Wir haben gespielt, und dann hat Paul einfach aufgehört zu reden«, versuchte Dietsche sich zu verteidigen.

»Aber du hast ihn vorher geärgert«, sprang Tante Erika ihrem jüngeren Sohn bei.

»Dass ihr nicht einmal ...«, begann der Vater wütend und hob die Hand, »Paul, mach jetzt den Mund auf, sonst ...« Paul schaute auf seinen Teller. Er zog das Spiel durch. Und die Ohrfeige bekam dann ohnehin meistens Dietsche. Schließlich war er der Ältere. Paul schwieg auch nach dem Abendbrot weiter. Er kostete seinen Sieg aus. Irgendwann, wenn ihm der Moment günstig erschien, im Kinderzimmer oder beim Zubettgehen, erlöste Paul seinen Bruder dann – nicht ohne ihm eine abschließende Demütigung zuzufügen.

»Ich will dein Piratenschiff gar nicht«, sagte er.

»Ich will dein Piratenschiff gar nicht«, antwortete Dietsche, und leise fügte er hinzu: »Kriegst es auch nicht.«

Die beiden konnten unglaublich stur sein. Lena und ich hatten dieses und andere ähnliche Spielchen oft genug mitgekriegt, wenn wir zu Besuch waren, und später eh. Als wir dort wohnten. »Hahnenkämpfe« hatte Lena es einmal genannt. Aber wir hielten uns raus. Wir stritten uns selber genug. Heute glaube ich, wir mischten uns bei Dietsche und Paul nicht ein, weil ihren Zwisten etwas Existenzielles innewohnte. Etwas, das wir nicht verstanden.

Ich guckte Paul an, der immer noch regungslos auf seinem Stuhl saß. Er spielte das nicht, so viel war klar. Trotzdem versuchte ich es. Ich hatte eine fixe Idee.

»Paul«, ich sah ihm direkt in die Augen, »ich habe leider kein Playmobil-Piratenschiff.« Ich sprach ganz deutlich, wie man zu einem Kind spricht. »Aber ... wir könnten eins kaufen gehen. Willst du?«

Paul reagierte nicht. Draußen hörte ich wummernde Schläge. Ich sah aus dem Fenster. Philip, ein Junge aus der Nachbarschaft, kickte mit einem Fußball gegen die Aschentonnen. Der sagt auch nie was, dachte ich, aber das hat wenigstens seinen Grund. Philip hat einen Sprachfehler, er stottert. Wenn man stottert, sagt man lieber nichts. Das ist eine nachvollziehbare Sache. Und auch das Stottern hat eine Ursache: Philip kommt, wie man so sagt, »aus zerrütteten Verhältnissen«, Vater tot, Mutter überfordert, keine Kohle, wechselnde Ziehväter, allesamt Idioten und so weiter. Das war alles schlimm, folgte aber einer gewissen Logik. Früher oder später würde Philip unweigerlich zum Kreis meiner Nachhilfeschüler gehören. Mir graute jetzt schon vor dem Tag, weil mir vor Philips Mutter graute. Eine kleine gedrungene Frau, die mehr mit ihrem Hund redete als mit sonst wem. Aus erklärlichen Gründen. Ich würde einmal die Woche zu Philip fahren, ein wenig an den Symptomen rumdoktern, seine verwarzte Mutter würde mich zu ihrem Zweithund befördern, mir ihre Lebensgeschichte reindrücken, irgendwann würde ich die Nachhilfestunden immer öfter verschieben, absagen und schließlich gar nicht mehr kommen. Wahrscheinlich würde Philips Mutter dann irgendwann depressiv, oder sie würde wegziehen, weil sie sich die Gegend nicht mehr leisten konnte, oder was weiß ich. Es war nicht mein Problem, ich war nicht der barmherzige Samariter. Philip, Sarah, Mathe-Manni – sie waren Jobs, sie gingen mich letztlich nichts an. Wieso sollte das bei Paul anders sein? *Blood is thicker than water.* Drauf geschissen. Paul hatte eine Familie, hatte Vater, Mutter, Bruder. Er stammte aus einer normalen Familie, verbrachte eine normale Kindheit, führte ein normales Leben, so normal, dass es zum Himmel stank. Was hinderte mich daran, mit ihm nach Hause zu fahren und ihn dort abzustellen? Hallo Onkel Dietrich und Tante Erika, ich bringe euch euren verlorenen Sohn zurück. Und jetzt freut euch!

Verdammt noch mal, es gab Gründe dafür, dass ich nicht mehr auf dem Land lebte: die Enge, die Dumpfheit, die Langeweile. Ich habe damit nichts zu tun, dachte ich. Ich hatte den Entschluss gefasst wegzugehen, und fertig. Warum konnte man das nicht respektieren? Vielleicht ist mein Leben keinen Deut besser, dachte ich, aber ich hab's mir zumindest selber ausgesucht. Ich will nicht, dass mein Sohn oder meine Tochter unter lauter Kindern aufwächst, deren einziges Hobby es ist, auf Kuhweiden rumzustehen und den Flugzeugen nachzuwinken. Abgesehen davon will ich überhaupt keine Kinder. Mit wem denn auch? Sophie war ja weg.

Ich merkte, wie mich Pauls Schweigen mehr und mehr aggressiv machte. Vielleicht sollte ich ihn in eine Klinik bringen, ich war kein Fachmann für so Psychokram. Oder ich setze ihn einfach an der nächstbesten Tankstelle aus? Wenn er wenigstens was sagen würde ... Obwohl – dann laberte er wieder von seinen Milchzähnen oder anderem wirren Zeug. Jetzt juckte auch mein Ausschlag wieder. Ich will nicht ungerecht sein, dachte ich, aber der Typ muss verschwinden. Ich wurde ungerecht: Zur Hölle mit ihm! Je länger Paul schwieg, desto ungerechter wurde ich. Und unruhiger. Diese Angst packte mich wieder, diesmal gepaart mit einer Wut, einer irren, unsagbaren Wut. So musste sich also Dietsche gefühlt haben, wenn Paul ihn anschwieg. Ich bin nicht verantwortlich, ich bin dafür nicht zuständig. Er ist erwachsen. Er hätte nicht herkommen dürfen, man hätte ihm das nicht erlauben dürfen ...

Irgendwann begann ich zu brüllen, beleidigte ihn, nannte ihn einen Trottel und Vollspacko. Ich rüttelte an ihm und schrie ihn an. Die ganze Anspannung der letzten vierundzwanzig Stunden brach aus mir heraus. Ich zeigte ihm meinen blutig gekratzten Arm, »daran bist du schuld, einzig und allein du«. Ich schrie ihm ins Gesicht, dass er schuld daran sei, dass Sophie nie mehr wiederkäme, dass er mein Leben zerstört hätte, dass er immer schon ein kompletter Volldepp gewesen sei. »Und wenn du jetzt nicht gleich das Maul aufmachst, rufe ich die Männer in den weißen Turnschuhen. Die holen dich ab, und dann ist Schicht im Schacht!« Und mich können sie auch gleich mitnehmen, dachte ich. Dann drohte ich ihm mit Tante Erika, Doktor Söhnlein und Dietsche. »Ich schwör's dir, der verdrischt dich, dass dir Hören und Sehen vergeht.« Ich hielt ihm den Zettel vor die Nase. »Hast du das geschrieben? Sag schon, was soll ich wissen? Was? Ich weiß nichts, verstehst du, und ich will auch nichts wissen.« Ich brüllte und brüllte. »Geh dahin zurück, wo du hergekommen bist!«

Paul ging nicht. Und er sagte auch nichts.

Ich aber gab ihm die Schuld an nahezu allem, was je in meinem Leben passiert war, am Tod meines Kanarienvogels, am Koma von Onkel Sepp, den ich nicht einmal kannte; gab ihm die Schuld daran, dass ich gegen den FC Wacker noch in der ersten Halbzeit ausgewechselt worden war, dass Marlene Jost mich ausgerechnet mit Dietsche betrogen hatte, dass ich in der neunten Klasse fast sitzen geblieben wäre.

»Und weißt du, warum ich in dieser Kirche arbeiten muss? Soll ich's dir sagen? Soll ich? Weil du Bettnässer uns damals bei der Firmung alle blamiert hast. Wie kann man sich nur in die Hose schiffen mit elf? Und dann wochenlang rumsitzen, flennen und die Beatles hören? Peinlich war das!«

Dass Paul völlig ruhig dasaß und ich im Moment die vielleicht peinlichste Figur der Weltgeschichte abgab, war mir egal. Ich gab ihm die Schuld am Wetter, an der Ermordung John Lennons, an der hohen Telefonrechnung, am Irakkrieg.

»Da, schau's dir an«, ich drehte seinen Kopf in Richtung Fernseher, »wegen dir führen die da Krieg, schau's dir ruhig an.«

Auf einmal spürte ich einen stechenden Schmerz am linken Oberarm. »Und jetzt kriege ich auch noch einen Herzinfarkt wegen dir«, presste ich hervor, aber es war nur der Ausschlag.

Ich sank in mich zusammen. Was war nur los mit mir, sonst warf mich doch auch nichts so schnell aus der Bahn? Ich zündete mir eine Zigarette an. Paul schwieg immer noch. Er war entspannt, hockte auf seinem Stuhl und schaute im Fernseher den befreiten Irakis beim Jubeln zu. Er hat das alles gar nicht mitgekriegt, dachte ich, zum Glück.

»Entschuldige, Paul, ich war neben der Kappe. Das nimmt mich alles mit.«

Er reagierte auch jetzt nicht. Ich fuchtelte mit meiner Hand vor seinen Augen herum. Nichts. Ich atmete durch, das konnte ja heiter werden. Die nächsten Stunden vergingen damit, dass ich rauchte und Paul beobachtete. Er verhielt sich vollkommen normal, wenn man davon absah, dass er nichts sagte.

Es schien so, als gingen sein Körper und sein Geist getrennte Wege. Tätigkeiten verrichtete er wie selbstverständlich, er wusch sich, zog sich an, aß, trank, aber er kommentierte diese Tätigkeiten nicht. Er sah noch nicht mal hin, seine Sinne schienen ausgeschaltet, alles geschah wie von selbst. Seine Hülle funktioniert, dachte ich, aber er selbst ist abwesend.

Ich stand auf und tat das, was ich immer tat, wenn ich nicht mehr weiterwusste. Ich holte das Blutdruckmessgerät. Keine Ahnung, wieso. Ich hatte nicht den leisesten Schimmer, was da eigentlich gemessen wurde, geschweige denn, was man für Medikamente brauchte bei zu hohem oder zu niedrigem Blutdruck. Ich wusste noch nicht einmal, was »Blut-Druck« wirklich bedeutete, aber das Messen war gut. Für alle Beteiligten. Auch wenn ich Stevie bei der Pfarrsprechstunde vertreten musste, wenn mir die alten Frauen gegenübersaßen und ihre Sorgen und Nöte anvertrauten, wenn sie erzählten, dass alles so schwer sei, das Leben, das Sterben, die Einkaufstüten, wenn streng genommen gar nicht wirklich geredet wurde, wenn nichts vorwärts ging, maß ich ihnen den Blutdruck. Ich liebte diese Placebo-Handlung, diese komplette Nullnummer, inklusive Mediziner-Plural.

»Jetzt messen wir Ihnen erst mal den Blutdruck«, sagte ich, und es wirkte.

Das Anlegen der Manschette mit dem bestimmenden Knirschen des Klettbandes, das langsame Aufpumpen der Luftkammer, das gewissenhafte Ablesen der Anzeige, all das sorgte für Entspannung und Ernsthaftigkeit.

»Und?«, fragten die alten Frauen dann. Und noch bevor ich antwortete, hatten sie sich schon verändert. Man hörte es an ihren Stimmen, die wieder zuversichtlicher klangen.

Ich nickte dann immer ein paar Mal mit dem Kopf. »Das sieht ...«, Pause, »das sieht an sich ... sehr, sehr gut aus.« Jetzt huschte meist ein Lächeln über die Gesichter. »Ein bisschen niedrig vielleicht, aber ansonsten wirklich gut.«

Und weil die Frauen glauben wollten, glaubten sie auch.

»Ja, ja, das liegt bei uns in der Familie«, sagten sie beinahe fröhlich.

Ich hatte mich um sie gekümmert, hatte sie ernst genommen, hatte etwas mit ihnen gemacht. Sie plauderten jetzt unbekümmert. In der Regel waren die Gespräche dann schnell beendet, die Frauen wollten hinaus ins Leben, sie wollten es allen mitteilen, sie wollten der Welt gestärkt gegenübertreten.

»Danke, Herr Baumgarten«, sagten sie, »und grüßen Sie mir den Herrn Pfarrer, bei Ihnen ist es wirklich wunderbar, haben Sie vielen Dank.«

Blutdruckmessen war gut.

Ich krempelte den Ärmel von Pauls Hemd hoch und legte ihm die Manschette um den Oberarm. Er war sehr muskulös und sehnig, sein mächtiger Bizeps spannte sich.

»Sollte wohl mal ein Bein werden«, sagte ich. Paul nahm es nicht wahr. Er ist doch immer ein Hänfling gewesen, dachte ich, immer der Schwächste von uns. Wo hat er die Muskeln her? Es waren echte Muskeln, durch lange, harte Arbeit erworbene, keine antrainierten wie die von Stevies Schwulenfreunden. Der Job auf dem Bau, fiel mir ein. Ich wusste nichts.

Pauls Blutdruck war normal. Das Messen hatte seinen Zweck verfehlt, nichts entspannte sich, auch bei mir nicht. Ich holte das Beichtbuch und notierte: »9. 4. Paul, 120:80.«

Was sagte das? Nichts. Rein gar nichts. Ich fühlte mich hilflos und blöd. So, als wenn das Auto nicht läuft, dachte ich. Wie unser früherer Dienstwagen. Er sprang im Winter oft nicht an, und manchmal starb er auch während des Fahrens einfach ab und war nicht mehr anzubekommen. Ich stieg dann immer aus dem Auto, öffnete die Motorhaube und schaute fachmännisch hinein. Was für ein Schwachsinn. Ich fand noch nicht mal den Ölstab. Das da vor mir waren Hieroglyphen, ein unentwirrbares Labyrinth aus Schläuchen und Maschinenteilen. Genauso gut hätte ich im Auto sitzen bleiben können und sagen: »Hey, Auto, was hast du denn? Habe ich irgendetwas falsch gemacht? Bitte, bitte, fahr doch wieder.«

Ins Beichtbuch schrieb ich: »Wenn jemand schweigt, helfen keine Placebos.«

6

Während Paul apathisch dasaß oder wie fremdgesteuert durch die Wohnung tigerte, während er kannenweise Kaffee trank oder stundenlang schlief, sah ich fern.

Knappe drei Wochen hatten die Kämpfe im Irak also gedauert. Länger als geplant, aber insgesamt war es doch der erwartete kurze Krieg gewesen. Nicht, dass er wirklich vorbei war, im Gegenteil, in den Städten, auf den Straßen wurde zum Teil noch erbittert gefightet. Überall lauerten Heckenschützen und Freischärler, es gab Tote und Verletzte, schwer armierte Spezialeinheiten stürmten Haus um Haus, befreiten die einen, nahmen andere gefangen, hinderten wieder andere am Plündern. Wie im Fernsehen, dachte ich, und das war es ja auch, Fernsehen, ein War-Movie mit denkbar schlechter Dramaturgie. Jetzt, da der Krieg zu Ende war, sah man ihn endlich: die befürchteten Straßenschlachten, die Kämpfe Mann gegen Mann. Die Bombardements hatten dagegen völlig irreal gewirkt. Aber man weidete sich nicht an der neuen Situation, man mied die nachvollziehbaren Bilder des Krieges. Mathe-Manni dürfte enttäuscht sein, dachte ich, statt schießender Marines zeigten sie immer öfter zufriedene Wachpatrouillen, statt flüchtenden, verängstigten Menschen glückliche, feiernde, befreite.

»Das sind doch alles Jubelperser, die schneiden die doch rein«, sagte Stevie.

»Was würde das ändern?«

»Schau dir diese billige Inszenierung doch mal an!« Stevie war erbost.

Im Fernseher stürzte ein amerikanischer Panzer die Statue des irakischen Diktators vom Sockel, Hunderte von Menschen johlten und applaudierten.

»Die wissen wahrscheinlich gar nicht, dass das nur die Statue von Saddams Doppelgänger ist«, witzelte mein Pfarrer.

Die Generäle mahnten, die Kampfhandlungen seien noch nicht vorbei, nach Bagdad müsste nun auch Tikrit fallen und andere Städte, doch vor allem gelte es jetzt, die Verantwortlichen des Terrorregimes zu fassen und mit aller Macht nach den Massenvernichtungswaffen zu suchen.

»Na, dann packt schon mal eure Schaufeln aus«, rief Stevie den Generälen zu, »in der Wüste sind bestimmt ganz viele Atom-U-Boote und Wasserstoffbomben vergraben. Das darf doch alles nicht wahr sein, eine Nation auf der Suche nach ihrem Kriegsgrund, wie pervers ist das eigentlich?«

»Pervers war's von Anfang an«, entgegnete ich, aber ich war mit den Gedanken woanders.

»Ach, eine ausgemachte Scheiße ist das doch!«

Ich war mir nicht sicher, ob Stevies Wut dem Treiben im Fernseher galt oder der Tatsache, dass jetzt wohl bald wieder der Alltag in unsere Kirchengemeinde einziehen würde. Vermutlich beidem. Aber es half nichts: Obwohl es noch keinerlei offizielle Verlautbarungen gab, keine Kapitulationserklärung, keine Rede an die Nation, obwohl da unten wahrscheinlich nichts anders war als noch einen Tag zuvor – man hatte beschlossen: Der Krieg ist vorbei. Wie auf Knopfdruck schwenkten alle um, sprachen von einer neuen Phase, von Entspannung, auch die Kriegsgegner taten das, der deutsche Kanzler, der französische Präsident. Statt vorsichtige Kritik zu üben, redeten sie von einer Minute auf die andere von Wiederaufbau und Demokratie. Als hätte man einen Schalter umgelegt.

Bei Paul kann keiner den Schalter umlegen, dachte ich, und der aufkeimende Juckreiz an meinem Arm sorgte dafür, dass ich mich sofort für diesen Gedanken schämte. Da drin im Fernseher geschieht Ungeheuerliches, da wird Weltgeschichte geschrieben, und ich schlage mich mit Privatkram herum, wollte ich denken. In Wirklichkeit aber dachte ich: Wenn Paul jetzt nicht hier wäre, würde mich der Krieg genauso wenig interessieren. Er wäre mir so egal wie nur irgendwas. Ein Thema, über das man Witze machen konnte, mehr nicht. So egal wie streng genommen eigentlich alles. So egal wie Paul vor kurzer Zeit.

Als er noch nicht in meinem Bett schlief.

Als er noch nicht schweigend in meiner Küche saß.

Als er noch nicht fünf Mal am Tag in meinem Badezimmer stand, um sich mit einer Gründlichkeit die Zähne zu putzen, wie ich sie noch nie zuvor bei jemandem gesehen hatte.

Stevie holte mich in die Welt zurück. Er schaltete den Fernseher ab und sprach wie so oft meine Gedanken aus.

»Dann gehen wir's mal an, hm?« Er malte mit dem Finger einen Kreis in die Luft, »wir haben hier einen Job zu machen. Ich setze mich jetzt an die Predigt für morgen, und du telefonierst mal deine bucklige Verwandtschaft ab und findest raus, was dein Cousin hat, die müssen doch Bescheid wissen. Wär doch gelacht, wenn wir beide nicht ein wenig Licht in die Sache bringen würden.«

Ich nickte.

»Also los. Und vergiss nicht, dass du mir noch die Story mit Sophie verklickern musst, und über deine Leute daheim weiß ich auch zu wenig, ich will das alles haarklein im Beichtbuch haben.«

»Ich kann ja aufs Klo gehen und ’ne Familienaufstellung machen.«

»Gute Idee, Kleiner. Bis heute Abend liegen die Ergebnisse vor, klar?«

7

Als ich den Hörer in die Hand nahm, erinnerte ich mich plötzlich daran, wie mein Vater vor Urzeiten versucht hatte, Lena und mir die Funktionsweise des Telefons zu erklären. Wie lang mochte das her sein? Wir waren noch sehr klein und technische Geräte absolute Mysterien für uns. Unerklärliche, verzauberte Dinge.

Papa holte zwei leere Joghurtbecher und eine Nylonschnur aus dem Keller. Er bohrte je ein Loch in die Becherböden, zog die Schnur hindurch und fixierte sie auf beiden Seiten mit einem Knoten.

»Ihr müsst sie ganz straff halten, sonst geht’s nicht«, sagte er. »Benutzt den Joghurtbecher wie einen Trichter, sowohl als Sprechmuschel als auch als Hörer.« Er zeigte es uns. »Einer spricht, der andere hört, und dann umgekehrt.« Er legte immer einen heiligen Ernst an den Tag, wenn er uns etwas zeigte.

Lena rannte los, den Joghurtbecher fest umklammert. Sie lief quer durch den Garten, stieg über den Zaun, und nach ein paar Schritten auf der Wiese spannte sich die Schnur.

»Hallo, hallo, mit wem spreche ich?«, trompetete sie in den Trichter. Dann hielt sie ihn sich ans Ohr.

»Na, mit mir, Lukas«, antwortete ich und winkte ihr zu. »Wie geht’s, wie steht’s?«

Wir waren vielleicht zwanzig Meter voneinander entfernt, und so, wie wir brüllten, hätten wir uns mühelos verstanden, bildeten uns aber ein, dass wir wirklich telefonierten. Unser Vater lachte und ging ins Haus.

Auf Lenas Anrufbeantworter ertönte immer noch die bescheuerte Familienansage, aber ich war durch den plötzlichen Strom meiner Erinnerung so beflügelt, dass es mir gelang, ihr halbwegs nett zu erläutern, was los war, und sie um einen Rückruf zu bitten.

Von Tante Erika erfuhr ich, dass der alte Mair gestorben war, dass es Dietrich senior an der Hüfte hatte und Onkel Sepp noch immer im Koma lag.

»Aber mit die Komapatienten musst red'n, die verstehn das, die hör'n genau zu. Und wenn'sd das Richtige erzählst, dann wachen's auf.«

Soso.

Als ich vorsichtig auf Paul zu sprechen kam, lieferte mir Tante Erika einen detaillierten Zustandsbericht der einheimischen Flora und Fauna, »die Akeleien, die Magnolien, und Lukas, stell dir vor, sogar die Kirschen blühn schon. Das wird ein heißer Sommer«. Des Weiteren ließ sie mich wissen, wer wieder Baugrund verschachert hatte, wessen Grab aber nun wirklich nicht in Ordnung sei und dass es mit der Auswahl des Schützenkönigs von Jahr zu Jahr schwieriger werde. Paul erwähnte sie nicht mit einer Silbe, aber immerhin gab sie mir Dietsches Handynummer.

Bei meinem nächsten Anruf erfuhr ich noch mehr Dinge, die ich nicht wissen wollte.

»Praxisgemeinschaft Doktor Söhnlein, Doktor Jost.«

»Grüß Gott, hier spricht Lukas Baumgarten, könnte ich mit Doktor Söhnlein sprechen?«

Ich hörte eine vertraute Stimme. »Hallo Pirat.«

»Marlene?«

»Immerhin weißt du meinen Namen noch.« Sie lachte.

Und ich war völlig verdattert. »Ich ... was ... was machst du denn in der Praxis vom Söhnlein?«

»Man nennt es ›arbeiten‹.«

»Ich wusste gar nicht ...«

»... dass ich Medizin studiert habe? Da kannste mal sehen.«

»Is' ja 'n Ding. Und jetzt ... bist du so richtig am ... Arbeiten? Beim alten Doc?«

»Nein, auf dem Mars. Was denkst du denn? Klar. Und wie geht's dir?«

»Soweit ... muss ja.« Ich stotterte rum wie früher in der Schule. *Praxisgemeinschaft Doktor Söhnlein, Doktor Jost* – das durfte doch alles nicht wahr sein.

Ich fasste mich. »Hör mal, ich rufe wegen Paul an, meinem kleinen Cousin ...« Weiter kam ich nicht, es knackte in der Leitung, ich hörte eine Tür schlagen und eine Männerstimme.

»Marli, könntest du schnell mal kommen?«

Gedämpft hörte ich Marlene antworten. »Ich telefoniere, Egbert, siehst du das nicht?«

»Telefonieren kannst du später«, sagte die Männerstimme, die eindeutig die von Doktor Söhnlein war, »ich hatte dich doch gebeten, das Kardiogramm von der Hofer fertig zu machen. Und dann bestellst du bitte für morgen eine CT in Harlaching, einmal Resthirnbestimmung vom Dings, vom ...«

Dann verstand ich nichts mehr, denn Marlene war wieder dran. »Lukas, hier ist gerade die Hölle los. Ich ruf dich nachher zurück, deine Nummer habe ich auf dem Display.«

Mir wurde flau im Magen. Die Vorstellung, dass Marlene und Doktor Söhnlein in weißen Kitteln in der schwiemeligen Praxis saßen und sich duzten, verursachte mir Übelkeit. *Marli, könntest du schnell mal ... Ich telefoniere, Egbert.*

Ob Marlene Paul untersucht hatte? Den Einzigen von uns dreien, mit dem sie es nicht getrieben hatte. Ich schielte zum Küchentisch. Paul kippelte mit dem Stuhl und guckte in die Luft.

Hallo Pirat. Marlenes Begrüßung hallte noch lange in mir nach. Ich langte nach dem Beichtbuch und begann zu schreiben:

»Als Kind war ich großer Fan des Piraten Klaus Störtebeker. Keine Ahnung, warum ich dermaßen gefesselt war von seiner Geschichte, aber ich kannte sie in allen Einzelheiten: Erst war er ein Guter gewesen, gehörte zu den Vitalienbrüdern und versorgte das belagerte Stockholm über den Seeweg. Später raubte er auf eigene Faust, machte die Meere unsicher und wurde 1402 enthauptet. Man gestattete ihm jedoch vorher, ohne Kopf an seinen aufgereihten Kameraden entlangzulaufen. Diejenigen, die er dabei passieren könnte, würden freigelassen. Was für eine kranke Idee! Auf so was kann echt nur die deutsche Obrigkeit kommen. Wie auch immer: Störtebekers Kopf fiel, sein Rumpf schaffte zwölf Getreue. Alle Achtung.«

Ich ließ den Stift sinken. Was tat ich hier eigentlich? Ich *musste* Stevie das ja nicht vorlesen. Warum konnte ich nicht zumindest mir gegenüber etwas ernsthafter sein? Ich unternahm einen zweiten Anlauf und notierte:

»Die Geschichte von Klaus Störtebeker: Dietsche hat nicht nur Paul, sondern manchmal auch mich geschnitten. Wenn er mit den größeren Jungs Fußball spielte, blieb auch ich außen vor. Und jedes Mal, wenn ich einsam am Spielfeldrand des Bolzplatzes saß und nicht mittun durfte, wenn ich sehnsüchtig auf die kickenden Jungs blickte, fantasierte ich. Man würde mich hinrichten (warum auch immer), und mit mir die ganze Mannschaft (sie hatte es nicht besser verdient). Ich aber war der große Freibeuter, kopflos torkelte ich an meinem Team entlang und befreite es bis hin zum Einwechselspieler. Für mich jedoch war es zu spät, hätten die Jungs mich halt mitspielen lassen, jetzt sahen sie, was sie mir angetan hatten ...«

Ich legte das Beichtbuch weg. Es ging einfach nicht. Marlene spielte in dieser Geschichte ohnehin erst viele Jahre später mit, am Ende der Schulzeit, als alle Leistungskurse eine Studienfahrt machen durften. Diese Bildungsreisen hießen »Auf den Spuren der Etrusker«, »Discovering Britain« oder »Toskana und ihre Historie« und so weiter, die Ziele waren Rom, London, Siena und andere traumhafte Orte. Wir waren volljährig, notgeil und durften eine Woche von zu Hause weg! Die Arschkarte unter den Reisen war »Norddeutschland – auf Störtebekers Spuren«. Klar, dass unter diesen Umständen die Fahrtziele ausgelost werden mussten. Marlene Jost übernahm für unseren Kurs die Rolle der Losfee.

»Mach bloß nichts Falsches«, sagten wir, als sie in die Trommel griff, »mach jetzt bloß nichts Falsches!« Und dann sagten wir: »Das verzeihen wir dir nie!«

Keiner würdigte sie eines Blickes, als wir in einem miefigen Reisebus durch das verregnete Deutschland fuhren, sie stand abseits, als wir irgendwo an der Unterweser die Geschichte der Hanse über uns ergehen ließen, sie schlief allein in einem Stockbett einer traurigen Jugendherberge in Bremen-Vegesack, weil niemand mit ihr ein Zimmer teilen wollte.

Als Marlene dann eines Abends bitterlich weinte, nahm ich all meinen Mut zusammen und sagte: »Ich weiß, wie du dich fühlst.«

Ich war bis dahin nicht besonders gut gewesen im Reden mit Mädchen, doch diesmal redete ich mich um Kopf und Kragen. Ich weiß noch, dass ich viel von Fußball und Piraten sprach. Ich weiß noch, dass Marlene von da an nicht mehr alleine schlief. Und ich weiß noch, dass ich es sehr schön fand.

Was ich nicht mehr weiß, ist, warum das nach der Studienfahrt nicht mehr geklappt hat, mit Marlene und mir, und wie es dazu kam, dass sie an Dietsche geriet, und ob ich wütend war. Ich wollte es nicht wissen.

8

Es gibt keine Zufälle, dachte ich, als mein Handy summte. Es war auf »Lautlos« gestellt und vibrierte auf dem Küchentisch. Bei jedem tonlosen Klingeln klackerte es auf dem Resopal, hüpfte leicht in die Höhe und drehte sich. Oder zuckte willkürlich. Mit einem schnarrenden Geräusch bewegte es sich kreiselnd auf die Tischkante zu, machte kehrt, verharrte, vollführte eine kleine Pirouette, stoppte erneut und ruckelte dann Haken schlagend auf Paul zu. Und der ... erwachte aus seiner Lethargie.

Zum ersten Mal seit Tagen sah ich so etwas wie eine Regung an ihm. Er saß kerzengerade auf seinem Stuhl, rührte sich nicht und blickte mit weit aufgerissenen Augen auf mein Handy. Dann sagte er: »Das Telefon tanzt.«

»Paul«, rief ich, »endlich!«

Ich rannte zu ihm und legte meine Hand auf seine Schulter. Paul war wie beseelt, er lächelte verzückt und starrte dabei unentwegt auf das Telefon. Hochkonzentriert. Als wollte er keinen noch so winzigen Augenblick verpassen, als wollte er das Geschehen vollkommen in sich aufsaugen.

Das kann nicht sein, dachte ich. Registrierte die Nummer auf der Anzeige, verglich sie mit der, die ich vorher auf einen Fresszettel gekritzelt hatte. Das gab es einfach nicht. Dietsche war dran. Ausgerechnet er hatte seinen Bruder in die Welt zurückgeholt. Wieso rief er gerade jetzt an? Meine Gedanken rotierten wie wild, Marlene, Tante Erika, Doktor Söhnlein und jetzt Dietsche. Er soll auf die Mailbox sprechen, beschloss ich. Aber die dachte gar nicht daran, anzuspringen, zu schön war das Schauspiel.

»Tanze, Telefon, tanz für mich«, schien sie zu rufen, »wozu bist du mobil? Du hast keine Leine, keine Schnur, die dich hält, und noch eine Drehung, jawohl, und linksherum. Vorsicht – und weiter, ja, so ist es gut.«

Das Handy ließ sich nicht aus der Ruhe bringen, wandte sich bald hier-, bald dorthin, gönnte sich alle paar Sekunden eine

Pause und hüpfte dann wieder weiter. Improvisierte bedrohlich nah am Abgrund und tänzelte dann gekonnt zurück zur sicheren Mitte des Tischs. Ohne auch nur einmal eine vollführte Bewegung exakt gleich zu wiederholen, ohne aus der Puste zu kommen, in vollendeter Regelmäßigkeit. Und blieb dann ohne jede Vorwarnung einfach liegen.

Nach einem kurzen Moment hatte sich Paul gefasst. Er klatschte in die Hände: »Schön!«

»Ja«, pflichtete ich ihm bei. Er lachte mich an.

»Es hat richtig getanzt.«

»Ja, Paul, das hat es.«

»Zu Hause tanzt nie jemand.«

Er erhob sich mit Schwung und ging aufs Klo.

Noch ehe ich realisieren konnte, was eben passiert war, stand im nächsten Moment Stevie im Zimmer. Gleichzeitig schrillte das Festnetztelefon. Ich bedeutete dem Pfarrer zu warten und hob ab.

»Baumgarten.«

»Grüß dich, Lukas, hier spricht Egbert Söhnlein, du hattest angerufen.«

»Doktor Söhnlein, gut, dass Sie dran sind, ich wollte ... es ist so, dass ... also, vor ein paar Tagen ... ich meine ...«

Stevie guckte mich entgeistert an. Na, wird's gehen, Kleiner?

»Herr Söhnlein, was ich sagen wollte ...« Ich wusste schon wieder nicht mehr weiter. Der Doktor unterbrach mich.

»Lukas, ich hab nur kurz Zeit. Was willst du?«

»Ich will eigentlich gar nichts. Es ist nur so, dass mein Cousin Paul bei mir zu Besuch ist. Und er, na ja, wie soll ich sagen, er benimmt sich ... äußerst merkwürdig.«

»Und?« Söhnleins Stimme hatte einen unangenehmen Unterton.

»Ich dachte, er ist ... er war doch bei Ihnen. Und da dachte ich, Sie könnten mir vielleicht sagen ...«

»Dachtest du, ja?« Der Doktor klang jetzt zunehmend feindseliger. »Hör mal, Lukas, ich habe jetzt wirklich keine Zeit, Krankengeschichten zu referieren. Außerdem hast du ja bestimmt schon mal von der ärztlichen Schweigepflicht gehört.«

Jetzt wurde ich wütend, Schweigepflicht, was sollte der Schwachsinn? Auf dem Land gab es so was nicht, da wurden noch die intimsten Details am Stammtisch ausgeplaudert. Da wusste jeder alles über jeden.

»Herr Söhnlein, Sie kennen uns von klein auf. Ich dachte nur, dass Sie mir eventuell weiterhelfen können, ich kann das nämlich nicht.«

»Da muss ich dich enttäuschen, Lukas. Ich weiß auch gar nicht mehr, was da genau war, mit dem Paul. Ich müsste erst nachschauen, und dafür habe ich nun tatsächlich keine Zeit. Ich kann dich aber beruhigen. Es ist nichts Tragisches, das gibt sich.«

Der Quacksalber verzapfte seit fünfundzwanzig Jahren immer noch dasselbe nichts sagende Gewäsch! Ob ich ihm drohen konnte? Und wenn, mit was?

»Dann werde ich mich eben hier nach einem Arzt umsehen müssen.«

»Tu das. Es wird ja wohl welche geben in München.«

Der Versuch war missglückt.

»Und noch was, Lukas«, sagte Söhnlein schneidend, »behellige die Marlene bitte nicht mehr während der Arbeitszeit, ist das klar?«

»Bitte?« Ich traute meinen Ohren nicht.

»Du hast mich schon verstanden. Und wenn noch was ist, lässt du dir einen Termin geben. Wiederhören.«

Entgeistert ließ ich den Hörer sinken.

Stevie sah mich mitleidig an. »Bad news from home?«

»Das war der Kinderarzt aus meinem Inzestnest. Er teilt sich die Praxis neuerdings mit meiner Jugendliebe und weigert sich, mir irgendwas über Paul zu erzählen. Keiner aus diesem verfluchten Kaff sagt was!«

Ich brachte meinen Pfarrer auf den Stand der Dinge. Erzählte ihm von früher. Vom Dorf, der Enge, dem Muff. Da Paul im Schlafzimmer rumorte, hatten wir Zeit. Ich schilderte Stevie in groben Zügen, wie das gewesen war, unter einem Dach mit Dietsche und Paul zu leben, wie mein kleiner Cousin damals auf mich wirkte und wie anders er mir jetzt erschien.

Bestimmt eine geschlagene Stunde redete ich auf Stevie ein, erzählte ihm so ziemlich alles, was ich wusste, und verschwieg weder meine Angst noch meine Wut.

»Irgendetwas muss da passiert sein, Stefan, und jetzt kommt dieser Doktor und tut, als wär nichts.«

»Lass Papa mal machen«, sagte Stevie schließlich und setzte seinen »In Wirklichkeit bin ich Schauspieler«-Blick auf, »nicht umsonst nennt man mich *Steven Frank, Private Investigator aus Leidenschaft.* Gib mir mal die Nummer von dem Typ.«

Ich stellte zur Sicherheit die Rufnummernunterdrückung meines Handys an, wählte Söhnleins Nummer und reichte es ihm. Paul trat ins Zimmer.

»Hallo Paul«, flüsterte Stevie und bedeckte mit der Hand die Sprechmuschel, »schnell, wie heißt du mit Nachnamen?«

Paul blickte ihn fragend an, doch noch ehe er etwas sagen konnte, legte Stevie auch schon los.

»Schönen guten Tag, werter Kollege, hier spricht Professor Stefan Karl Meier von der Charité in Berlin. Wie ich erfahren habe, sind Sie der behandelnde Arzt des jungen ...«, er raschelte mit der »Süddeutschen Zeitung«, »des jungen ...«

»Hofstetter«, zischte ich.

»Hofstetter«, wiederholte Stevie, »Paul Hofstetter, richtig? Gut. Ich referiere gerade auf einem großen Neurologenkongress in München und bin dabei vor ein paar Tagen auf die ... Sache gestoßen. Der ... Casus Hofstetter, werter Kollege, erscheint mir ... und meinem Team nicht nur interessant, sondern auch außerordentlich dringlich. Ich gehe mal davon aus, dass Sie den jungen Mann ausführlich examiniert haben, verzeihen Sie, natürlich haben Sie das – in Anbetracht seiner wirklich schwer wiegenden ... Störung. Könnten Sie mir bitte umgehend eine Liste sämtlicher Fachärzte, an die Sie den Patienten weiterverwiesen haben, zukommen lassen? Und des Weiteren brauche ich auch all Ihre Unterlagen – Bilder, Untersuchungsergebnisse, Medikamentierung, einfach alles, was Sie haben.«

Stevie ging völlig in seiner Rolle auf. »Wie bitte? Nein, das kann nicht warten. Der Fall ist von großem Interesse. Oder wollen Sie, dass ich mich an die Ärztekammer wende? Ich habe sehr gute Kontakte ...«

Jetzt vermasselt er's, dachte ich. Stevie trug einfach immer zu dick auf, aber er war nicht mehr zu bremsen.

»Ich bin mir ja auch sicher, dass Sie den Patienten – im Rahmen Ihrer fachlichen Qualifikation als Allgemeinmediziner freilich – dass Sie den Patienten vorbildlich versorgt haben. Wir machen das so: Ich wohne derzeit bei einer befreundeten ... Koryphäe hier in München. Wenn Sie einfach alles, was Sie haben, durchfaxen. Ich gebe Ihnen mal eben die Nummer.« Wieder raschelte er mit der Zeitung und gab ihm dann die Faxnummer des Pfarramtes. »Das ist wirklich außerordentlich nett und kooperativ von Ihnen, haben Sie besten Dank. Ich werde es nicht versäumen, Sie lobend in meinem Bericht zu erwähnen. Ja – ich höre dann von Ihnen. Danke und auf Wiederhören.«

Stevie lachte. »Alter Schwede, der Medizinmann hat das gefressen.«

Paul ging auf ihn zu und sah ihn neugierig an. »Wer bist denn du?«

»Schön, dass du wieder redest, Paul. Ich bin Stevie, Lukas' Mitbewohner. Wir haben doch neulich zusammen gebacken.«

»Gibt's Kuchen?«, fragte Paul. »Wie zum Geburtstag?«

»Nein, einfach so«, antwortete Stevie.

»Ich weiß nicht mehr«, sagte Paul und schüttelte den Kopf.

»Schon in Ordnung, Kleiner«, sagte ich.

»Ich vergess alles.« Paul klopfte sich mit den Fingern an die Stirn. »Ich vergess einfach alles.«

9

Nachdem Paul ins Bett gegangen war, hockten wir in der Küche, rauchten die Wände gelb und betranken uns.

»Das nimmt dich ganz schön mit, oder?«, fragte Stevie.

»Glaub schon.«

»Die Vergangenheit holt einen halt doch immer ein.«

Ich blies Rauch durch die Nase und versuchte, mich gegen diesen Satz zu wehren. Aber es half nichts. Paul war krank und in meiner Obhut. Und ich hatte keine Ahnung. Ich hatte nicht den geringsten Schimmer, ob Paul vielleicht Drogen genommen hatte. Oder ob er unter Schock stand. Und wenn ja, warum. Irgendwas musste ich unternehmen, und zwar etwas Gescheiteres als einen dümmlichen Anruf bei meinem alten Kinderarzt. Was passierte eigentlich, wenn Söhnlein Nachforschungen anstellte?

Stevie zog sein Beichtbuch hervor. »Eine Runde Buße und Vergebung?«

»Nee, lass mal. Keine Lust.«

»Wie du willst.« Er schenkte Wein nach und legte Stift und Papier bereit. »Dann back to business. Woll'n mal sehen, was wir haben ... Morgen Gottesdienst, und wenn wir den überstanden haben«, er guckte auf seinen Zettel und zählte auf, »in der Woche Pfarrgemeinderatssitzung, Sommerbasar, Hausbesuch bei Frau Strittmatter, Konfirmationsunterricht vorbereiten.«

Ich vervollständigte: »Pfarrbrief in den Druck geben. Des Weiteren Mathe-Manni quälen und den Ihringer Schorsch, die Claudia, den Malte, Kevin eins und Kevin zwei, anschließend mit Sarahs Mutter poppen, und dann erschieß ich mich.«

»Schick doch Paul hin.«

»Sehr witzig.«

»Und dann«, Stevie nahm einen großen Schluck, »aua, aua, alle Jahre wieder steht noch die Kinderbibelwoche an. Deine Kapelle hat schon angerufen, und diesmal probt ihr gefälligst.«

Ich schaute ihn schuldbewusst an. Unser letztjähriger Auftritt war eine einzige Katastrophe gewesen. Wir hatten nicht nur grottenfalsch gespielt, sondern auch noch in einer Lautstärke, die jeder Speed-Metal-Band zur Ehre gereicht hätte. Zu allem Überfluss war Franz noch auf seiner Zündapp durchs Kirchenschiff gebraust, was uns eine saftige Beschwerde eingebracht hatte.

Ich versuchte, Stevie zu besänftigen.

»Vielleicht denkt Seventh Heaven ja über eine Unplugged Session nach.«

»Und über einen neuen Bandnamen!« Der Punkt ging an den Pfarrer. Ich überlegte.

»Wie wär's mit Zeugen des Mofas?«

»Schluss damit. Das Thema ist übrigens Mensch, Tier und Natur – haben sich die Kinder ausgesucht.«

»Na dufte.« Ich zündete mir eine weitere Zigarette an. »Gestern noch Irakkrieg, heute schon wieder ›Mein Freund, der Baum ist tot‹!« Ich steckte die Kippe in den Mundwinkel und spielte Luftgitarre.

»Schlimmer«, sagte Stevie, »hier sind die Noten.«

Er reichte mir ein Singheft mit Chorsatz und Harmonien. Ich überflog die erste Seite. »Damit die Erde Heimat werde« stand dort. Nicht wieder diese mundgeblasene Peter-Janssens-Grütze!

»So sieht's aus, mein Freund«, sagte Stevie, »Patrizia hat's mit den Kleinen schon einstudiert, die Kinderbibelkinder finden's töfte. Bin gleich wieder da.« Er stürmte aus dem Zimmer.

»Patrizia soll in ihrer Batikgruppe bleiben und Matetee trinken. Und nicht immer so einen uralten Müll aussuchen«, rief ich ihm nach.

Ich ging die Noten durch. Das können wir nicht bringen, dachte ich und las mir halblaut einen Refrain vor: »Die FDJ geht in den Wald / und macht den Borkenkäfer kalt ...« Leck mich fett! »Das ist im Osten ganz genauso wie im Westen / ganz oben sitzen meistens nicht die Besten.« Das war ja mal ein topaktuelles Lied.

Ich blätterte das Heft durch und stieß auf ein Lied mit dem Titel »Aalglatter Gott«. In f-Moll, dachte ich, vier b, inklusive Des major sieben, Franz wird sich seine Klumpfinger brechen! Ich sah mir den Text an. »Aalglatter Gott, / bist stumm wie ein Fisch. / Ich reich dir das Wasser. // Kreuzotter Gott / schlängelst dich durch. / Ich halt dir die Stange.« Mein lieber Herr Gesangverein! Und die dritte Strophe war wie immer die blödste: »Rotkehlchen Gott / bist vogelfrei. Ich fliege auf dich.« Na, herzlich willkommen zum Metaphernähnlichkeitswettbewerb!

»Stevie«, brüllte ich ins Treppenhaus, »der Smash-Hit vom aalglatten Gott wirft unsere ganze Theorie um, da sind einfach alle Strophen gleich unterirdisch!«

»Ich kann's nicht ändern«, kam es zurück.

Schon ganz zu Beginn unserer Zusammenarbeit hatten sich Stevie und ich auf ein musikalisches Credo geeinigt, welches besagte, dass in unserer Kirche niemals die dritte Strophe eines Liedes gesungen werden durfte, nach Möglichkeit nur die ersten beiden. Zum einen, weil man sich die Texte so besser merken konnte, zum anderen, weil die dritten Strophen überdurchschnittlich oft blöd waren. Seit Jahr und Tag hielten wir uns daran, selbst an Feiertagsgottesdiensten, selbst in der Christmette gab es immer nur die ersten beiden Strophen und manchmal noch die vierte und fünfte, die dritte nie. Die Kirchgänger guckten zwar gelegentlich verblüfft, aber so waren nun mal die Regeln. In einer durchzechten Nacht hatten wir unsere Theorie sogar mal aufgeschrieben, sie stand schwarz auf weiß im Beichtbuch.

»Dritte Strophen sind gern mal blöd. Deswegen gibt es sie auch nur ganz selten. Ein guter Song besteht aus Strophe, Refrain, Strophe, Bridge, Refrain, Gitarrensolo, Refrain, aus. Zwei Strophen nur! Und warum? Weil die dritte gern mal blöd ist. Es gibt natürlich dritte Strophen. Die bekannteste ist die des Deutschlandliedes. Wir singen nur die dritte Strophe, heißt es in der Schule immer, die erste singen wir nicht mehr sooo ... Dabei kennt sie jeder: Deutschland, Deutschland über alles, von der Maas bis an die Memel, von der Etsch bis an den Belt ... Maas, Memel, Belt – nie gehört, die Etsch kennen wir. Die fließt durch Südtirol, da musste man als Kind immer in den Urlaub hin, todlangweilig ist die Etsch, da will man die anderen Flüsse doch gar nicht mehr kennen lernen. So einfach kann Antifaschismus sein. Dass die dritte Strophe dann blöd ist, merkt man allein an der Tatsache, dass sie vor allem von Fußballern gesungen wird. Und wenn ihr artig die Hymne singt, Buben, dürft ihr als Belohnung mit den anderen Buben Fußball spielen! So wie sie die Hymne dann singen, spielen sie auch ...«

Über mehrere Seiten hatten wir diese Theorie ausgebreitet, hatten Textbeispiele aus der Popmusik- und Kirchenliedgeschichte angeführt und am Schluss feierlich geschworen, dass in unserer Gemeinde bis zum Jüngsten Tag niemals eine dritte Strophe gesungen werden dürfe.

Ich legte die Noten beiseite und gab mich der schönen Vorstellung hin, wie Franz mit seiner Todesmetallerstimme »Kreuzotter-Gott« röhren würde.

»Wo wir gerade bei musikalischen Verbrechen sind«, sagte Stevie, als er mit einer neuen Flasche Rotwein zurückkehrte, »ich muss dir eine wichtige Geschichte über Mathe-Manni und seine Mutter erzählen, aber erst machen wir die Planung fertig.« Er beugte sich wieder über die Zettel. »Du trommelst die Heavens zur Bandprobe zusammen. Ich kümmere mich um den Basar und die Gemeinderatssitzung. Und wenn du mir einen Gefallen tust, nehme ich dir den Osterartikel für den Pfarrbrief ab.«

»Was für einen Gefallen?« Bei Stevie war Misstrauen generell angebracht.

»Kannst du diesmal unsere heidnische Teufelsseite machen?«

»Wo ist der Haken, Pfaffe? Das Kreuzworträtsel ziehst du dir aus dem Netz, und das Horoskop schreibst du aus der ›Bild‹ ab.«

»Du kannst das besser. Es ist wegen Frau Emmerling. Die ist bald jeden Tag hier und sülzt mich zu. Ich brauche da einfach eine Pause.«

»Wie meinen, Hochwürden? Ich verstehe nicht ganz, was Sie wollen?«

»Die Emmerling ist Steinbock und glaubt den ganzen Quatsch. Könntest du das gesamte Horoskop nicht etwas ausführlicher machen, und bei Steinbock schreibst du irgendwie: Gehen Sie die nächsten zwei Wochen auf keinen Fall aus dem Haus, etwas Schlimmes könnte Ihnen zustoßen.«

»Das ist nicht dein Ernst.«

»Ich will's wenigstens versuchen. Bitte, Lukas, du schaffst das.«

Auf seine Art war Stevie wirklich rührend. Ich nickte. »Okay, wenn's weiter nichts ist. Dann bleibt nur noch die Frage: Was machen wir mit Paul?«

Stevie schenkte unsere Gläser noch einmal voll. »Gottes Wege sind unergründlich. Fürs Erste bleibt er auf jeden Fall hier.«

10

Dass die Wege des Herrn auch geradlinig und ausgesprochen irdisch sein konnten, erfuhren wir am nächsten Morgen.

»Wer saufen kann, kann auch aufstehen«, hatte Stevie noch gesagt, und nun schleppte er sich mit tiefen Augenringen und schwerer Zunge durch den Gottesdienst. Ich saß in der Schalt-zentrale und überlegte, wann ich das letzte Mal einen solchen Kater hatte. Nur Paul war fit. Er wuselte durch den Technikraum, inspizierte die Knöpfe an der Schalttafel und wollte alles erklärt bekommen.

»Das ist also deine Arbeit«, sagte er begeistert. »Das will ich auch mal machen.«

Er ist wie ein Kind, dachte ich.

Und Kinder wollen nun mal spielen. Ich war zu müde, um es verhindern zu können. Dass während Stevies miserabler Predigt zweimal das Licht an- und ausging, schien niemanden zu stören, aber als die Glocken beim Absingen des Introitus das erste Mal erklangen und während der Fürbitten erneut, wurden etliche Kirchgänger deutlich unruhig.

Ich schimpfte mit Paul, und sofort zog er sich zurück. Ließ seine Schultern hängen, begann zu schniefen und verharrte regungslos in der Ecke. Ich brauchte rund zehn Minuten, bis ich ihn wieder halbwegs beruhigt hatte. Gerade noch rechtzeitig hörte ich, wie Stevie von der Kanzel immer deutlicher sprach.

»Und vergib uns unsere Schuld, wie auch wir vergeben unseren Schuldigern.«

Ich hechtete zur Schalttafel und setzte die Glocken in Gang.

»Jetzt war's richtig, oder?«, fragte Paul strahlend.

»Ja, Kleiner. Ein bisschen spät, aber immerhin.« Ich schob zwei weitere Aspirin in den Mund und zerkaute sie.

Stevie murmelte unten etwas von »technischen Pannen«, vergaß den Klingelbeutel rumgehen zu lassen und entließ die Gäste ohne Abendmahl, wahrscheinlich weil er erst mal keinen Wein mehr sehen konnte. Abgesehen davon war kommende Woche Ostern, und da gab es ohnehin das volle Programm.

Allerdings ist mir dies Programm nicht einmal mehr zur Hälfte im Gedächtnis, und auch an die folgende Zeit habe ich nur lückenhafte Erinnerungen. Wahrscheinlich, weil wenig passierte. Doktor Söhnlein meldete sich nicht, und in unsere Kirchengemeinde kehrte Normalität ein. Paul erholte sich zusehends. Wenn ich Nachhilfe gab, ging er Stevie zur Hand; wenn ich im Büro zu tun hatte oder mit der Band probte, war er bei mir. Meistens saß er einfach da, in sich gekehrt, aber fröhlich. Es schien ihm bei uns zu gefallen.

Ein paar Mal machte ich einen Anlauf, mit ihm zu einem Arzt zu gehen, aber er sträubte sich energisch dagegen.

Das Einzige, was uns auffiel, war, dass Paul ständig Sachen vergaß.

Zum Beispiel sammelte er auf Stevies Geheiß die Gesangbücher ein, stapelte sie sorgfältig zu einem Haufen, erinnerte sich dann aber nicht mehr, wo er sie hatte hintun sollen. Also schmiss er sie in den Müll. Als wir ihn darauf ansprachen, wusste er nicht einmal mehr, was ein Gesangbuch ist. So war es mit allem. Paul begann einen Satz und wusste schon im nächsten Augenblick nicht mehr, was er hatte sagen wollen. Oder er zog seinen Pulli aus, weil ihm warm wurde, und hatte schon im nächsten Augenblick vergessen, dass er überhaupt einen besaß. Wenn ihm dann wieder kalt wurde, holte er sich aus meinem Schrank einfach ein Hemd oder eine Jacke, die er etwas später wiederum irgendwo liegen ließ. Wenn wir Paul aus den Augen verloren, mussten wir einfach der Spur aus Kleidungsstücken folgen.

Ich räumte ihm ständig hinterher und wunderte mich, dass er zumindest meinen Schrank immer wieder fand. Vielleicht, weil er ihn von früher her kannte, denn der war ein Erbstück meiner Eltern. Zumindest erklärte ich mir das so. Von früher sprach Paul indessen kaum noch, die Gegenwart interessierte ihn mehr. Er war regelrecht wissbegierig, wollte alles erklärt und ständig neue Aufgaben bekommen. Und wenn man bei ihm blieb und ihn immer wieder daran erinnerte, was er zu tun hatte, erledigte er fast alles mit großem Geschick. Er besserte die Kirchenbänke aus, strich die Rückwand der Sakristei und läutete mit Begeisterung die Glocken, und zwar ganz egal, ob Stevie gerade das Vaterunser betete oder nicht. Ansonsten trank er Unmengen schwarzen Kaffee und schlief viel. In dieser Reihenfolge. Er schüttete in kürzester Zeit mehrere Tassen Kaffee in sich hinein und ging daraufhin schnurstracks ins Schlafzimmer, um drei Stunden Mittagsschlaf zu halten. Es verging kein Tag, an dem sich Paul nicht mindestens ein- bis zweimal hinlegte, um tief und fest zu schlafen. In den Nächten dagegen lag er oft wach, zumindest bildete ich mir das ein. Alles in allem verging die Zeit gemächlich, Paul hatte keinen einzigen gravierenden Aussetzer, und auch mein Ausschlag meldete sich nur selten.

Für einen echten Aufreger sorgte kurz vor Ostern der Papst, als er das gemeinsame Abendmahl von Katholiken und Protestanten verbot. Der erste ökumenische Kirchentag der Geschichte stand bevor, und Stevie schäumte.

»Diese Knallcharge! Das gibt einen Aufruhr in Berlin!«

Meinen Einwand, dass er doch ohnehin noch nie einen Kirchentag nüchtern erlebt hätte, ließ Stevie nicht gelten.

»Das wollen wir doch erst mal sehen.«

Paul amüsierte sich königlich darüber, dass der alte zittrige Mann im Fernsehen so hieß wie er selbst, hatte die Geschichte aber schon bald darauf vergessen. Und auch Stevie wandte sich anderen Dingen zu. Mit Nina Simone starb eine seiner Sangesgöttinnen, und er verfiel in tiefe Trauer. Die Proben von Seventh Heaven wurden ausgesetzt, Stevie hörte Jazz und suchte nach dem Sinn des Lebens. Paul dagegen suchte neue Herausforderungen. Ich suchte seine Socken, und im Fernsehen suchten sie nach Waffen. Fündig wurde niemand.

Weil sonst nichts los war, wurde die zypriotische Grenze geöffnet, das Renteneintrittsalter auf siebenundsechzig Jahre erhöht und der FC Bayern vorzeitig deutscher Meister, worüber ich mich tierisch aufregte und von Stevie auslachen lassen musste. Das Lachen verging ihm, als Dorothee Sölle starb und er von der Landeskirche zu einem Nachruf auf die streitbare Theologin verdonnert wurde.

Am 2. Mai schließlich stand Präsident Bush als GI verkleidet auf einem Flugzeugträger und erklärte den Irakkrieg offiziell für gewonnen. Damit endete in München eine beschauliche Phase des Friedens.

Zunächst verschusselte Paul einen seiner Schuhe. Desorientiert und völlig hilflos humpelte er mit dem verbliebenen Schuh durch das Pfarrhaus. Immer wieder kauerte er sich auf den Boden und schlug sich manisch an den Kopf.

»Nicht verlieren! Ich darf doch die Schuhe nicht verlieren«, jammerte er.

Wir fragten ihn, wo er den Schuh denn das letzte Mal gesehen habe, aber Paul war kaum noch ansprechbar. Er heulte Rotz und Wasser, und der Juckreiz an meinem Oberarm steigerte sich zu einer noch nicht gekannten Intensität. Wir stellten einen innerkirchlichen Suchtrupp zusammen und durchkämmten unser Gemeindeareal bis in den hintersten Winkel. Je länger wir suchten, desto mehr steigerte sich Paul in seinen Wahn. Er wurde von Weinkrämpfen geschüttelt und spornte uns durch sinnlose Brüllattacken an. Mit vereinten Kräften und eiserner Disziplin, von der sich die amerikanische Armee eine Scheibe hätte abschneiden können, stellten wir alles auf den Kopf. Schlussendlich entdeckte Patrizia, die Sozialpädagogin und Aushilfsputzkraft des Pfarramtes, das gesuchte Objekt. Pauls Schuh fand sich im Keller hinter den Kisten mit dem Messwein. Bis heute weiß ich nicht, wie er dahin gelangen konnte.

Aber damit war das Drama noch nicht ausgestanden. Paul zog den Schuh an, verharrte und starrte mich dann mit leerem Blick an.

»Ich kann's nicht«, stammelte er.

»Was kannst du nicht?«

»Zumachen. Mit der Schnur.«

»Du meinst, du kannst dir nicht die Schuhe binden? Aber du konntest es doch?«

»Wie?« Paul war verzweifelt.

Ich bückte mich und band ihm die Schnürsenkel zu einer Schleife. »So geht das. Siehst du?«

Er zog die Schleife wieder auf und probierte es. Ohne Erfolg. »Wie denn? Erklär's mir doch.«

Ich zeigte es ihm erneut. Er schaffte es nicht und resignierte. »Ich vergess es eh.«

»Das ist gar nicht schwer, Paul«, rief ich und machte es ihm noch einmal langsam vor. Er konzentrierte sich sichtlich, machte aber trotzdem einen Doppelknoten in das Band.

»Mist, Mist, Mist«, Paul wurde jetzt wütend und zog mit aller Kraft an dem verknoteten Senkel.

»Die sind mal zu«, lachte Stevie, der zu uns getreten war.

»Lukas«, Paul sah mich ernst an, »man muss das können, oder?«

»Schätze, ja.«

»Kannst du's mir aufschreiben?«

Ich sah ihn verständnislos an. »Was?«

»Na, damit ich's nicht vergess und üben kann. Schreib auf, wie das geht, Schuhe binden.«

Ich überlegte und erinnerte mich dann daran, wie wir in der fünften oder sechsten Klasse im Deutschunterricht die Vorgangsbeschreibung durchgenommen hatten. Wie uns die Lehrerin erläuterte, dass man scheinbar komplexe und undurchsichtige Tätigkeiten, zum Beispiel das Entwerten der Streifenkarten des Münchner Verkehrsverbundes, beschreiben konnte, völlig simpel erscheinende Vorgänge dagegen nicht. Für den MVV gab es Begriffe. »Knicken Sie die Karte an der für Ihre Fahrt benötigten Streifenanzahl entlang der vorgegebenen Falz ab, und führen Sie sie dann in Pfeilrichtung in den Entwertungsautomaten.« Eine wichtige Information für Landkinder, die mir allerdings wenig brachte. Als ich das erste Mal alleine in München war, konnte ich das Tarif- und Entwertungssystem des MVV zwar zu Papier bringen, aber nicht anwenden und zahlte eine saftige Strafe wegen Schwarzfahrens.

Das Beispiel für einen einfachen, aber unbeschreibbaren Vorgang war damals das Binden der Schuhe gewesen. Ich weiß noch, dass mich das unglaublich fuchste und dass ich immer wieder vergebliche Versuche in mein Aufsatzheft kritzelte: »Man nimmt das eine Ende des Schuhbandes und führt es unter dem anderen durch, dann oben drüber und dann wieder drunter. Anschließend zieht man an beiden Enden das Band straff. Das eine Ende wird hierauf zu einer Schlaufe gelegt, diese führt man um das andere, lose Ende, legt dieses dann ebenfalls zu einer Schlinge und zieht die dann durch …« Es ging einfach nicht. Das Binden der Schuhe ließ sich nicht in Worte fassen. Onkel Dietrich hatte irgendwann gesagt: »Jetzt lass den Schmarrn, Hauptsache, du kannst es in echt.«

»Man kann das nicht aufschreiben, Paul«, sagte ich.

»Dann geht's auch nicht.« Paul schniefte. Dann murmelte er: »Ich brauche so Schuhe wie früher. Vom Lurchi. Ohne Schnur, mit so Klebedingern.«

»Mit Klettverschluss«, konstatierte Stevie.

»Die gibt's doch gar nicht mehr«, warf ich ein.

»Ach, im PEP in Neuperlach könnten wir welche kriegen. Soll'n wir einen Ausflug ins Asozialenparadies unternehmen?«

»Au ja«, rief Paul, »fahren wir zum Lurchi!«

Draußen war es überraschend kalt, und mein Ekzem mochte die Strickjacke, die ich übergeworfen hatte, gar nicht und piesackte mich wie verrückt. Paul stapfte auf Strumpfsocken zu Stevies Auto, war überglücklich, dass er vorne sitzen durfte, und verliebte sich unsterblich in die Sitzheizung.

»Was is'n das für ein Knopf?«, wollte er wissen.

»Das ist das Mösenstövchen«, entgegnete Stevie trocken, »oder auch Klötengrill genannt, ganz wie du veranlagt bist. Probier's ruhig aus.«

»Ui, das wird ja warm!« Paul war selig. Mit glühendem Hintern und eiskalten Füßen stand er schließlich in einem Salamander-Laden, und wir kauften ihm für billiges Geld die hässlichsten Schuhe der Welt. Den obligatorischen Comic gab es gratis dazu. Paul blätterte ihn auf der Rückfahrt ein ums andere Mal durch und ließ sich den Po wärmen.

»Jetzt scheint dir wieder die Sonne aus dem Arsch, was?«, rief Stevie, »und praktisches Schuhwerk haste auch.«

Paul beachtete ihn gar nicht. Das Problem mit den Schnürsenkeln hatte er völlig aus seinem Gedächtnis gelöscht.

Mein Ausschlag dagegen war weniger vergesslich. Er juckte von Minute zu Minute heftiger und gemahnte mich daran, dass man seiner Vergangenheit nicht entrinnen konnte. Das Display meines Handys zeigte zwei Anrufe, und als ich die Nummern sah, war ich ziemlich froh, dass ich das Telefon nicht auf unsere Shoppingtour mitgenommen hatte. Sowohl Dietsche als auch Lena hatten versucht, mich zu erreichen.

»Du dachtest wohl, du könntest uns entkommen. Nichts da, du bist gebrandmarkt, du gehörst zu uns.«

Ich wickelte ein feuchtes Tuch um die wunde Stelle, zog ein paar Mal tief an meiner Gauloises und wählte die Nummer der Mailboxabfrage.

»Sie haben eine neue Nachricht.«

Sieben oder acht Jahre hatte ich keinerlei Kontakt mehr zu Dietsche gehabt, aber für ihn schien kaum Zeit vergangen zu sein.

»Hi, Luckinger, was geht ab?«

Dietsche hatte noch immer diesen gewollt lässigen Tonfall, dieses leicht Angeberhafte in der Stimme. Man wusste nie, ob er das, was er sagte, auch wirklich meinte, aber es klang gut. Schon als Kind ließ er einen gerne im Dunkeln darüber, was er vorhatte, und so war es immer noch.

»Hör mal, Cousin, ich hab da so ein Ding am Laufen. Da könnte was Größeres draus werden. Wie auch immer, zurzeit geht's hier noch drunter und drüber, haste ja von Mutter gehört. Solange der Sepp noch im Koma liegt, komm ich hier nicht weg, aber das dürfte sich hoffentlich bald erledigt haben. Solltest ihn übrigens auch mal besuchen, sonst erbste nichts. Anyway, sobald es hier wieder ruhiger ist, muss ich nach München und dachte, ich schau mal bei euch rein. Dann kann ich auch gleich sehen, wie es meinem Bruderherz so geht.«

Ich ließ das Telefon sinken. Alles in mir zog sich zusammen. Mein erster Gedanke war: Das geht nicht. Paul und Dietsche, das geht nicht gut. Der Gedanke stand klar und deutlich vor mir. Ich muss Paul schützen. Aber wovor? Wieso? Dietsche war Pauls Bruder, was maßte ich mir eigentlich an? Was gärte da in mir? Was wusste ich schon? Ich war es doch gewesen, der sich verabschiedet hatte. Die letzten zehn Jahre lagen wie ein weißes Blatt vor mir. Ich hatte keine Ahnung, was Dietsche getrieben hatte. Und von

Paul wusste ich noch weniger. Wahrscheinlich hatten sich die beiden daheim bis vor kurzem ständig gesehen, hatten jeden Sonntagnachmittag bei Tante Erika Kuchen gegessen oder im Eiscafé »Venezia« rumgehangen. Waren beim FC Wacker gewesen, auf dem Feuerwehrfest, hatten Weihnachten zusammen gefeiert und so weiter. Die Zeit war doch nicht stehen geblieben. Natürlich wusste Dietsche genauestens Bescheid, was mit Paul los war. Es konnte gar nicht anders sein. Natürlich konnte er uns besuchen, Paul würde sich wahrscheinlich sogar freuen. Ich fasste mir an das aufgekratzte Ekzem. Was war nur los mit mir? Ich hatte Verantwortung übernommen, das war es, eine Verantwortung, die mir vielleicht überhaupt nicht zustand.

»Hallo Schwerenöter!« Stevie gab mir einen Klaps auf den Hintern. »Wir gehen in die Stadt. Willste mit?«

»Mit der S-Bahn«, gluckste Paul und scharrte unruhig mit seinen scheußlichen Klettverschlussschuhen auf dem Boden, »wir fahren mit der S-Bahn.«

»Nee ... ich kann nicht«, sagte ich und machte Stevie ein Zeichen.

»Geh doch schon mal vor, Paul, ich komm gleich nach.« Paul stürmte aus dem Zimmer.

»Stefan«, begann ich und hielt inne.

»Wenn du ›Stefan‹ sagst, dann ist es ernst. Fass dich kurz, wir wollen was erleben.«

»Kann ich den Wagen haben?« Die Entscheidung kam plötzlich, aber sie war überfällig. »Ich fahr nach Hause. Ich muss das jetzt klären.«

»Wurde ja auch Zeit.« Er klopfte mir auf die Schulter. »Du wirst tanken müssen.«

11

Ich fuhr die B 12 runter, und statt an Paul zu denken, dachte ich an Sex. Jede Kurve ein Flirt, jeder Hügel eine Eroberung, jede Ausfahrt ein Misserfolg.

Es gibt dieses Merktraining: Man stellt sich einen bekannten Weg vor, den Schulweg oder einen anderen, den man viele Tausend Male gegangen ist, den man noch im Schlaf findet oder im Suff. Und dann ordnet man jedem Ort entlang dieses Weges einen beliebigen Begriff zu und schult so sein Gedächtnis. Ich dachte ohnehin immer nur an das eine, und so wurde die B 12 von der Pubertät an zu meiner Erinnerungsstrecke: *Street of desire,* der verheißungsvolle Weg in die Stadt oder – so wie jetzt – der Rückweg von München nach Hause, von Trudering quer rüber nach Feldkirchen, den alten Flugplatz im Rücken, auf die A 94, Richtung Osten. Ein paar Minuten das Gas voll durchdrücken und dann treiben lassen, ab Forstinning auf der B 12.

Die Raserstrecke. Die Bundesstraße mit den meisten Verkehrstoten der Republik, ein Fanal der Stadtflucht als auch der Provinzmüdigkeit. Wo immer man sich befindet, ist es öde. Kuhkäffer entlang der Straße, aber auch vermehrt Retortensiedlungen mit Solardächern, Kreisverkehr und Bürgerhaus. An den Seitenstreifen Kränze und Blumengebinde, Memoranden zerbrochener Träume.

»Hier fanden schon so viele ihr trauriges Ende«, schrieben die Lokalzeitungen, meist junge Leute, auf dem Weg in die Disco oder von dort weg, verunglückt im Passat der Eltern oder im eigenen, erst ein paar Wochen alten Fiesta.

»Reichlich Baumpatenschaften da unten«, sagte Onkel Dietrich immer, wenn wir loszogen, »passt auf beim Überholen.«

Dass man vielleicht auch vorsichtig fahren könnte, kam in seinem Kosmos nicht vor. Und in unserem sowieso nicht, wir waren jung, der Tod interessierte uns nicht. Sex dafür umso mehr, und in meinem Fall wurde es zu einer Manie. Für mich ist die B 12 bis auf den heutigen Tag gesäumt mit Annäherungsversuchen und Zurückweisungen, mit Gier, Scham, Verlangen, Orgasmen und vorzeitigen Samenergüssen. Nicht, dass mein Liebesleben an der B 12 stattgefunden hätte, aber mein pubertierendes Hirn stellte Verknüpfungen her.

Bei Haag, in der Ramsauer Senke zum Beispiel, erinnerte mich das hölzerne Kreuz nicht daran, dass hier am 12. Juli 1993 der erst zwanzigjährige Sebastian Gschwandtner seinen Polo um einen Baum gewickelt hatte, es gemahnte mich an das Fiasko mit Susanne Huber ein paar Tage später.

Es war auf einer Party im Jugendzentrum gewesen, und Susanne hatte mich unzweideutig gefragt: »Haste Bock zu ficken?«

Meine Antwort hatte sie gar nicht erst abgewartet, sondern

meine Hand genommen und mich auf die Straße hinter die Latrinenhäuschen gezogen. Wir waren beide angetrunken, sie mehr als ich, was wohl ihre Zunge löste.

»Vögel mich im Stehen«, lallte sie, »damit hier überhaupt was passiert. Und hart, ich will was spüren.«

Ich hatte noch nie eine Frau erlebt, die so sprach, und ihre Derbheit erregte mich derart, dass ich ohne jegliche Berührung in meine Unterhose ejakulierte. Susanne merkte es nicht, und ich machte es ihr mit der Hand. Sie kam sehr schnell und übergab sich anschließend. Bis heute hoffe ich, dass das eine mit dem anderen nichts zu tun hatte.

Zurück im Keller des Jugendzentrums, war ich der King, und dementsprechend schmückte ich das Geschehene natürlich aus, mit jedem Bier etwas mehr.

»Echt jetzt, im Stehen?«, fragte Dietsche, »erzähl keinen Stuss.«

»Wenn ich's doch sag, sie wollte es so.«

»Die kleine Sau! Und? Hast du's ihr besorgt?«

Ich lächelte überlegen und machte das Victory-Zeichen.

»Zwei Mal gleich?« Dietsche pfiff durch die Zähne. »Aus dir wird vielleicht doch noch ein richtiger Stecher.«

Ich sonnte mich in meinem zweifelhaften Ruhm, aber als ich tags drauf halbwegs nüchtern auf der B 12 nach München fuhr, stutzte sich das Erlebnis so langsam auf Normalmaß zurück. Mit jedem gefahrenen Kilometer verblasste der falsche Glanz, mit jeder Kurve löste sich eine Schale meiner Übertreibungen, und kurz vor Haag gestand ich mir das Erlebnis als das ein, was es gewesen war: einfach nur erbärmlich. Auf der gegenüberliegenden Straßenseite sah ich das helle, billige Holzkreuz, das an Sebastians Tod erinnerte. Ich hatte ihn flüchtig gekannt. Die Blumen an der Unglücksstelle waren noch frisch. Meine Wunde auch.

Ich machte damals Zivildienst in München, schon in der Gemeinde, allerdings noch beim alten Pfarrer, Stevie kam erst später. Zu dieser Zeit und auch die ersten zwei, drei Semester fuhr ich ständig nach Hause. Dort galt es als cool, in der Stadt zu leben, aber so richtig heimisch fühlte ich mich in München noch nicht. Wie man auf dem Dorf sagt: Den Appetit holte man sich in der Fremde, aber gegessen wurde daheim. Und gewaschen auch. Streng genommen verbrachte ich die frühen und mittleren neunziger Jahre hauptsächlich im Auto. Den Rest der Zeit onanierte ich in meine Socken und sammelte Erinnerungspunkte entlang der B 12.

Jetzt war ich die Strecke allerdings schon ziemlich lange nicht mehr gefahren, doch das Merksystem funktionierte immer noch tadellos. Gleich die erste Ortschaft – oder, in umgekehrter Richtung, die am weitesten von zu Hause entfernte –, Hohenlinden, gehörte Marlene. Ich konnte die Gedächtnisstützen auswendig hersagen: Der Maibaum stand für unseren ersten Kuss, die Ampel dahinter für die Anfangszeit in Bremen und der Drogeriemarkt Mair für unsere erste, eigentlich einzige wirkliche Liebesnacht. (Der Jugendherbergsvater hatte Maier geheißen, und trotz seiner strengen Aufsicht hatten wir in der letzten Nacht unserer Studienfahrt das einzige Mal miteinander geschlafen.) Tempi passati.

Die Zeit stand allerdings auch an der B 12 nicht still, sie hatten eine Umgehung gebaut. Die Bundesstraße führte nun um Hohenlinden herum. In einem albernen Oval, mit zwei bepflanzten Rondellen an den Längsseiten, die städtisch wirken sollten, aber nur fehl am Platze waren inmitten der ringsherum brachliegenden Felder.

»Und wieder billig Bauland gewonnen«, murmelte ich vor mich hin, während ich insgeheim froh war, den Ort links liegen lassen zu können und mit ihm die Erinnerung an Marlene.

Was tat ich hier eigentlich? Klammheimlich pirschte ich mich an meine Vergangenheit heran. Unangemeldet wie ein frisch entlassener Sträfling kam ich nach Hause. Um vielleicht Dietsche abzupassen, dessen genaue Adresse ich noch nicht einmal wusste, geschweige denn, ob er zu Hause war. Um dann eventuell etwas über Paul herauszukriegen, von dem ich nichts wusste, von dem vielleicht niemand etwas wusste. Wovor hatte ich eigentlich Angst? Wieso tat ich mir das an?

Wahrscheinlich gehe ich ohnehin erst mal ins »Bräu-Stüberl«, dachte ich, wie früher, um mir Mut anzutrinken. Oder um den Männern beim Saufen zuzuschauen. Um ihnen zuzuhören, wenn sie von Hitlers Autobahnen schwadronierten und dabei ab und an der Kellnerin an den Hintern langten. Um einen nach dem anderen betrunken vom Stuhl fallen zu sehen und mich überlegen zu fühlen.

Vielleicht würde sogar der alte Strunzenegger da sein? Mir wurde warm.

Ich nützte die von Erinnerungszeichen freie Umgehungsstraße dazu, mir jenen Tag ins Gedächtnis zu rufen, als der Lkw-Fahrer Horst Strunzenegger mit seinen Kollegen am Stammtisch saß und seinen großen Monolog hielt.

Natürlich waren alle besoffen, und natürlich wurde palavert, was das Zeug hielt. Irgendeiner brüllte wie immer: »Unterm Hitler hätt's des ned geb'n!«

Von wegen der Arbeitslosen. Und natürlich von wegen der Autobahnen. Hitlers Autobahnen, wie immer. Da baute sich auf einmal der Strunzenegger auf und sagte: »Ach geh, der Hitler! Du Volldepp! Immer, wenn ihm nichts mehr einfällt, kommt er mit'm Hitler seine Autobahnen. Wer fährt denn auf denen rum? Du oder ich? Fahr mal von München nach Augsburg, auf der A 8, da hast du dann deinen Hitler. Das ist doch keine Autobahn, die A 8, das ist eine Carrera-Strecke. Ein Wahnsinn ist das, nichts wie Schlaglöcher und Kurven und Zeugs. Wenn's jetzt, sagen wir mal, Aquaplaning hat, ich mein, gut, unterm Hitler hat's ja noch kein Aquaplaning gegeben, aber heute, da gibt's Aquaplaning. Und dann ist so ein Depp zu schnell dran, und schon ist es passiert. Tausende sind da schon verreckt, weil, einen Pannenstreifen gibt's ja nicht, die Feuerwehr und der Krankenwagen, die kommen da nicht durch. Keine Chance. Wer solche Autobahnen baut, der gehört doch eingesperrt.«

So sprach der Strunzenegger und war nicht mehr zu bremsen.

»Und mir kann niemand erzählen, die Nazis hätten das nicht gewusst. Freilich haben die das gewusst. Fahr mal von München nach Augsburg, auf der A 8, die Autobahnumfahrung, dieses kriminelle Stück bei der Ausfahrt Dachau, da stehst du immer. Die Ausfahrt habe ich ohne Stau überhaupt noch nie erlebt. Was allein da schon passiert ist. Die Dachauer Ausfahrt – da war schon damals viel Verkehr. Freilich haben die gewusst, wie gefährlich die Strecke ist. Wenn du mich fragst, das war doch ein Faschist, der Hitler. Wer solche Autobahnen baut, das ist doch ein Faschist.«

12

Nächste Ausfahrt Maithenbeth, Menetekel der Schande, der abgrundtiefen Scham. Ich hatte es völlig verdrängt, jetzt stand es klar und deutlich vor meinem geistigen Auge: das magere tschechische Mädchen, kurz nach der Öffnung der Grenze, 1990, wenn nicht sogar 1989. Max Brunner und der junge Much hatten sie entdeckt. Im Waldstück hinter der Nachbarortschaft gäbe es ein »Ostblockmädel«, wie der dicke Max es formulierte, »eine kleine Tschechen-Maus, die treibt's mit jedem, fast für umsonst«. Er sah aus wie ein Karpfen, seine Fischaugen quollen vor Geilheit fast aus seinem fetten Gesicht. »Für 'n Fünfer macht die alles, was du willst.«

Natürlich fuhren wir hin, zu viert auf zwei Mofas, Dietsche, Max, Much junior und ich. Und sie war tatsächlich dort, stand an eine tote Kiefer gelehnt, wie bestellt.

»Wer erst?«, fragte sie, fast tonlos, mit slawischem Akzent.

Sie war klein und höchstens sechzehn, eher jünger.

»Vorher Money«, wisperte sie, »vorher.«

»Immer langsam«, grölte Max, der Karpfen, »nicht, dass uns die Schlampe bescheißt. Erst Ficki-Ficki, dann zahlen«, er machte eine obszöne Geste, dann rieb er mit seinem dicken Daumen gegen seinen wulstigen Zeigefinger.

»Erst Money«, wiederholte das Mädchen und knackte mit ihren Backenknochen.

Das Geräusch wird dich nie wieder loslassen, dachte ich und denke es noch, es ist immer noch da, dieses Knacken. Vor mir tauchte die Silhouette der Maithenbether Tankstelle auf, und die Scham drückte mich tief in den Autositz.

»Komm, ich gebe einen aus«, hatte der junge Much gesagt und dem Mädchen einen Zwanziger in die Hand gedrückt. Dann hatte er ihr sein kümmerliches Glied entgegengestreckt, und sie hatte den Rock gehoben. Dann Dietsche. Dann Max. Sie hatten gelacht dabei. Schließlich griff sie nach meinem Schwanz, der steif und starr war, aber Lust war da keine. Als ich ihr auf die Bluse spritzte, stieß sie einen tiefen, gurgelnden Fluch aus, den keiner verstand. Sie raffte ihre Sachen zusammen und lief weg.

Lange hatte das Ganze nicht gedauert, und schön war es auch nicht gewesen. Es war beschämend. Trotzdem fuhren wir ein paar

Tage später noch mal hin, wahrscheinlich um uns unserer Prahlereien zu vergewissern. Diesmal nahmen wir Paul mit, »eine bessere Möglichkeit, ihn in die Liebe einzuführen, gibt's ja wohl nicht«, hatte Dietsche getönt. Aber da war kein Tschechenmädel mehr, da war nur Wald. Und Paul verstand nicht, was das mit Liebe zu tun haben sollte.

Auf einmal stand eine Frau vor uns, im geblümten Kittel, ihre Mutter oder Tante, und sie hielt den fetten Max einfach fest. Er schrie auf. Sie sah uns an, kalt, wir rührten uns nicht, sagten keinen Ton. Sie blickte von einem zum anderen, musterte uns mit Verachtung. Dann gab sie jedem eine schallende Ohrfeige. Auch Paul, der nicht wusste, warum. Wucht lag in jedem ihrer Schläge und Abscheu – diesmal waren es unsere Backenknochen, die knackten. Anschließend nahm sie uns unser gesamtes Geld ab. Wir wehrten uns nicht, auch Paul nicht, der fast seine ganzen Ersparnisse mitgebracht hatte und gar nichts mehr kapierte.

Wir sprachen nie wieder über die Sache, weder anderen gegenüber noch untereinander. Paul, glaube ich, war weniger verwirrt als vielmehr stolz, weil er hatte dabei sein dürfen. Es waren nicht die ersten Schläge, die wir erhalten hatten, und auch nicht die härtesten, aber die ersten, für die wir bezahlen mussten.

Maithenbeth vorbei. Ich atmete auf. Was kam als Nächstes? Sinkenbach, dann Winden: eine schöne Erinnerung an Sophie. Dann hinter Haag den Buckel runter: Susanne Huber. Die vertrackte Dreiecksgeschichte mit Hanna und Mechthild, zwei Freundinnen von Lena: Reichertsheim und Ramering. Einige Kilometer weiter die Schwärmerei für meine Deutschlehrerin. Bei Heldenstein dann die wenig heroische Episode mit Rainer Brüderle, der nicht nur tatsächlich so hieß wie der FDP-Mann, sondern auch ein wenig so aussah. Meine einzige homoerotische Erfahrung, ein Desaster; Stevie hatte verständnisvoll geseufzt, als ich sie ihm beichtete.

Bis Heldenstein musste ich durchhalten, ab da würde es besser, ich kratzte mich am Arm und griff entschlossen ins Lenkrad. Die Strecke hinter Ampfing war für den Sex in München reserviert, der in beidseitigem Einvernehmen ohne Verpflichtungen ablief. Ein guter Abschnitt der B 12.

Ich versuchte mich auf das zu konzentrieren, was ich vorhatte: mit Dietsche reden und wieder heim. Wenn Zeit wäre, den Umweg über Passau und von dort über die Autobahn, der Verdrängung wegen, nicht noch mal Bundesstraße ... Aber würde Dietsche überhaupt etwas erzählen, gesetzt den Fall, ich fände ihn? War ihm sein Bruder nicht von jeher eher egal? War Paul uns allen letztlich nicht schon immer egal? Vielleicht ist das ja der Schlüssel, dachte ich. Pauls Krankheit als Reaktion auf ein Leben in Bedeutungslosigkeit. Wer immer übergangen und übersehen wird, fügt sich schließlich in sein Schattendasein, wird zum pathologischen Fall und als solcher endlich wahrgenommen. »Krankheit als Weg« oder so. Die Autoren dieser Ratgeberbücher hatten nie auf dem Land gelebt, da galten andere Regeln, da warst du als Kranker der Depp, und fertig. »Sorge dich nicht, lebe!« – geschissen drauf, die Sorgen kriegtest du hier in die Wiege gelegt, und das Leben fand woanders statt.

Man konnte sein Schicksal annehmen, wie die meisten, und einen Carport, zwei Autos und einen Stall voll dicker Kinder zum Glück umdefinieren. Oder man zog weg, wie ich, im Bewusstsein, dass es in der Fremde auch nicht besser aussah, dass überall die gleichen Arschlöcher am Start waren, aber zumindest war man nicht mehr mit allen verwandt. Die dritte Möglichkeit allerdings war, dem Schicksal ein Schnäppchen zu schlagen, mitzumachen, wo es dienlich war, und auszubrechen, wann es eben ging; den Gerüchten, die hier kursierten, nicht nachzugehen, sondern selber welche zu streuen; organisieren und mauscheln zu lernen; Mehrheiten zu schaffen; Dinge billig zu besorgen und teuer zu verscheuern; auch mal zurückzuhauen, zuzuschlagen. Dieser Weg konnte das Areal des Erlaubten durchaus auch verlassen, doch man kam durch damit. »Aber a Hund is' er scho'«, sagten die Leute, und dann hatte man es geschafft. Dietsche hatte diesen Weg eingeschlagen, schon sehr früh und ziemlich erfolgreich.

Meine Fresse, dachte ich, während ich Susanne Huber hinter mir ließ und auf Mechthild und Hanna zufuhr, meine absolute Fresse, wie lange habe ich eigentlich zu Dietsche aufgeschaut? Auf jeden Fall zu lang, ich kratzte mich wütend. Dietrich Hofstetter junior, der Alleskönner, der Chef-Checker, der Wortführer.

Zeige mir deine Freunde ... Dietsche war nicht mein Freund, er war mein Mentor, unser aller Vorbild.

Vielleicht war es ja wirklich so, dass ich nach München gezogen bin, um mich von Dietsche zu emanzipieren? Stevie hatte in einer stillen Stunde mal in diese Richtung gemutmaßt, worauf ich ihm natürlich heftig widersprochen hatte und fortan nur noch wenig von meiner Familie erzählte.

Wie auch immer, heute würde ich auf jeden Fall nicht in alte Muster zurückfallen. Dietsche sollte sagen, was Sache war, und Schluss. Kein Schwanzvergleich diesmal, kein Miteinandermessen. Und mal ganz abgesehen davon hatte ich ja auch einiges zu bieten, zwei Frauen zur gleichen Zeit zum Beispiel, fiel mir ein, weil gerade das Ortsschild von Reichertsheim auftauchte. Hatte er nie! Wobei es ja auch Dietsche gewesen war, der mich auf Hanna gebracht hatte.

»Halt sie dir warm, Kleiner, die spielt in deiner Liga.« Seine Worte. In mein Ohr.

Dietsche teilte Männer und Frauen in Ligen ein, wobei das einzige Kriterium der Ligazugehörigkeit die »Optik« war, wie er es nannte. Filmstars, Models, aber auch die eine oder andere ältere Schwester von einigen der Kumpels spielten in der Bundesliga. Ein paar Tänzerinnen aus dem »Far out«, eine Hand voll Kollegstuflerinnen und etliche andere Provinzschönheiten in der Zweiten Bundesliga. Und so ging das dann runter, Bayernliga, Landes- und Bezirksliga, bis in die tristen Niederungen der C-Klasse, in der sich die Mädchen mit den kaputten Zähnen, die Hasenschartigen, die extrem Übergewichtigen und andere unrettbare Mauerblümchen tummelten.

Die Jungs wurden genauso eingeteilt, sogar noch eine Spur strenger; Auf- und Abstiegsmöglichkeiten gab es so gut wie keine.

»Das A und O ist die realistische Einschätzung«, dozierte Dietsche, »du musst wissen, in welcher Liga du spielst.«

Niemals, so seine Theorie, würde sich eine Landes- oder Bundesliga-Lady mit einem B-Klasse-Pickelgesicht einlassen, und analog ginge ein Bezirksligist niemals mit einer unansehnlichen C-Klässlerin nach Hause – höchstens im Suff oder wenn die Not besonders groß war. Das war sie allerdings immer. Also wurde viel ligaübergreifend gevögelt.

»Aber das sind temporäre Geschichten«, sagte Dietsche, »nichts von Dauer, in Ausnahmesituationen schaut natürlich jeder, wo er bleibt.«

Das Schützenfest, der Feuerwehrball, ja eigentlich sämtliche Dorffeste waren solche Ausnahmen.

»Das ist wie Pokal«, erklärte mein älterer Cousin, »und der hat bekanntlich seine eigenen Gesetze.«

»Eine tolle Theorie ist das, wenn's dauernd Sonderregeln braucht.«

»Die braucht's nicht, Kleiner, vertrau mir.«

Wir standen im Festzelt auf dem Marktplatz und überblickten das Geschehen. Anneliese Göbel, eigentlich ein glasklares C-Klasse-Mädchen, wenn sie nicht ihr überdurchschnittlich großer Busen eine Liga höher hätte spielen lassen, walzte sich gerade an Martin Bremer heran, Muchs Zwillingsbruder. Martin war der Star und der lebende Beweis dafür, dass die Mendel'sche Gesetzgebung deutliche Lücken aufwies. Sein um wenige Minuten älterer Bruder Michael, genannt Much, war kleinwüchsig, von Akne gezeichnet und zu allem Überdruss auch noch doof wie eine alte Semmel. Martin war in allen Belangen das genaue Gegenteil, ein waschechter Bundesligist. Ein paar Meter entfernt befand sich sein weibliches Pendant, sein Schwarm Beate Jung, die Klassenschönste, und strafte Anneliese mit stolzer Nichtachtung. Diese aber ließ sich voll laufen, trampelte mit ihren Krautstampfern immer wieder zu Martin, um ihm etwas ins Ohr zu flüstern, nicht ohne ihm jedes Mal ihre riesigen Brüste in die Seite zu rammen.

»Hey, deine Theorie ist völlig für den Arsch«, sagte ich zu Dietsche, »ich wette einen Zehner darauf, dass die fette Göbel heute das Rennen macht und nicht Beate.«

»Das siehst du richtig«, zischte Dietsche, »er wär ja auch behämmert, wenn er sich das entgehen ließe, so willig, wie die ist. Aber glaub mir, sie kann ihn nicht halten.«

Dietsche behielt Recht. Zwei Jahre nach dem Abitur heirateten Martin und Beate, setzten zwei blitzsaubere Kinder in die Welt und führen wahrscheinlich noch heute ein aseptisches und todlangweiliges Leben. Anneliese dagegen blieb auf Mitleid angewiesen.

Ich drosselte den Motor und fuhr in einen Waldweg zwischen Reichertsheim und Ramering. War das mit Hanna auch so gewesen?

Dietsche jedenfalls operierte, was Frauen anging, streng nach seiner eigenen Theorie. Er stufte sich selber ziemlich realistisch als Spitzenmann der Bezirksliga ein (wenn er betrunken war, rechnete er sich Ambitionen auf die Landesliga aus). Von dieser Position aus ging er auf die Pirsch. Immer zweigleisig. Langfristig orientierte er sich an den Mädchen, die etwa auf seinem Level lagen, unterhielt sich aufmerksam mit ihnen, lud sie zum Essen ein, überstürzte nichts. Wollte er aber schnell zum Zug kommen, nahm er Frauen ins Visier, die eine, maximal zwei Ligen unter ihm standen. Und immer entschied er sich schnell. Im »Crazy«, im »Far out« oder auf einem der Feste holte er sich stets zwei Bier, ließ seinen Blick ein paar Mal über die Tanzfläche schweifen und steuerte nach ein paar Minuten zielsicher auf seine Erwählte zu, die er dann nicht mehr von der Angel ließ.

»Du darfst nie allzu lange warten«, lautete seine Devise, »ab eins, halb zwei sind alle zu breit zum Vögeln. Und zu weit nach unten darfst du auch nicht gehen, Mitleid hin, Samenstau her, auch die letzten Amateurinnen haben noch ihren Stolz, vergiss das nicht.«

Ich vergaß es nicht, das war ja gerade das Schlimme. Nichts von dem, was Dietsche je gesagt hat, habe ich vergessen, im Gegenteil, je mehr Erfolg er hatte, desto mehr nahm ich es mir zu Herzen.

»Und was ist mit dem Charakter?«, fragte ich ihn einmal.

Er lächelte mich an. »Scheiß auf den Charakter!«

Ich konnte stolz sein, wenn ich mich in der A-Klasse hielt, um dort meine bescheidenen Siege zu erringen und langsam, aber sicher zum Schwein zu werden.

13

Paul war anders, dachte ich, als ich Heldenstein passierte, Frauen schienen ihn nicht zu interessieren. Zumindest kam es mir jetzt in der Erinnerung so vor. Das ganze pubertäre Gedöns ging einfach an ihm vorüber. Als »Spätzünder« hatten wir ihn damals bezeichnet, im Suff auch mal als »zurückgeblieben«, heute denke ich eher, er war ausgeglichen oder genügsam. Keine Ahnung, wie er der Theorie seines Bruders gegenüberstand, wenn er überhaupt davon wusste. Wir verbrachten ohnehin kaum noch Zeit mit ihm. Denn er arbeitete ja, im Gegensatz zu mir, Dietsche und den anderen. Aber auch diese Arbeit ... Er verrichtete sie halt. Sprach nie darüber. Was machte er noch mal genau? Hatte er je eine Freundin? War er ... glücklich? Ich müsste es wissen, hatte Paul auf den Zettel geschrieben. Ich wusste noch nicht mal die elementarsten Dinge.

Paul hatte sich irgendwann ausgeklinkt, er lebte in sich gekehrt und ohne jeden Ehrgeiz. Genau, das war es. Er ließ alles einfach nur noch geschehen, während alle anderen auf ein Ziel hinarbeiteten. Eine Freundin, ein Mofa, ein eigenes Auto.

Das war übrigens etwas, was Dietsche in seiner rein ästhetisch geprägten Theorie übersehen hatte; mit einem fahrbaren Untersatz oder mit richtig viel Kohle konnte man durchaus ein bis zwei Ligen gutmachen. Natürlich musste man dann erst recht seinen Mann stehen. Darauf lief es letztlich hinaus: Man hatte Leistung zu erbringen, im Bett, im Job und überhaupt. Und genau das war es, was Paul einfach egal war. Gut zu sein, besser zu sein als andere – es kam in seinem Tun und Denken irgendwie nicht vor, es interessierte ihn ab einem gewissen Punkt nicht mehr. Fing damit alles an? Und wenn ja, wann war dieser Punkt?

Manchmal, wenn ich ernsthaft mit Stevie über das Leben sinnierte oder wenn ich ins Beichtbuch schrieb, bildete ich mir ein, ich hätte das Konkurrenzdenken, das ganze Machtgehabe, überhaupt das Leistungsprinzip überwunden, durch meine Slacker-Tätigkeit, meinen Kirchen-McJob.

Oh, wie ich die Welt durchschaute! Ich musste nicht ins »P 1« oder ins »Schumann's«, ich fickte die verlogene Laptop- und Lederhosen-Mentalität doch ins Knie. Meinen Mehrwert kriegt ihr nicht! Ich benötigte keine Armani-Arschkriecher-Verkleidung oder diese albernen Flipflops an den manikürten Plattfüßen. Und auch das verordnete Heile-Familien-Grab brauchte ich nicht, im eingeschweißten, vakuumverpackten Reihenendhaus mit Zusatzrentenidylle. Kein »ich mach demnächst eine Umschulung zum Webdesigner«! Kein »also Andreas nimmt jetzt ja sein Sabbatical und kümmert sich um die Kinder«! Ich brauchte noch nicht mal Kinder, diese rotznasigen Druckmittel des Schweinesystems. Ich pisste ihnen doch ins Gesicht, den diktatorisch gekämmten Fratzen, die vor lauter »man muss auch an später denken« das Gestern und Heute in die Zwangslager des Vergessens schickten und die ihre neurotisch zusammengehamsterten Bonusmeilen mit Mallorca-Kurzurlauben abwichsten, »also im Landesinneren ist es wirklich zau-ber-haft!«. Ich machte mir meine Hände nicht schmutzig an unter Bergen von Lollo Rosso begrabenem Fingerfood. Zur Hölle mit den »Sex and the City«-Lookalikes, den Balsamico-Anbetern, den GQ-Götzen. »Nordic Walking« ist kein Sport, hört ihr, das ist Gehen, Gehen am Stock, und das sieht scheiße aus, und Rucola war bis vor kurzem noch ein Eins-a-Unkraut! Eure Geschlechtsteile mögen euch abfaulen, ihr Prediger von Eigenheim und Doppelmoral, nicht mit mir. Ich tat, was ich wollte, und ich vögelte, mit wem ich wollte, und ich hatte verdammt noch mal Spaß dabei ...

»Ruhig, Brauner, ruhig«, beschwichtigte mich schmerzend mein Ausschlag.

Die Wahrheit war: Für wirkliche Erfolge, egal welcher Art, war ich zu faul oder zu unfähig, und den Rest konnte ich mir nicht leisten.

Ich sah wieder auf die Straße. Noch ein paar Minuten bis Ampfing, dann Mühldorf und weiter nach Osten, der gute Teil der B 12: relaxte Liebesnachmittage mit Sarahs Mutter. Oder mit der von Malte, wenn sie den Kleinen bei seinem Vater geparkt hatte. Gestresste Frauen, klar, aber eben auch reife, die wussten, was sie wollten.

Was war ich doch für ein Hecht!

Irgendwann – ich hatte, glaube ich, sogar noch bei Erika und Dietrich gewohnt – war mir aufgegangen, dass ich kein Steher war. Mir fehlte es an Ausdauer, an Durchsetzungsvermögen. Überall war das so: Beim Sport, in der Schule, später im Studium sowieso, aber beim Sex merkte man es am schnellsten und schmerzhaftesten. Ich konnte einfach die Initiative nicht ergreifen, und wenn mir das Heft aus der Hand genommen wurde, versagte ich jämmerlich. Mein Problem waren nicht die fehlenden Zentimeter, von denen man immer hörte, mein Problem waren die maximal neunzig Sekunden, die ich meinen Mann stand, wenn die Situation unentspannt war. Lief es aber ruhig und vor allem nach meinen Regeln, war alles gut.

Da mir das Aktive, das Aufreißerische nun mal nicht lag, verlegte ich mich aufs Zuhören. Und aufs Reden. Machte auf ernst, auf traurig, auf verständnisvoll, auf Kumpel. Das dauerte zwar länger als die Methode des direkten Angriffs, führte aber genauso oft zum Ziel. Vielleicht sogar öfter. Natürlich waren immer wieder Mitleidsnummern dabei, doch was war so schlimm daran? Wer sagt denn, dass Mauerblumen nicht blühen können? Dietsche sagte das. Aber der sagte auch: »Schlechter Sex ist immer noch Sex!« Wobei es, seinen Erzählungen nach, immer die Mädchen waren, die verklemmt oder »steif wie ein Brett« dalagen, die langweilig waren, unwillig, frigide, zickig und was weiß ich noch.

In meinem Fall sah die Sache anders aus. Da war eindeutig ich der Versager, und die Waffe der Frauen war der Tratsch. Sich zweimal als Schlappschwanz erweisen, am Ende noch mit einer pickelübersäten, flachbrüstigen C-Klässlerin, und schon wusste es das halbe Dorf und die ganze Schule. Das konnte dich locker die Konzession kosten, und du dümpeltest die nächste Saison im Niemandsland herum.

Mein Ausweg hieß »Vorspiel«. Es war so einleuchtend wie folgerichtig. Wer vorher in der Kneipe oder Disco aufmerksam den Problemen der Erwählten gelauscht hatte, wer am Tresen einfühlsam und nett gewesen war (obwohl er dabei im Kopf bereits einige Stellungen durchgespielt oder besser ausgeschlossen hatte), der musste zu späterer Stunde genauso zuvorkommend weitermachen. Eine flüchtige Berührung hier, ein bisschen Kuscheln da, die Plattensammlung und die Inneneinrichtung des Jugendzimmers loben, »die sind gemütlich, die Rattanstühle«. Auf das Pinup einer furchtbaren Band deuten und sagen: »Die find ich auch echt gut.« Nach Möglichkeit ein paar bedeutungsschwangere Textzeilen parat haben und übersetzen. (Kannte man die Band nicht, weil sie einfach zu unterirdisch war, nach einer weiteren Tasse Tee fragen.) Das Gespräch behutsam in ernstere Bahnen lenken, von Einsamkeit und dem Tod der Eltern erzählen, um so das Mitleidsvorzeichen glatt umzudrehen. Er ist nicht hier, weil ich sonst keinen abkriege, dachte die Frau der Wahl dann, er sucht Trost. Bei mir! (Meine Eltern würden im Grab rotieren, wenn sie wüssten, wie oft ich ihren Tod dazu missbraucht habe, um ein Mädchen flachzulegen, und wie oft ich meine Waisenrente in Alkohol investierte, damit es überhaupt dazu kam.)

Nicht lockerlassen jetzt, Themenwechsel. Den tränenumflorten Blick (das klappte immer) durch den Raum gleiten lassen und wie abwesend einen tödlichen Satz sagen, zum Beispiel: »Beate Jung hängt sich ernsthaft noch Pferdeposter an die Wand.« Eine glatte Lüge, Beate hätte mich niemals in ihre Nähe, geschweige denn in ihr Zimmer gelassen, aber die Klassenschönheit und mein Opfer spielten in dermaßen weit auseinander liegenden Gefilden, die würden niemals miteinander sprechen! Der Satz war aber auch einfach zu gut, wie die Schäfer-Eröffnung beim Schach, als perfekte Vorbereitung auf das gleichnamige Stündchen. »Pferdeposter«, dachte mein Mädchen nämlich jetzt abfällig, »ich sehe vielleicht nicht so gut aus wie Beate, aber ich bin viel erwachsener.« (Natürlich waren die Poster von Spandau Ballet nur die Fortsetzung von Black Beauty mit anderen Mitteln, aber das musste die Lady ja nicht wissen.) Was sie hingegen nun wusste: Er war mal bei Beate. Er kann sie alle haben. Er will nur nicht alle, er will mich!

Noch drei Züge. Sollte das Opfer noch ein Restmisstrauen hegen, Läufer auf c4 und, wenngleich schon auf verlorenem Posten, verteidigen, »was wolltest du denn ...«, Pferd auf f6, »was wolltest du denn von Beate?«. Dann zog ich meine Dame vor: »Ach, hör mir auf mit Beate, die redet doch nur Stuss.« Matt. Die Klassenschönste hatte er schon, aber er durchschaut die eingebildete Schnepfe, er will mich, es ist ihm ernst mit mir.

Jetzt auf die Zielgerade einbiegen, streicheln an Unterarm und Ellbogen, ein gehauchter Kuss hinters Ohr, im Wissen, dass es nachher zum Glück stockdunkel sein wird, mit tiefer Stimme sagen: »Ich finde dich wunderschön.« Nicht vergessen, ihr dabei direkt in die Augen zu schauen, auch wenn es schwer fiel, weil sie a) hässlich wie die Nacht war und weil sie b) einen Silberblick hatte und dementsprechend nicht nur dich, sondern gleichzeitig auch den 120 Grad westlich hängenden Spandau-Ballet-Starschnitt anschaute. Jetzt noch eine Haarsträhne aus ihrem Gesicht streifen, ein letzter Kuss, und dann aus das Licht und sich Körperregionen zuwenden, auf denen weniger Mitesser saßen. Geschnitten Brot. Gemähte Wiese. So lief das.

»Ampfing 2 km« stand auf dem Schild. Ich beschleunigte den Wagen, als könnte ich der Wahrheit damit entfliehen. Heute ist das kein Stück anders, dachte ich. Außer dass ich gar nicht mehr reden musste. Zuhören reichte völlig. Die allein erziehenden Mütter luden ihre Sorgen bei mir ab und nahmen mich anschließend mit ins Bett (wo ich mich beim Vorspiel mächtig ins Zeug legte, um mich beim eigentlichen Akt nicht zu blamieren). Mitleidsnummern. Aber wer bemitleidete hier eigentlich wen?

14

Wenn einem Auto das Benzin ausgeht, wird es leise.

Im Fernsehen stottert immer erst der Motor, der Wagen gerät ins Schlingern, die Insassen werden panisch. In Wirklichkeit passiert gar nichts. Das Auto hört einfach und plötzlich auf, seinen Dienst zu tun, und gleitet nur noch dahin. Es macht keine Geräusche mehr, der Gegendruck des Gaspedals lässt nach, und beim Bremsen merkt man dann, dass etwas nicht stimmt, weil die Schwergängigkeit der reinen, nicht kraftverstärkten Bremsmechanik so ungewohnt ist.

Ich nahm sofort den Fuß von der Bremse und ließ den Wagen ausrollen. Am Straßengraben der lang gezogenen Rechtskurve der Ampfinger Ausfahrt kam er zum Stehen.

»Heul doch«, sagte mein Ausschlag, und ich spürte, wie sich Tränenströme ihren Weg durch mein Gesicht bahnten. Den Schlüssel mit dem peinlichen Christenfisch-Anhänger zog ich noch ab, dann bettete ich meine Stirn auf das Lenkrad und ließ meinem Selbstmitleid freien Lauf. Die Tatsache, dass ich vergessen hatte zu tanken, kam mir nicht in den Sinn, das Erste, was ich dachte, war: Gratuliere, nicht mal bis Ampfing hast du es geschafft.

Als ob es danach besser geworden wäre, herrschte ich mich selber an. Du hattest jetzt sechzig Kilometer – eine knappe Stunde, die du dir mit jämmerlichen Sexanekdoten vertrieben hast. Das Geseiere war doch nicht mehr auszuhalten. Irgendjemand musste dir ein Zeichen geben. Du hattest einen Auftrag, und den hast du vergeigt. Und noch was, du erbärmlicher Pimpf, das Auto, in dem du sitzt, gehört Stevie, und der weiß nicht mal, wie man Reservekanister schreibt. Du wirst jetzt viel Zeit haben, dich von der oberbayerischen Landbevölkerung auslachen zu lassen und über dein verpfuschtes Leben nachzudenken.

Ich heulte mir die Augen aus dem Kopf. Nichts von dem, was ich je gemacht, getan, ja sogar gedacht hatte, war in irgendeiner Form richtig oder echt oder aufrichtig gewesen. Es war verlogen. Geprägt von Flucht, vom Weg des geringsten Widerstandes, von Beschiss und von plumper Schönrederei.

»Wenn du deine Familie mal außen vor lässt«, hatte Stevie mich kurz vor Weihnachten gefragt, »und dein ganzes Selbstwert-Gebumse auch, wenn du nur das wahre Gefühl zählst, auf wie viel Lieben kommst du?«

Wie jedes Jahr hatten wir im »Stangl-Wirt« gesessen, der schlimmsten anzunehmenden Vorstadtbeiz, die der Münchner Osten zu bieten hatte. Immer in der Vorweihnachtszeit, wenn der Stress in der Gemeinde vor lauter geheuchelter Heiligkeit kaum noch zu ertragen war, nahmen Stevie und ich uns einen Abend frei und hielten inmitten der Ausgestoßenen und Verlierer unseren traditionellen Atheistenstammtisch ab. Wir betranken uns vorsätzlich und redeten über alles, nur nicht über die Arbeit in der Kirche. Doch wie stets, wenn wir uns vornahmen, viel über die Welt und wenig über Gott zu sprechen, landeten wir bei den wirklich ernsten Themen.

»Auf wie viel Lieben kommst du?«

Ich hatte gezögert mit der Antwort. Die Liebe zu Familienmitgliedern zu vernachlässigen war mir leicht gefallen, aber die Ernsthaftigkeit in Stevies Ton hatte mein Denken in eine Bahn gelenkt, in der ich nicht weitergehen wollte. Sophie, dachte ich, und Marlene, vielleicht noch Hanna ...

»Drei.«

Stevie sah mich daraufhin lange an. Dann sagte er: »Glaub ich dir nicht.«

Ich wollte nicht darüber nachdenken. »Und du?«

»Eine. Genau eine.«

Bis weit nach Mitternacht hatte dann nur noch Stevie erzählt. Von sich. Und von Robert, einem anderen Theologiestudenten, damals in Hannover; die Geschichte einer großen Liebe. Von Treue hatte Stevie erzählt und von Vertrauen, aber auch vom Kauf einer gemeinsamen Wohnung, von einem über Jahre andauernden, unerfüllten Kinderwunsch und vom Paragrafendschungel des Adoptionsrechts. Von Diskriminierung, von den gesetzlichen

Abgründen einer gleichgeschlechtlichen Partnerschaft ... Dann von Trennung, Schmerz und Wiederannäherung. Von Lust, von Abhängigkeit und von Eifersucht. Von Angst, von Verantwortung. Und schließlich von *seiner* Flucht nach München, seiner Flucht vor der Liebe, vor dem Leben. Am Schluss hatten wir beide hemmungslos in unsere Biergläser geheult und waren dann Arm in Arm nach Hause gewankt.

»Wenn du eine ehrliche Antwort hast«, hatte Stevie beim Auseinandergehen noch gesagt, »dann bist du dran mit Erzählen.«

Jetzt hätte ich sie, dachte ich und wischte mit der Hand das tränennasse Lenkrad ab.

Keine Liebe.

Nicht eine einzige.

Noch nicht mal, wenn ich die Familie mitzählte.

Mir kam dieser berühmte Satz Nietzsches in den Sinn, der einzige Satz, den ich von meinem Philosophiestudium behalten hatte.

»Nur, was nicht aufhört wehzutun, bleibt im Gedächtnis.«

Es hatte nicht wehgetan. Das war es. Sophie, Marlene – nichts. Da war kein Schmerz. Meine Eltern, ihr Tod – ein dumpfes Gefühl, aber es tat nicht weh. Mein Weggang von daheim, meine zahlreichen Fluchten vor Verantwortung, vor wirklichen Verpflichtungen – motiviert durch nichts anderes, als dass es schlicht immer das Einfachste gewesen war. Mein Leben, meine Lieben, sie waren völlig schmerzfrei. Natürlich erinnerte ich mich ... und brauchte dafür ein schweinepeinliches Merksystem!

Jetzt aber ging es nicht um mich, sondern um meinen kleinen Cousin. Paul würde sich nämlich *gerne* erinnern, war aber nicht in der Lage dazu.

Wenn ich heute auf diesen Tag im Mai zurückblicke, wenn ich mich selber sehe, auf dem Fahrersitz kauernd und weinend, wie ich es noch nie zuvor getan hatte, noch immer glaube ich, dass Maschinen denken können. Erst das Auto, das einfach stehen blieb. Und dann zum wiederholten Mal mein Handy.

»Wenn du unfähig bist, den ersten Schritt zu tun«, schien es zu sagen, »muss ich es eben tun.«

Mit zittriger Hand nahm ich ab, und Marlene legte sofort los.

»Das warst doch du, mit diesem Prof von der Charité, vor vierzehn Tagen! Was hast du dir eigentlich dabei gedacht, du verantwortungsloses Stück ...«

»Marlene, ich wollte doch nur wissen ...«, schluchzte ich.

»Was wolltest du nur? Wer glaubst du denn, dass du bist? Ich hab da angerufen. An der Charité gibt es gar keinen Karl Meier. Weißt du, was das ist, du Arsch? Urkundenfälschung ist das, Betrug!«

»Es war doch bloß ... ein Spaß. Weil der Söhnlein nichts erzählen wollte.«

»Egbert ist zufällig mein Mann!« Marlene schrie jetzt. »Und für den war das kein Spaß. Er hatte einen kompletten Zusammenbruch, er liegt immer noch im Krankenhaus.«

»Aber doch nicht wegen mir!« Ich brüllte nun auch.

»Wohl wegen dir – weil du nicht für fünf Pfennig nachgedacht hast.«

»Das kannst du mir jetzt nicht anhängen. So einen Schwindel durchschaut doch jeder Depp. Wegen so was bricht man nicht zusammen, da muss schon noch was anderes gewesen sein.«

Instinktiv wusste ich, dass ich richtig lag, und doch war es vielleicht nicht fair von mir, so zu sprechen.

»Woher willst du denn wissen, was hier abläuft?«, fragte Marlene auch prompt. »Du kennst das doch nicht, dass einem alles über den Kopf wächst, dass man nicht mehr weiterweiß, dass man einfach randvoll ist mit Stress – und dann kommst du mit dieser Nummer.«

»Ich konnte doch nicht ahnen ...«

Marlene ließ mich nicht ausreden.

»Und ich sitze jetzt da, verstehst du, und habe die ganze Scheiße am Hals, die Praxis, das Haus, den ... Ich kann nicht mehr, Lukas.«

»Marlene«, ein neuer Schwall Tränen erstickte meine Stimme, »es tut mir Leid.«

»Mir, mir tut es Leid!«, sagte sie, und leiser: »Du bist so ... Lukas, wie konntest du nur?«

Ich konnte ihr nicht antworten, und sie erriet zwei Dinge auf einmal.

»Sag mal, was ist denn los mit dir? Wo bist du eigentlich?«

»Wenn du's genau wissen willst«, schniefte ich, »ich stehe an der

Ausfahrt Ampfing, habe keinen Sprit mehr und flenne wie ein Baby.«

»Ach was.« Marlene lachte kurz auf. »Schön doof.«

Eine ganze Weile schwiegen wir. Ich weinte noch immer, und auch Marlene schluchzte gelegentlich. Aber es tat gut, einfach nur so dazusitzen und zumindest in der Sprachlosigkeit nicht alleine zu sein. Irgendwann murmelte sie: »Lukas?«

»Ja.«

»Kann es sein, dass wir unser Leben ganz schön vermasselt haben?«

»Hm, ich auf jeden Fall.«

»Weißt du, wie sich das anfühlt«, Marlene holte tief Luft, »wenn du als erfolgreiche Medizinstudentin, mit dem Doktortitel in der Tasche, wieder nach Hause kommst?«

Keine Ahnung, dachte ich, woher auch.

»Wie sich das anfühlt, wenn der Neid der Leute, weil du was Besseres sein wolltest, in Hohn umschlägt, weil du ums Verrecken keinen Job findest, nicht mal mehr deine Miete bezahlen kannst und wieder bei deinen Eltern einziehst? Wenn du dann deinen alten Kinderarzt heiratest, nur weil der dir zumindest irgendetwas verspricht, was mit Zukunft zu tun hat? Oh Gott, meine Eltern waren so enttäuscht und beschämt ... und das Dorf erst: Die kleine Schlampe mit einem dreißig Jahre älteren Kerl, die ist doch nur scharf auf seine Praxis. Ich dachte, das stehe ich durch, das wird schon wieder gut, aber hier wird nichts wieder gut, verstehst du? Manchmal habe ich das selber gedacht, irgendwann stirbt der, und dann können mich alle mal ... Aber jetzt, wie er so auf der Intensiv lag, das wollte ich doch nicht, wir haben doch einen kleinen ... Er hat sich einfach so aufgeregt über das ausstehende Dossier über Paul ... Und er war so eifersüchtig auf dich.«

»Marlene«, wiederholte ich mich, »ich konnt' doch nicht ahnen ...«

»Du hast es richtig gemacht, Lukas, du bist einfach weg. Du kannst problemlos jederzeit nach Hause kommen und wieder verschwinden.«

»Ich schaffe es doch nicht mal bis nach Hause.«

Wieder schwiegen wir.

»Kennst du das ›My Way‹«, fragte Marlene plötzlich, »an der Hauptstraße in Ampfing?«

»Kennen ist was anderes.«

»Noch kann ich hier nicht weg, aber so in zwei oder drei Stunden könnte ich da sein.«

»Hm.« Ich schwieg.

»Ich bring dir einen Ersatzkanister mit. Was brauchst du denn?«

»Danke. Marlene ... ich freue mich.«

»Is' gut. Und was brauchst du?«

»Wie?«

»Na, was tankt dein Auto?«

»Das ist gar nicht meins, äh, Diesel.«

»Okay. Wart auf mich, Lukas, ja.«

Das hast du vor dreizehn Jahren schon einmal gesagt, schoss es mir durch den Kopf, aber was spielte das noch für eine Rolle? Ich schloss das Auto ab und lief los.

15

Gegen das »My Way« war der »Stangl-Wirt« ein Nobellokal, aber die Besitzer kannten hier wie dort ihre Klientel. Wenn ein Mann alleine und mit rot geheulten Augen den Schankraum betritt, kriegt er ungefragt ein Bier und einen Schnaps auf den Tresen gestellt. Dann guckt der Wirt eine Weile erwartungsvoll, ob ihm der Gast sein Herz ausschütten möchte, ob er jemanden braucht, dem er die immer gleiche Geschichte erzählen kann: Frau weg, Job verloren, Dasein verwirkt. Ist dem nicht so und der Gast will sich einfach nur schweigend voll laufen lassen, dann schweigt auch der Wirt, spült Gläser, dreht von Zeit zu Zeit die leiernde Udo-Jürgens-Kassette um und schenkt in gebotenen Abständen nach.

Als Udo mir zum dritten Mal berichtete, noch niemals in New York gewesen zu sein, schnappte ich mir das Bierglas und verließ meinen Platz in Richtung Nebenzimmer, aus dem laute Musik und Stimmengewirr in den leeren Schankraum drangen. Auf der Schwelle verbanden sich deutscher Schlager und einfallsloser Techno für einen kurzen Moment zu einer ansprechenden Kakofonie, dann sperrte ich Udo aus. Wozu in der Weltgeschichte herumreisen, wenn doch zu Hause alles »hyper, hyper« ist?

Das irrsinnig laute Tuten und Piepen der Spielautomaten, die sich zu Dutzenden an den Wänden befanden, fügte sich problemlos in den Scooter-Song und sorgte dafür, dass mich niemand bemerkte. Eine Gruppe Jugendlicher stand wild gestikulierend um einen Automaten herum und feuerte den Spieler an, der offensichtlich drauf und dran war, einen Rekord zu brechen. Ein Sammelsurium grauenvoll frisierter Hinterköpfe wackelte hin und her und brüllte.

»Du kriegst das Biest!«, schrie eine blond gesträhnte Föhnfrisur.

»Komm schon, mach ihn fertig«, fiel ihr ein astreiner Vokuhila ins Wort und wurde übertönt von einer Achtziger-Jahre-Dauerwelle, wie man sie nicht mal mehr bei Außenverteidigern drittklassiger Provinzclubs zu sehen bekam. »Abschlachten! Abschlachten!«

Gute Idee, dachte ich, schlenderte durch den Raum und sah mir die Spielkonsolen an.

Computerspiele sind der realen Welt nachempfunden, sie pressen die komplexe Wirklichkeit in die nachvollziehbaren Schemata von Schnell und Langsam, von Gut und Böse, von Sieger und Besiegten und ermöglichen dem Spieler, Dinge zu tun, die im Leben unmöglich sind. Mit 300 Stundenkilometern gegen die Wand zu fahren kostet auf dem Bildschirm zwei Euro und nicht das Leben, in der virtuellen Welt kann man morden, ohne dafür belangt zu werden, und der auf einfacher Mathematik basierende Highscore verschafft noch dem letzten Deppen ein Erfolgserlebnis, vorausgesetzt, er verbringt genug Zeit am Joystick. Was in Ampfing zweifelsfrei der Fall war.

»Murks ihn ab«, grölte die Dauerwelle.

Besser sie sind hier und schlagen die Zeit tot, dachte ich, Herr im Himmel, im »My Way« wurden die wahren Schlachten geschlagen. Wobei das pubertierende Dorf allem Anschein nach kein Wargame spielte, denn die dem Irakkrieg nachempfundenen Spiele interessierten niemanden. Der Automat mit einer Wüstenversion von »Killing Fields« stand verwaist im Raum. Genauso verhielt es sich mit einem Minensuchspiel, in dem das Männchen jedes Mal mit einem hässlichen Geräusch zerplatzte, wenn es auf einen schwarzen Kreis trat. Ist ja nur Spiel. Meine Herren, die Entwickler waren wirklich auf Zack, sämtliche Facetten der gegenwärtigen Kämpfe wurden spielerisch abgedeckt. Es gab ein »2003er Update« von »Desert Storm«, und »Iraque II« war brandneu. In der Ecke entdeckte ich sogar zwei herkömmliche PCs, auf denen augenscheinlich selbst programmierte Spiele liefen. Über den einen

Bildschirm flackerte verlassen das inakzeptable Wortspiel »Ja, Osama denn«. Auf dem anderen Monitor flogen in Endlosschleife Flugzeuge in die Türme des World Trade Center. Mathe-Manni sollte umziehen, hier würde er Freunde finden.

»Du erwischst die Sau, kill sie, kill sie!« Diesmal geriet der Vokuhila in Rage.

Was zum Teufel spielten die Jungs eigentlich? Ich drängte mich an die streng nach Moschus duftende Dauerwelle, konnte aber nichts entdecken. Doch zumindest den Namen des Games bekam ich heraus. Zwischen zu Recht aus der Mode gekommenen Beinkleidern konnte ich unten am Automaten erst das Herstellerlogo, »Sega © 1997«, lesen und dann den Titel: »Bass Fishing«. Was war das denn? Kurz dachte ich an meine Bassgitarre, die im Bibelraum dem drohenden Auftritt von Seventh Heaven entgegenharrte.

Die Strähnchenfrisur brüllte: »Stopf ihm das Maul!«

Sie werden uns doch nicht kennen hier ... Ich tippte der Dauerwelle auf die Schulter, und sie ließ mich bereitwillig vorbei, jetzt hatte ich freie Sicht auf »Bass Fishing«. Ein Angelspiel. Das durfte doch nicht wahr sein. Der halbe Raum war voll gepackt mit dem hippesten Kriegszeug, und die Dorfjugend fischte! Virtuell! Wie abgefahren war das denn? In dieser Gegend wimmelte es nur so von künstlich angelegten Weihern, in denen tonnenweise Forellen und Karpfen gezüchtet wurden und noch der zappeligste Blindfischer einen Fang machte. Ich starrte abwechselnd auf den Monitor und die immer entfesselter johlende Meute.

Der Joystick sah tatsächlich aus wie der Griff einer Angel, sogar eine Kurbel war angebracht. Immer wieder versuchte der Spieler sein Glück, und je länger ich zusah, desto mehr erschloss sich mir die Faszination des Spiels. Denn ständig wechselte die Perspektive: Als reale Person warf man seine Angel aus, dann schlüpfte man in die Rolle des Blinkers, sauste erst durch die Luft und schwamm anschließend auf der Oberfläche des »Dream Lake«. Urplötzlich tauchte man unter und verwandelte sich in den Haken, an dem – sehr realistisch – kein Köder hing. (Auch in den umliegenden Tümpeln brauchte man weder Wurm noch sonst was, die degenerierten Fische hier bissen ohne, wahrscheinlich, weil sie ihr Leben satt hatten.) Als Haken machte man in »Bass Fishing« schließlich Jagd auf alles, was sich in dem gepixelten Wasser bewegte.

Der Spieler, ein kleiner Junge im Metallica-T-Shirt und der dazu passenden Haartracht, verfolgte einen fetten Fantasiefisch, der im Zickzackkurs vor dem Angelhaken Reißaus nahm.

»Beiß endlich an, du Bestie!« Der Vokuhila schlug dem Jungen auf die Schulter, »du schaffst das, Simon.«

In dem Moment bohrte sich der Haken tief in das Maul des Opfers, und erneut wechselte die Perspektive. Aus dem Haken wurde wieder Simon, der Fischer, und der riss mit aller Kraft an seiner Joystick-Angel.

»Und zieeeeh!«, schrie die Dauerwelle völlig von Sinnen. Und auch die anderen Schreckensgestalten lehnten sich instinktiv zurück, »zieh, Simmi, und hopp, und hopp!«.

Nach einigem Gezerre und Geschrei war es endlich geschafft, und Simon trug stolz sein Ergebnis in die Bestenliste ein. Die Begeisterung kannte keine Grenzen mehr.

»Mare, Mare, den Fisch, den mach'n ma hi' ...«

Ich ging zurück in den Schankraum. Ein einziges Mal in meinem Leben war ich fischen gegangen, mit Paul und Onkel Dietrich, es war der mit Abstand langweiligste Nachmittag meiner Kindheit gewesen. Angeln war so ziemlich die dümmste, ödeste und unsinnigste Beschäftigung, die mir einfiel, aber eine Angelsimulation setzte dem die Krone auf. Ich weiß noch, wie Onkel Dietrich einen Karpfen fing und Paul so lange heulte, bis ihn sein Vater wieder ins Wasser warf. Das konnte bei »Bass Fishing« nicht passieren.

Wie auf Kommando kam der immer noch jubelnde Pulk herüber und stürmte zum Ausgang.

»Jetzt gehn wir zum Obermaier und machen ein Fass auf«, krakeelte der Vokuhila.

Simon steuerte auf mich zu.

»Sag mal, bist du in 'nem richtigen Club?«, fragte er und deutete auf Stevies Christenfisch-Anhänger, der aus meiner Hosentasche lugte.

»So was Ähnliches«, murmelte ich.

»Cool«, strahlte er mich bewundernd an.

»Komm, Simmi«, drängte die Dauerwelle, »saufen jetzt!«

Stimmt, saufen ging hier ja nicht, hier war fischen. Die Jungs verschwanden, und ich bestellte stumm ein weiteres Bier. Ein paar Minuten später brachte Marlene den Raum zum Leuchten.

16

»Servus, Frau Doktor«, sagte der Wirt, als sich Marlene aus meiner Umklammerung gelöst hatte. Es war der erste Satz, den er seit zweieinhalb Stunden gesprochen hatte, und auch für den hatte er sich Zeit lassen müssen.

Minutenlang hielten Marlene und ich uns in den Armen und trotzten der Welt. Solange wir uns nur festhalten, kann uns keiner was, dachte ich. Ineinander vergraben, heulten wir uns die Schultern nass, ab und an wippten wir leicht vom einen auf den anderen Fuß. Wie zwei verliebte Teenager, die während einer grauenvollen Kellerfete kein vernünftiges Wort reden können und dann ihre gesamte Gefühlswelt in den ersten Stehblues legen. Alles war in dieser Umarmung enthalten: die Freude des Wiedersehens, das Glück, in diesem Augenblick nicht alleine zu sein, aber auch das Wissen, einander vergeben zu können.

Kaum hatten wir uns losgelassen, regierte wieder Smalltalk und Hobbyraum.

»Grüß dich, Hans«, sagte Marlene und drückte dem Wirt einen Kuss auf die Wange, »na, wie ist es?«

»Muss ja. Und selber? Ein Helles?«

Marlene nickte und schaute mich fragend an.

»Für mich auch noch eins«, murmelte ich und überlegte, wohin wir uns setzen konnten. Wir waren nach dem Auszug der Computer-Fischer die einzigen Gäste und hatten freie Auswahl. Bis eben war die Theke der goldrichtige Ort gewesen, im schweigenden Einverständnis mit dem Mann hinter dem Tresen. Jetzt, wo Marlene hier war, wurde der anonyme Wirt zu Hans und zwangsläufig zum Störenfried.

»Hab das mit deinem Gatten gehört«, variierte er den Text, den ich mir eigentlich zurechtgelegt hatte, »geht's ihm besser?«

»Wird schon«, antwortete Marlene, rückte einen Hocker heran und wechselte das Thema. »Haken *und* Fußleiste – so lob ich mir eine Bar.«

»Das ist aber auch so ziemlich das einzig Lobenswerte«, grummelte Hans, »die Leute hocken alle im Biergarten oder am See, wenn nicht bald schlechtes Wetter kommt, kann ich den Laden dichtmachen.« Er drehte das Udo-Jürgens-Tape um.

»Die kleine Kneipe am Ende der Straße / dort, wo das Leben noch lebenswert ist.«

»Schön wär's.« Hans stellte die Biere auf die Theke. »Und was verschlägt dich hierher, schöne Frau?«

»Ich treffe mich mit einem alten Schulkameraden, Lukas Baumgarten«, sie warf mir einen Seitenblick zu, »Hans kennst du ja bereits. Prost.«

Wir stießen an, und der Ausschlag auf meinem Arm begann immer bedrohlicher zu jucken. Unruhig rutschten wir auf den Barhockern hin und her. Es wird noch eine Weile dauern bis zum nächsten Stehblues, dachte ich unwillkürlich, solange die Eltern im Raum sitzen, ist die Stimmung gelähmt.

Nach einem betretenen Schweigen aber tat Hans das definitiv Beste, was ein Gastgeber tun kann. Er schaltete Udo Jürgens ab und kramte aus einer Schublade die 1992er-Live-CD »Beethoven was deaf« hervor.

»Die mochtest du doch immer, Marlenchen, genau genommen nur du. Normalerweise kann ich die hier nicht spielen.«

Er legte die Disk ein und lauschte einen kurzen Moment, wie Morrissey mit seiner weinerlichen Stimme »You're the one for me, Fatty« anstimmte.

»Dabei bist du doch gar nicht dick«, sagte Marlene.

»Das krieg ich auch noch hin. Was soll's, heute geht eh nichts mehr. Ich genehmige mir noch einen Absacker beim Obermaier und dann ist Schicht im Schacht.«

Er drückte Marlene einen Schlüsselbund in die Hand, »schließt ab, wenn ihr geht, und werft den Schlüssel in den Briefkasten«.

An der Tür wandte er sich noch mal um. »Und sauber bleiben, ja.« Dann verschwand er.

»Wow« war das Einzige, was ich herausbrachte.

»Er weiß halt, was sich gehört«, lächelte Marlene. »Was kratzt du dich eigentlich die ganze Zeit?«

Ich wurde rot und zog meine Hand weg, wie ein kleiner Junge, der beim heimlichen Onanieren erwischt wird.

»Übersprungshandlung?«

»Nein, nein«, stammelte ich, »ist schon okay, ich hab nur seit einiger Zeit wieder diesen Ausschlag. Wahrscheinlich, weil's so heiß ist.«

»Probier's mal damit«, sie wühlte in ihrer Handtasche und reichte mir eine Calendula-Babycreme.

Entgeistert guckte ich auf die Tube. »Wie ... Warum hast du denn so was?«

»Suedehead«, trällerte Marlene den einzigen Song auf der CD mit, der nach den Smiths klang. Sie zuckte mit den Achseln, »das volle Programm«.

»Der Söhnlein, ich meine Egbert, und du, ihr habt ein ...?«

»Das willst du doch gar nicht wissen, Lukas.« Sie klappte ihr Portemonnaie auf und zeigte auf ein Babyfoto. »Darf ich vorstellen: Benedikt Söhnlein, zwei Jahre alt. Im Moment gehütet von Beate Jung, geschiedene Bremer.«

»Wie bitte? Beate und Martin sind geschieden?«

»Siehst du. Du willst es nicht wissen.« Marlene ging um den Tresen herum und zapfte zwei neue Biere. »Na ja, auch bei den Rednecks auf dem Land tut sich was.« Sie drückte auf den CD-Player, »verdammte Random-Funktion«.

Morrissey sang jetzt »National front disco«, und Marlene grinste. »Further informations from the Kuhkaff?«

Ich winkte ab. Marlene setzte sich wieder neben mich und sagte: »Lass uns über Paul reden. Wie geht's ihm?«

»Ganz gut, glaube ich. Soweit ich das beurteilen kann. Er ist halt seltsam und vergisst ständig alles.«

Marlene seufzte. »Wo soll ich anfangen, Pirat?«

Ich sah sie an, und mir traten Tränen in die Augen. »Von vorn.«

Pauls erster Praxisbesuch war schon lange vor Marlenes Zeit gewesen. Sie kannte nur die Akten und das Gerede der Leute. Doktor Söhnlein hatte ihn wegen Konzentrationsstörungen untersucht. Paul war auf der Baustelle wegen verschiedener Schusseligkeiten aufgefallen, hatte Werkzeug verwechselt und liegen gelassen, Termine nicht eingehalten, und nachdem ihn der Vorarbeiter zum Brotzeitholen geschickt hatte und Paul mit Gartenerde zurückgekommen war, hatte er ihn zum Doktor geschickt. (Söhnlein überwies ihn zum Augenarzt, und der verschrieb ihm eine Brille. Die Paul niemals trug.)

Danach hatten sich die Anzeichen für eine schwerwiegendere Krankheit immer mehr verdichtet. Paul fing an, Namen zu vergessen, erkannte seinen Chef nicht mehr und wurde entlassen. (Doktor Söhnlein diagnostizierte Stresssymptome, schrieb ihn länger krank und empfahl eine Kur.) Paul buchte daraufhin eine Kreuzfahrt, trat diese aber nicht an, mit der Begründung, er habe Angst, »am Ende des Meeres irgendwo runterzufallen«. In der Folgezeit wurde Paul häufig auf dem Marktplatz gesichtet, wo er wirres Zeug redete, »Predigten hielt« und Kinderverse sang. Nachdem er einer Gruppe japanischer Touristen, angeblich unter Androhung von Gewalt, den Text des Sesamstraßen-Liedes beigebracht hatte, wurde er auf Drängen der Familie entmündigt und offiziell für verrückt erklärt. (Weil Erika und Dietrich jegliche Verantwortung und Haftung ablehnten, übertrug Amtsarzt Söhnlein die Vormundschaft nach einigem Hin und Her der Kirche.) Als Paul vor drei Jahren völlig selbstvergessen in die Blumenkübel des Eiscafés »Venezia« urinierte, wurde er in die Nervenheilanstalt Garbersee eingewiesen.

»Und dann kannst du dir ja vorstellen«, schloss Marlene, »wie das läuft: Entlassung, Return of the Dorfdepp, er wird wieder eingewiesen und so weiter. Die letzte Zeit hat Paul dann in Zangberg gelebt.«

»Hier um die Ecke?«, fragte ich, »im Kloster?«

»Ja. Da kann man auch wohnen. Das ist zugleich eine Art Hotel, Paul hat sich dort wohl gefühlt, er hat da sogar gearbeitet.«

»Als was denn?«

»Bellboy«, sagte Marlene, »Page, Mädchen für alles: Gäste aufs Zimmer bringen, Gepäck schleppen, Tee servieren. Klare, simple, immer gleiche Tätigkeiten, in entspannter Umgebung. Genau das Richtige. If you need something – ring the bell and call the boy.«

Ich schluckte schwer. So weit war das gar nicht weg von meinem Leben.

»Ab und an ist Paul dann bei uns aufgetaucht«, erzählte Marlene, »hat irgendeinen Schlamassel angerichtet und wurde wieder weggeschickt. Bis zu der Geschichte mit deiner Schwester, aber die kennst du ja sicher.«

»Welche Geschichte? Marlene, ich weiß gar nichts, wenn ich alle Jubeljahre mal zu Hause anrufe, reden wir übers Wetter.«

»Das wolltest du doch auch so. Wer weggeht, gehört eben nicht mehr dazu ... Auf jeden Fall war das eine undurchsichtige Sache. Lena und Hubert haben Paul beschuldigt, er hätte irgendwie ...«

»Sag schon.«

»... mit den Kindern rumgemacht.«

»Was? Das glaube ich nicht«, schrie ich.

»Ich ja auch nicht«, Marlene wurde laut, »aber was hätte ich denn tun sollen? Paul war doch überall verschrien, da reicht so ein Verdacht schon aus. Und als ihm dann klar wurde, dass er Hendrik und vor allem Carina nicht mehr sehen darf, ist er vollkommen ausgerastet. Er hat getobt wie nur was. Mit irgendwelchen Jungs vom FC Wacker, die halt zufällig da waren, hat er sich eine wüste Prügelei geliefert. Die Bullen brachten ihn dann zu mir, und weil Egbert nicht da war, habe ich ihn wieder nach Garbersee ... Es tut mir so Leid, Lukas.«

»Schon gut.« Ich legte ihr die Hand auf die Schulter, und Morrissey sang erneut seinen Song über die schwachköpfigen »suedeheads«, die keine Glatze brauchten, um andere zu Klump zu schlagen.

»Paul ist kein Schläger«, sagte ich, »und er hat auch bestimmt nicht ...«

»Das haben die in der Klinik ja auch so gesehen. Nach ein paar Tagen kam er wieder ins Kloster, und da war er meines Wissens bis jetzt. Ende vom Lied.«

Eine Weile schwiegen wir, und mein Ausschlag gab ebenfalls Ruhe.

»Ich glaube auch nicht, dass Paul verrückt ist«, nahm ich das Gespräch wieder auf.

»Schön für dich«, sagte Marlene bitter, »aber das hilft ihm nicht. Und Egbert hat das alles nicht weiter interessiert.« Sie hielt sich die Hand vors Gesicht. »Das war ihm einfach wurscht, Lukas. Er ist Arzt, verstehst du, Arzt ... und mein Mann.«

Jetzt kullerten ihr dicke Tränen über die Wangen und tropften von dort auf die Theke. Damals auf der Klassenfahrt, in der Jugendherberge in Bremen, hatte sie genauso geweint. Ein entfesselter, unkontrollierter, nicht versiegender Tränenstrom. Es war, als läge ihre gesamte Existenz in diesem Weinen.

In die sich ausbreitende Leere flüsterte ich: »Und mir hat keiner auch nur ein Sterbenswörtchen erzählt.«

Als Marlene sich etwas gefangen hatte, fragte ich ruhig: »Und du? Ich meine, du bist doch auch Ärztin, was glaubst du?«

»Lukas, ich ... ich bin keine Spezialistin auf diesem Gebiet. Du müsstest einen Neurologen aufsuchen oder einen Psychotherapeuten.«

»Marlene, bitte.«

Sie räusperte sich. »Was in seiner Kindheit war, weiß ich nicht, aber irgendwas war da. Ansonsten ... also, wenn ich es nicht besser wüsste, würde ich sagen, Paul leidet unter Demenz.«

»Wie bitte?«, ich verstand nicht recht. »Ist das nicht das, was alte Leute kriegen, so wie Alzheimer?«

»Ja, nur, dass erst mal das Kurzzeitgedächtnis draufgeht. Und das gibt's auch bei jüngeren Leuten. Lukas, ich kenne mich da wirklich nicht besonders aus, aber bei Paul ist es einfach ... eindeutig.«

In kurzen Worten schilderte sie exakt die Symptomatik, die Paul auch bei mir an den Tag gelegt hatte: seine Vergesslichkeit, seine Orientierungsstörungen, seine seltsamen Schlafgewohnheiten, sein Festhängen an prägenden Kindheitserlebnissen, seine Angstzustände, seine Aggressionen. Marlene erzählte von Tag-und-Nacht-Tausch, von Blutdruckschwankungen, von Kaffeekonsum, vom Erahnen des eigenen Zustands und vom Wunsch, Dinge aufzuschreiben, um sie sich merken zu können ...

Irgendwann fragte ich leise: »Ist das heilbar?«

Sie schüttelte den Kopf und begann wieder zu weinen. Ich nahm sie kaum wahr.

»Marlene, als Paul bei mir aufgetaucht ist, wollte er, glaub ich, viele Sachen von früher wissen.«

»Vielleicht solltest du sie ihm erzählen. Hier.« Sie gab mir einen kopierten Zeitungsartikel über Altersdemenz. »Da steht 'ne Menge drin.«

In diesem Augenblick ging mit einem lauten Krachen die Tür auf, und ein massiger, verschwitzter Körper schob sich ins Innere des »My Way« – Max Brunner. Max hatte die körperlichen Anlagen seiner Kindheit zu voller Blüte weiterentwickelt; er war noch fetter geworden, Haare hatte er fast keine mehr, und das Doppelkinn war verschwunden und nun integraler Bestandteil seines wulstigen Halses.

»Schau einer an«, polterte er, »dann hätten wir die Familie ja beieinander. Bis eben habe ich mit deinem werten Cousin gesoffen, wenn das mal kein Zufall ist.«

In meinem Kopf begann sich alles zu drehen.

»Ihr schaut, als hättet ihr gerade 'ne Bank überfallen, ist das eine Privatparty hier, oder was?« Zu Marlene gewandt, schnaubte er: »Ist Hans nicht da?«

»Schon weg«, sagte sie gefasst, »und selber? Solltest du nicht auch längst im Bett sein?«

»Ach was. Wer braucht denn ein Bett, wenn man es auch draußen tun kann?« Er lachte meckernd, stampfte hinter die Bar und zapfte sich frech ein Bier.

»Eins zum Aufwärmen schadet nicht. Mein lieber Herr Oberförster, bin ich breit.«

Das ließ sich kaum leugnen.

»Kinder, Kinder«, Max wischte sich den Schaum von den ausgestülpten Lippen und guckte dann demonstrativ auf seine goldene Uhr, die mit seinem fleischigen Handgelenk verwachsen zu sein schien.

»So muss ein Ortstermin aussehen: vier Stunden saufen mit Dietsche. Und jetzt ihr ... es ist wie früher. Lukas, Marlene, auf die alten Zeiten.«

»Lieber nicht«, nuschelte ich, aber Max hörte gar nicht hin.

»Den ganzen Abend war ich mit Dietsche im ›Salu‹ am Planen, ich schwör's euch, das wird eine Riesensause – und eine fette Story dazu. Sommerloch, here we come.«

»Herr Brunner, musst du wissen«, spottete Marlene in meine Richtung, »ist ein hohes Tier beim ›Anzeiger‹ geworden, unserer bundesweit Beachtung findenden Lokalgazette.«

»Was läuft denn hier eigentlich für eine Schwuchtelmusik?«, trompetete Max. »Ist ja nicht zum Aushalten!«

»Mir gefällt's«, sagte ich. Nicht zuletzt, weil Morrissey gerade treffend bemerkte: »We hate it when our friends become successful«.

»Und ihr zwei Täubchen, plant ihr eine Reunion?« Wieder lachte er schallend über seinen eigenen Witz. »Dann könnt ihr euch ja gleich anmelden bei der Orgie.«

»Wenn du mit von der Partie bist«, sagte Marlene trocken, »dann ist es meine ärztliche Pflicht, jedermann von der Sache abzuraten.«

»Ich dacht' ja nur, dass du vielleicht mal Lust auf jüngeres Fleisch hast.«

Marlene machte ihm mit einem kalten Blick klar, jetzt lieber vorsichtig zu sein.

»Keine Sorge, Frau Doktor«, fuhr Max ungerührt fort, »das ist Dietsches große Show, ich bin nur der neutrale Berichterstatter. Macht mal Platz für den alten Brunner und spitzt die Ohren.«

Zwei Biere und etliche Rülpser später wussten wir, ob wir wollten oder nicht, Bescheid. Dietsche hatte längere Zeit als Unternehmensberater in Stuttgart gearbeitet. Dort war er auf Umwegen an den Rundfunksender »Antenne 1« gelangt, der damals eine ziemlich publikumswirksame Aktion unter dem Motto »1000 Babys für Baden-Württemberg« durchführte. Unter großem Medienaufwand und gegen eine Vielzahl von Protesten war es dem Sender gelungen, ein riesiges Kongresshotel sowie dreitausend willige Paare aufzutreiben, die in einer orgiastischen Nacht für die Zukunft des Landes sorgen sollten.

»Und das will Dietsche toppen«, grölte Max, »Bayern gegen Schwaben quasi, versteht ihr. Aber weil hier natürlich kein seriöser Partner mitzieht, findet das Ganze unter freiem Himmel statt. Au Mann, das wird so geil.«

Hinter dem »Salu« am Ampfinger Flugplatz hatte man vor ein paar Jahren ein großes Freizeitgelände mit Badesee errichtet, und dieses Areal hatte Dietsche auserkoren. Die Paare rekrutierte er – so Brunner – »höchst erfolgreich« durch Mund-zu-Mund-Propaganda.

»So schneeballmäßig, wisst ihr. Und das Gelände ist perfekt. Da hängen nachts nur die freakigen Fallschirmspringer rum, und die sind mit von der Partie. Radio macht natürlich keines mit, das ist in Bayern eh klar, aber wozu gibt's den ›Anzeiger‹ und den guten Max. Kommt doch vorbei, in vierzehn Tagen steigt die Sache.«

Mit einem letzten donnernden Rülpser untermalte er seine Einladung, und ich dachte: Die ändern sich nie mehr.

Marlene winkte ab und griff nach ihrem Handy, es musste geklingelt haben.

»Hi, Bea ... Nein, das ist kein Problem, ich fahr gleich los. In einer halben Stunde bin ich da. Ich dank dir.«

Auch Max erhob sich. »Frauen sollte man immer zuvorkommen. Ich mach den Abflug. Soll morgen noch den Koma-Onkel ablichten, dem alle ihre Aufwartung machen, aber danach gibt's nur noch die Bums-Aktion. War nett, dich mal wieder zu treffen, Lukas. Man sieht sich.«

Der Boden bebte, als der fette Brunner seinen Wanst aus der Kneipe trug.

Marlene sagte: »Ich muss auch. Die Pflicht ruft. Komm, ich bring dich noch zu deinem Wagen.«

Den Weg die Hauptstraße entlang und dann runter zur Bundesstraße schwiegen wir. »Such a little thing makes such a difference« war das Abschiedslied gewesen.

»Ruf mich an, Pirat, ja?« Sie hatte sich untergehakt.

Nachdem ich den Tank aufgefüllt hatte, fragte ich: »Erinnerst du dich noch an unsere Nacht in Bremen?«

»Oh ja«, lachte sie, »du hast stundenlang an mir rumgemacht, und ich dachte, du kommst nie mehr zur Sache.«

Ich hatte genug erfahren, die Konfrontation mit meiner Familie musste warten. Ohne Umwege fuhr ich zurück nach München.

Morrisseys Song hallte noch nach. »Some people keep their brains between their legs«.

17

Schon von weitem sah ich, dass die Wohnung hell erleuchtet war. Und bis auf die Straße hinaus hörte ich Stevies Country-Gejaule. Er musste seinen »Blasphemy-Mix« aufgelegt haben, also ging es ihm gut. Als ich in die Küche trat, krächzte Kinky Friedman gerade »They ain't make jews like Jesus anymore«. Wer würde das bestreiten?

Stevie lag friedlich schlummernd auf dem Sofa. Paul saß mit dem Telefon vor dem Fernseher und versuchte offensichtlich, die eingeblendete Hotline zu wählen.

»Sandra ist aber auch wirklich der Hammer«, sagte ein untersetzter Moderator, der aussah, als würde er immer noch von seiner Mutter eingekleidet. »Sie müssen sich allerdings beeilen, ich höre gerade, vierhundert limitierte Exemplare von Sandra sind bereits verkauft.«

Hoffentlich nicht alle an Paul, dachte ich und nahm ihm das Telefon weg.

»Hi, Kleiner.«

»Guck doch, guck doch«, rief Paul aufgeregt und zeigte auf den Fernseher.

Der Moderator schlenderte durch ein überlebensgroßes Spielzeughaus, aus dem zwei Assistentinnen in einer Tour potthässliche, geklonte Puppen ins Off trugen.

»Schnell«, Paul versuchte, mir das Telefon wieder zu entreißen, »sonst sind alle Sandras weg.«

»Hast du da angerufen?«, fragte ich.

»Sie ist in der Tat unglaublich gut gearbeitet«, sagte der Moderator, »da sind 199 Euro keinen Cent zu viel. Ich glaube, ich werde mir schnell selber eine sichern. Das heißt, wenn es überhaupt noch möglich ist. Betty, wo stehen wir denn?«

»Fünfhundertneunzehn«, hauchte eine der Assistentinnen und klimperte mit den Augen, als wollte sie bestätigt kriegen: Diese Zahl hast du aber wirklich schön aufgesagt.

»Mach schon, ruf da an«, drängte Paul.

»Hast du telefoniert?«, wiederholte ich meine Frage.

»Ja. Aber es geht nicht.«

Mir fiel ein, dass man bei meinem Apparat eine Null vorwählen muss, um ein Amt zu kriegen, und ich wurde etwas entspannter. Stevie würde es ihm doch hoffentlich nicht erklärt haben.

»Das war's, meine Damen und Herren. Sandra ist ausverkauft. Woll'n mal sehen, was wir sonst noch haben.«

»Du hast jetzt Sendeschluss«, murrte ich und beamte den Moderator mit der Fernbedienung in die Dunkelheit. »Und du auch, Kinky.« Ich stellte die Musik aus.

In die wohltuende, plötzliche Stille hinein schnarchte Stevie und drehte sich auf die Seite. Ein Blick auf das Display meines Radioweckers verriet, es war weit nach drei Uhr nachts.

»Alle weg. Alle, alle weg.« Paul zog die Schultern hoch und machte ein trauriges Gesicht. »Ich wollte sie doch Carina schenken.«

Mein Hals zog sich zusammen, aber Paul lächelte.

»Macht nichts«, gluckste er, »dafür bist du ja wieder da. Wie versprochen und nicht gebrochen. Der Mann hat gesagt, du gehst nie wieder länger fort.«

»Welcher Mann?«

»Na, der.« Paul zeigte auf Stevie. »Der ist ein Guter.«

»Stevie?«

»Genau. Genau.« Paul hastete an den Küchentisch und kritzelte etwas in ein Schulheft. »Stevie. Ich vergess es immer.« Nach einer Pause sagte er leise: »Lukas? Stimmt doch, dass du nicht mehr weggehst, oder?«

»Keine Sorge, Paulemann.«

Paul nickte zufrieden.

»Dass du da mal nicht zu viel versprichst«, juckte mein Ausschlag.

Ich versuchte, meine Gedanken zu ordnen.

»Wir sollten schlafen gehen, Kleiner« war alles, was mir einfiel.

»Willst du denn gar nicht wissen, wie's in der Stadt war?« Paul schien völlig aufgedreht.

»Doch«, lenkte ich ein, »erzähl, was habt ihr gemacht?«

»Wir waren in München!«

Sieh einer an, dachte ich. »Und?«

»Stell dir vor«, sagte Paul, »richtig in München.«

Paul sah so glücklich aus, stolz wie ein Schulkind, das gerade seine erste gute Note bekommen hatte. Ich brachte es nicht fertig, ihm zu erläutern, dass sein München nur zehn S-Bahn-Minuten entfernt war und wir uns genau genommen in München befanden.

»Und, wie ist es gelaufen?«

Paul überlegte einen Moment, dann deutete er auf das Schulheft und strahlte: »Super. Guck, hier.«

In dem Heft stand säuberlich auf jeder Linie ein Begriff, wie in einer Liste. Den Anfang machten die Stationen der S 5 bis zum Marienplatz, erst in Stevies manierierten Großbuchstaben, dann mit Pauls krakeligen Lettern, und schon am Ende der ersten Seite nur noch in der Kinderschrift meines Cousins. Paul erzählte langsam und vergewisserte sich alle zwei Sekunden mit einem Blick in das Schulheft.

»Wir sind mit der S-Bahn ... Eingestiegen sind wir ... in Trudering. Dann kommt Berg am Laim. Dann Leuchtenbergring. Dann Ostbahnhof.« Er machte eine gewichtige Pause. »Und dann ... dann kommt der Tunnel. Und die Farben.« Jetzt las er ab. »Der Rosenheimer Platz gelb, der Isartorplatz grün, der Marienplatz orange ... und der Kaktus ist blau.«

»Wie bitte?«

»Aber da waren wir gar nicht.«

»Stopp mal, Paul, wo wart ihr nicht?«

Er sah mich verwirrt an und wusste nicht mehr weiter.
»Das davor«, sagte ich und deutete in sein Heft.
»Der Kaktus ist blau«, wiederholte er.
»Die Station heißt *Stachus,* Kleiner.«
»Ja, ja.« Paul wurde jetzt ungeduldig. »Aber da waren wir gar nicht. Wir sind bei Orange ausgestiegen. Und ... weißt du was, da muss man rechts raus. Das muss man sich merken.« Paul sah mich an, als hätte er mir eben die Relativitätstheorie erläutert. »Beim Kaktus muss man auch rechts raus, aber da waren wir nicht ... sondern bei Orange. Und oben bei Orange, also über der Erdfläche, boah, da war es toll.«
Er blätterte um, und zum Vorschein kam ein eingeklebter Prospekt, der den Marienplatz, das Rathaus und das Glockenspiel zeigte. Aufmerksam studierte er ihn, dann legte er los.
»Da gibt's auch Glocken, Lukas. Die solltest du mal klingeln. Dann kommen nämlich so ... Leute raus. Puppen, wie die im Fernsehen, nur anders. Ritter und«, er suchte eine Stelle im Text, »Ritter und Scheffler. Und stell dir vor, die tanzen. Und wenn die tanzen, müssen alle Menschen unten klicken.«
»Was müssen die?«
»Klicken. Mit ihren ...«, er suchte nach den richtigen Worten, »kleinen Kästen.«
Jetzt fiel der Groschen. »Fotografieren meinst du. Die machen Fotos.«
»Ja, die mit den Schlitzaugen.« Paul wurde immer aufgeregter und hippeliger, weil er sich mehr und mehr erinnerte. »Und die Scheffler, die haben die Badewannen gemacht, früher, weißt du, und die Bierfässer. Und nach der Pestzeit sind sie als Erste raus. Deswegen tanzen die da jetzt.« Wieder suchte er einen Satz in dem Prospekt. »Die haben nämlich die Depression vertrieben.«
So sieht's aus, dachte ich, damals wie heute.
»Und dann waren wir auf dem Viktualienmarkt.« Paul ging selig seine Liste durch. »Fischsemmel, 1 Euro 80. Leberkässemmel, 2 Euro.«
Ich unterbrach ihn. »Hat Stevie dir das Heft gekauft?«
»Ja. Damit ich nichts vergess'.« Er fuhr fort. »Bratensemmel, 2 Euro 50. Aber nicht am ersten Stand kaufen, da sind sie scheiße. Wiener Würstchen, 1 Euro 50. Mit Brot, 2 Euro. Das weiß ich alles!«

Da hat dir Stevie ja die wirklich wichtigen Sachen beigebracht, schoss es mir durch den Kopf.

Abrupt beendete Paul seine Aufzählung und las Telefonnummern vor. Die des Pfarramts. Meine, Stevies und die 110.

»Falls was ist, hat Stevie gesagt. Und dann ...« Er schwieg, und seine Mundwinkel begannen zu zucken, »nichts. Mehr ist nicht«. Er ließ das Heft sinken. Nach der Notrufnummer hatte Stevie noch »Rückfahrt« geschrieben, der Rest der Seite war weiß.

»Soll ich noch mal?« Paul sah mich fragend an und blätterte zaghaft zurück.

»Ist gut. Das mit dem Heft ist prima. Morgen machen wir weiter.«

»Hm«, er verfiel in seine schiefe Körperhaltung, wie immer, wenn er traurig wurde. Leise murmelte er die S-Bahnstationen vor sich hin. Beim Leuchtenbergring musste er das erste Mal ins Heft schauen. Wütend klappte er es zu. Dabei fiel ein Foto heraus und segelte wie in Zeitlupe zu Boden. Alles an Paul verkrampfte sich, er saß stocksteif da, senkte den Blick und rührte sich mit keiner Faser. Wie ein kleiner Junge, der etwas angestellt hat und jetzt in Demutshaltung der Bestrafung entgegenharrt.

Ich hob das Bild auf. Es war ein Foto von Sophie, das ich vor ein oder zwei Jahren in Berlin aufgenommen hatte. Sie trug ihr rotes Sommerkleid und lachte in die Kamera, als wollte sie sie auffressen. Ich betrachtete es lange. Jetzt fotografiert sie ein anderer, dachte ich, und: Da ist immer noch kein Schmerz.

»Ich hab's genommen«, wisperte Paul, »nicht schimpfen.«

Ich gab ihm das Bild zurück. »Darfst du behalten, Kleiner.«

»Die ist schön.«

Ich nickte.

»Ist das deine Frau?«

»Freundin«, sagte ich langsam, »sie war meine Freundin.«

»Ich hab auch eine Freundin.« Auf einen Schlag kehrte seine Lebendigkeit zurück. Die Freude des Erinnerns war ihm förmlich ins Gesicht geschrieben. Er rannte ins Schlafzimmer und kam mit einer abgegriffenen, fleckigen Visitenkarte zurück.

»Hier.«

Auf billigem Karton fand sich die Zeichnung eines entblößten Frauenoberkörpers. Die Brüste waren mit dickem Stift gezogen, alles Übrige andeutungsweise skizziert. Daneben stand »Denise erwartet dich« sowie eine Postfachadresse und Telefonnummer.

»Das ist also deine Freundin?«

»Ja, die Denise.«

»Hast du sie oft gesehen?«

»Weiß nicht.«

Mir kam eine Idee. »Sollen wir Bilder tauschen, Paul?«

»Nein!« Er schrie es regelrecht heraus. »Das ist meins.«

»Schon okay, Kleiner. Lass mich nur schnell ...«, ich langte nach meinem Beichtbuch, »die Adresse aufschreiben. Ich habe nämlich auch so ein Heft, in dem ich alles festhalt'.« Ich notierte die Nummer mit Mühldorfer Vorwahl. »Vielleicht können wir sie ja mal besuchen.«

»Super.« Paul ging zur Spüle, goss sich einen Becher kalten Kaffee ein und trank ihn in einem Zug leer. Nachdem er eine kleine Ewigkeit einfach nur dagestanden hatte, sagte er: »Bitte halt's fest, Lukas. Schreib's auf. Damit ich es wieder weiß.«

»Was denn, Paul?«

»Na, alles eben. Alles, was ist.« Er stürzte einen zweiten Pott Kaffee hinunter. »Auch das von früher. Da ist alles grau.«

Das kann ich nicht, dachte ich.

»Du musst es doch wissen.« Paul sah mich flehend an. Dann fragte er: »Bin ich sehr krank?«

Der Kloß in meinem Hals wurde immer dicker. »Ich glaube, ja.«

Er blieb ganz ruhig. »Das kommt vom Stress.«

Das hatten sie ihm wohl oft genug gesagt, er konnte es auswendig.

»Weißt du denn gar nichts mehr?«, fragte ich vorsichtig.

»Doch«, Paul kratzte sich geschäftig am Kopf. »Wir haben Eisenbahn gespielt und Häuser gebaut. Viele Häuser. Und im Kloster habe ich Koffer getragen ...«

»Gut, Paul. Was ist mit der Familie? An wen erinnerst du dich?«

Beinahe lückenlos und ohne erkennbare Gefühlsregung zählte er die nähere Verwandtschaft auf, seine Eltern, Dietsche, Lena, die Kinder, mich.

»Und am besten war Onkel Heinz.«

»Zombie-Heinz?«, rief ich aus. »Der alte Fascho? Den hab *ich* ja bald vergessen.«

Paul lachte. »Der war lustig.«

»Wieso erinnerst du dich gerade an Onkel Heinz?«

Paul zuckte mit den Schultern. »Weiß nicht. Der hat immer Geschichten erzählt.«

Dann wandte er sich mit einem Mal ab. »Ich geh schlafen. Jetzt habe ich keine Angst mehr.«

Noch lange saß ich in der Küche, rauchte und probierte das Chaos in meinem Kopf zu ordnen. Immer wieder vermischten sich die Bilder. Und je mehr ich versuchte, den heutigen Tag Revue passieren zu lassen, desto mehr zogen die Fratzen meiner Kindheit und Jugend an mir vorüber. Irgendwann siegte der Zynismus, und ich dachte: Bei *der* Vergangenheit sollte man geneigt sein, eine Altersdemenz in jungen Jahren als Segen zu begreifen.

18

Rückblickend würde ich sagen, meine Verwandtschaft war guter Durchschnitt. Drei Scheidungen, zwei Selbstmorde, der ein oder andere Problemfall und ein Haufen Trinker. Wie alle anderen Familien in der Gegend. Provinz eben. Tiefste Provinz.

Clans, die seit Jahrzehnten hier wohnen, arbeiten, sich fortpflanzen, Kinder durch Autounfälle verlieren, Felder in Baugrund umwandeln, auf dem die überlebenden Kinder Häuser errichten, in denen sie dann wohnen, sich vermehren und so weiter. Kaum einer zieht weg, Platz ist ja da, für immer mehr Menschen, die alle das Gleiche tun.

»Aber irgendwann«, sagte Frau Hofer, die Apothekerin, einmal, als sie betrunken war, »irgendwann hast du mit allen gevögelt, und bei dem, mit dem es am wenigsten schlimm war, bleibste.«

Die eigene Familie allerdings bekam man in ihrer Gänze gar nicht mit. Ich wusste, dass es sie gab, dass sie in den umliegenden Dörfern lebte, die schon längst keine mehr waren, sondern Ansammlungen von Doppelhaushälften, die sich jeweils um einen Supermarkt gruppieren.

Zum Leben erweckt wurde die Familie nur an Festen. Hochzeiten, Taufen, Kommunion, Weihnachten, runde Geburtstage. Nie kamen alle, weil immer irgendwer mit irgendwem zerstritten war, aber nach ein paar Jahren hatte ich einen ganz guten Überblick. Einzig zu den Beerdigungen erschienen alle. Der Tod war das einende Moment der Sippschaft. Wenn eine der älteren Frauen starb, hatte man manchmal den Eindruck, sie tat es, um die Familie mal wieder zusammenzubringen. Gesittet, im Sonntagsstaat, mit der nötigen Würde. Wie es sich für anständige Leute gehörte.

Alle waren gekämmt, immer dem festlichen Anlass angemessen, eine Familie im Ausnahmezustand. Die Verhältnisse untereinander, die Hierarchien waren klar festgelegt durch die Sitzordnungen an den verschiedenen Tafeln. Die Großeltern und deren Geschwister saßen am Mitteltisch. Daneben die Erstgeborenen samt Anhang. Dann die Familien der weiteren Brüder und Schwestern und so fort. Ganz außen saßen die Kinder und die Ausgestoßenen, also die, die mit dem Gesetz in Konflikt geraten, in psychiatrischer Behandlung oder frisch geschieden waren. So wurde uns Kindern nie langweilig.

Der König der Ausgestoßenen war Onkel Heinz. Er erzählte uns bei jeder Familienzusammenkunft, dass seine frühere Frau, Tante Berta, ein Zombie gewesen sei. Wahlweise auch ein Vampir oder ein Werwolf. Er erzählte von grausigen Veitstänzen der Untoten, von Verwandlungen um Mitternacht, von bestialischen Orgien im Blutrausch. Dietsche, Paul und ich liebten diese Geschichten. Weil Onkel Heinz nur zu Beerdigungen eingeladen wurde, freuten wir uns immer, wenn jemand starb.

Wir saßen am Katzentisch, mampften Wurstbrote und lauschten Onkel Heinz. Der erzählte von Mutationen bei Vollmond, von dichter, schwarzer Behaarung, die Tante Berta immer bekommen hätte, »auch im Gesicht«. Erzählte von dritten und vierten Brüsten, die sich aus dem weichen Körper nach außen stülpten, von Fingernägeln, die zu Krallen wurden, und von ewiger Verdammnis.

»Tagsüber ist niemandem was aufgefallen, sogar in die Kirche ist sie gegangen, die Berta«, erzählte Onkel Heinz, »keiner hat was gemerkt. War ja hell. Nachmittags saß sie dann mit ihren Freundinnen zusammen, schön Likörchen trinken, alles ganz unauffällig. Aber nachts, oh Gott, da ging es los. Ein Geheule und Gekreische nach frischem Blut. Berta wurde zum Monster, und ihre Freundinnen auch, alle, es war furchtbar. Und wenn sie einen erwischt haben, saugten sie ihn aus. Der war dann auch so wie sie, sein Leben lang, ohne Hoffnung.«

Keiner von uns hatte Tante Berta je kennen gelernt, zumindest nicht bewusst. Sie war damals schon gut zehn Jahre tot, ich habe keine Erinnerung an sie. Sie war in den späten Sechzigern vom Dach gesprungen und beim Aufprall vom Pflock eines Weidezauns durchbohrt worden.

»Das war die einzige Möglichkeit«, erklärte uns Onkel Heinz.

Für die Familie war es der erste Selbstmord in der Verwandtschaft. In ihrem Abschiedsbrief hatte Tante Berta geschrieben: »Mein lieber Heinz, es ist noch Suppe in der Truhe. Du brauchst sie nur aufzutauen.« Nach dieser Geschichte war klar, dass Onkel Heinz bei keiner einzigen Feier auch nur einen Tisch würde aufrücken können. Außerdem war er tätowiert. Ein selbst gestochenes, schiefes Kreuz zierte seinen Unterarm.

»Deswegen ist sie nie auf mich losgegangen«, erklärte er uns.

»Kannst du mir auch so ein Kreuz machen?«, fragte Dietsche ihn einmal.

»Wieso das denn?«

»Wegen Mutter. Sie ist in letzter Zeit so komisch.«

»Mit so etwas soll man nicht spaßen«, sagte Onkel Heinz, »außerdem glaube ich nicht, dass Berta deine Mutter jemals gebissen hätte, nee, das wüsste ich.«

»Onkel Heinz«, fragte Dietsche, »stimmt es, dass Untote ganz wabbelig sind, fast durchlässig, und dass sie Blutwurst mögen.«

»Richtig, mein Junge.«

»Dann guck doch mal, Onkel Heinz«, sagte Dietsche und deutete verstohlen über seine Schulter. Drei Tische weiter saß Tante Erika, Dietsches und Pauls Mutter. Mit beiden Händen schob sie sich gerade ein großes Stück Blutwurst in den Mund. Die Arme standen dabei fast in einem Neunzig-Grad-Winkel vom Körper ab, riesige, bleiche Arme, die wie überdimensionale Tentakel aus ihrem Kleid quollen. Ihr Blick war glasig und stur auf das Opfer gerichtet, sie biss von der Blutwurst ab, kaute genüsslich, und beim Schlucken schloss sie ihre Augen. Ein feines rotes Rinnsal lief ihr übers Kinn, tropfte, der Schwerkraft folgend, nach unten und wurde von ihrem ausladenden, überbordenden Busen aufgefangen. Ich dachte an dritte und vierte Brüste, die Berta wuchsen, wenn sie mutierte, dafür wäre bei Tante Erika beim besten Willen kein Platz gewesen. Aber wissen konnte man nie.

»Nee, nee«, sagte Onkel Heinz und trank bestimmt seinen fünften Schnaps, »so einfach ist das nicht. Außerdem gibt es immer Ausnahmen. Adolf Hitler zum Beispiel.«

»Hitler war ein Zombie?«

»Was heißt da *war?* Noch einen Klaren, Meister!« Onkel Heinz trank den Schnaps jetzt aus dem Wasserglas. »Ich habe nie an Hitlers Selbstmord geglaubt. Zu einfach. Untote sind gerissen, wisst ihr. Die Nazis – alle Zombies gewesen, anders ist das doch gar nicht zu erklären. Eine Nation im Blutrausch, dass ich nicht lache, Vampire war'n das! Wollt ihr auch einen Klaren, Jungs? Egal. Guckt mal hier«, er zeigte auf das Kreuz auf seinem Unterarm, »was seht ihr? Na, fällt euch was auf?«

»Ein Kreuz, Onkel Heinz«, sagte Paul.

»Und?«

»Was und?«

»Schaut mal.« Onkel Heinz trank noch einen Schluck, dann nahm er die Serviette vom Tisch und malte mit einem Kugelschreiber ein Hakenkreuz darauf.

»Alle Striche gleich lang, das kannste drehen und wenden, wie du willst, du kannst sogar die Haken ausklappen, seht ihr, gleich lang. Und hier«, er deutete wieder auf seinen Unterarm, »das Christenkreuz. Die Längsstrebe lang, die Querstrebe kurz, und schief muss es sein, davor haben sie Angst. Das Hakenkreuz kann ihnen nichts anhaben, deswegen haben sie's ja auch überall draufgepinselt, damit keiner auf die Idee kommt.« Onkel Heinz brüllte jetzt. »Zombies waren das allesamt. Schmeckt die Blutwurst, Erika?«

Tante Erika verschluckte sich und bekam einen Hustenanfall. Onkel Heinz goss sich einen weiteren Klaren ein.

»Und wisst ihr, was das Perverseste ist?« Er rückte ganz nah an uns heran, so dass wir seine Fahne riechen konnten. »Das Perverseste: Hitler war Vegetarier. Die perfekte Tarnung, Vegetarier. Vergesst das nie. Trotzdem war er ein Werwolf. Anders ist das alles gar nicht zu erklären. Alle Vegetarier sind Zombies. Und Berta«, jetzt schrie er wieder, »die Berta ist da nicht schuldlos dran.«

Wir hielten den Atem an.

»Die Berta und der Hitler ... Es wäre alles anders gekommen, wenn die Berta den Hitler damals ... Alles ...« Onkel Heinz verdrehte die Augen. »Zombies.«

Dann sackte er in sich zusammen, und mein Vater und zwei andere trugen ihn raus. Dietsche, Paul und ich sahen uns die verbliebenen Teilnehmer des Leichenschmauses an. Man aß, trank und unterhielt sich munter weiter. Die Familie war wohlauf. Es würde eine Weile dauern, bis wieder eine Beerdigung anstünde und Onkel Heinz das Geheimnis von Tante Berta und dem Führer würde lüften können.

Die nächste Beerdigung war die von Onkel Heinz, und zum ersten Mal waren wir Kinder wirklich traurig. Für die Familie war es der zweite und vorerst letzte Selbstmord in der Verwandtschaft.

19

Am 11. Mai hielt Stevie seit längerer Zeit mal wieder eine seiner fulminanten Predigten. Ohne Netz und doppelten Boden, ohne mit der Wimper zu zucken und ohne Manuskript kanzelte er eine gute Dreiviertelstunde das Thema »Muttertag« ab. Er hatte ohnehin eine tief sitzende Aversion gegen Ehrentage aller Art, an denen einmal im Jahr heile Welt gespielt wurde, und er formulierte sie auch.

»Meinen wir das ernst, oder zementieren wir die bestehenden Verhältnisse?«, donnerte er ins Kirchenschiff, »kann man seine Verantwortung auf einen Tag reduzieren und mit Blumengebinden abarbeiten?«

Ich saß mit Paul im Schaltraum und genoss es. Stevie war eben doch ein Missionar. Mit ernster Stimme verortete er den Ursprung des Muttertages in der amerikanischen Arbeiterbewegung, erläuterte dann ohne Umschweife, wie die Nazis den Brauch für ihre Zwecke korrumpiert hätten, »dem Führer ein Kind zu schenken, darum ging's«, und kam dann wiederum ohne Punkt und Komma auf das Geschlechterverhältnis der Gegenwart zu sprechen. Er eiferte, wetterte und wurde mit jedem Satz lauter.

Als er eine halbe Stunde über der regulären Zeit die Kirchgänger zur Konfirmation am kommenden Sonntag einlud, war er heiser. Bis dahin fände die Kinderbibelwoche statt, krächzte er, mit zahlreichen Aktivitäten wie dem Jugendgottesdienst, dem Auftritt von Seventh Heaven und dem traditionellen »Konfirmanden-Kick«, einem Fußballspiel gegen die Nachbargemeinde. Es klang, als spräche er von Strafen Gottes.

Das Vaterunser flüsterte er, und Paul bimmelte die Besucher aus der Kirche.

Am Nachmittag hatte sich Stevies Stimme wieder erholt. Mit unseren neu erworbenen Wasser-Pumpguns liefen wir im Pfarrgarten herum und spielten Westernfilme nach.

Paul hatte den Pfarrer gerade aus dem Hinterhalt getroffen und jubelte wie ein Kind. Stevie ließ seine Wasserpistole fallen und sank theatralisch zu Boden: »Argh! Es hat mich erwischt.«

Ich lief zu ihm und bettete seinen Kopf auf meine Knie.

»Halt durch, Steve, morgen früh sind wir in Mexiko.«

»Nein, Luke, geht ihr alleine weiter, ich halte euch nur auf.«

»Rede nicht so einen Unsinn. Gib mir dein Messer, ich versuche, die Kugel zu entfernen – verdammt, sie steckt zu tief.«

»Lass stecken, Luke. Es ist zu Ende.«

»Nein, Steve.«

»Doch, Luke.«

Paul kugelte sich vor Lachen, und Stevie starb, wie man in Western sterben musste.

»Luke«, röchelte er, »war ich ein guter Kamerad, Luke?«

»Der beste, den ich je hatte.«

»Kümmer dich um das Pferd und den Jungen.«

»Au ja«, rief Paul.

»Und, Luke, das Gatter an der Nordweide quietscht, jemand muss das in Ordnung bringen.«

»Ich verspreche es dir«, grinste ich, »und wenn es das Letzte in meinem Leben ist, was ich tu.«

»Und sag Mary, dass ich sie immer geliebt habe.«

»Das werde ich, Steve.«

»Und, Luke, vergiss die Blumen nicht, die Azaleen brauchen viel Wasser. Und begleich die Rechnung beim Doc, bitte. Und, Luke, solltest du Lady Emmerling treffen, sag ihr, sie ist eine mürrische alte Vettel, und, Luke ...«

»Könntest du jetzt langsam mal sterben, Steve?«

»Okay, Luke.«

Wie im Film ließ Stevie noch einmal ein Zucken durch seinen Körper laufen, dann drehte er seinen Kopf zur Seite und schloss mit einem pathetischen Seufzer die Augen.

»Nein!«, schrie Paul plötzlich und lief zu Stevie. Nackte Angst stand in seinem Gesicht. Wie besessen rüttelte er an ihm herum. »Nicht!«

»Hey«, lachte Stevie, »das kitzelt. Paul, das war doch nur Spiel.«

»Ihr sollt so was nicht spielen.« Er zitterte vor Aufregung. Alle Farbe war aus seinem Antlitz gewichen. Vergeblich suchte ich nach einem Erinnerungsstreifen. Als wir klein waren, hatten wir oft Indianer und Cowboy gespielt, mit Dietsche, der den knurrenden Raubeinton mindestens so gut draufhatte wie Stevie. Paul hatte es geliebt. Jetzt stand er starr und bleich da.

»Ihr sollt so was nicht machen.«

Stevie nahm ihn bei der Hand und sagte ruhig: »Spiel doch mit.«

Paul schniefte. »Wie denn?«

»Na, sag irgendwas.« Stevie erklärte. »Wir sind Cowboys. Ich bin Steve, Lukas ist Luke, und du bist«, er sprach den Namen englisch aus, »Paul. Mit langem O.«

»Pohl«, wiederholte Paul und lächelte.

»Genau. Und jetzt ... sag was.«

»Wie heißt er noch mal, Lukas?«, fragte mein Cousin langsam.

»Steve.«

»Steve«, Paul suchte nach Worten, »was hast du gesehen? Als du tot warst, meine ich. War da Scheinen? War da ein helles Licht?«

Mir stockte der Atem, aber Stevie spielte weiter Western.

»Nein, Paul, alles war dunkel. Da war nichts, einfach nur nichts, ein großes, schwarzes, leeres Nichts – ein bisschen so wie Niedersachsen.« Er lachte.

Und Paul lachte mit, obwohl ich mir sicher war, dass er mit dem Bundesland nicht das Geringste verband, aber darum war es wohl gar nicht gegangen.

»Dann ist gut ... Steve.« Paul war wieder der Alte.

»Jungs«, Stevie wrang sein Hemd aus, »ich glaube, ein Steak würde mir jetzt gut tun. Sollen wir einen Bison grillen?«

»Ja, ja.« Paul lief ins Haus, und ich atmete auf.

Nach dem Abendessen erhielten wir überraschend Besuch. Völlig verschwitzt, aber bis über beide Ohren strahlend, stand Mathe-Manni in der Küche.

»Hallo Lukas, hallo Herr Borchert«, keuchte er.

»Was ist denn mit dir los?«, fragte Stevie. »Bist du den ganzen Weg von Perlach zu Fuß gelaufen?«

»Ja. Ich wollt' die CDs holen, weil doch Muttertag is'. Und heut Morgen hab ich's nicht g'schafft, weil die Kirche so lang war und ich zum Essen heimmusst'.«

Der Junge war immer noch außer Puste, und Stevie schlug sich vor die Stirn.

»Natürlich, die CDs, wie konnte ich das nur vergessen? Warte doch einen Moment. Lukas und ich holen sie eben.«

Bitte? Ich verstand nur Bahnhof, aber Stevie warf mir seinen »Aua aua der Pfarrer hat mal wieder Mist gebaut und du musst mir jetzt aus der Patsche helfen«-Blick zu.

»Paul«, sagte ich rasch, »biete Manni doch was zu trinken an, wir sind gleich zurück.«

»Verdammich, Glockenknecht«, fluchte mein Pfarrer noch auf der Treppe, »warum hast du mich nicht daran erinnert, dass ich dir etwas Wichtiges über Mathe-Manni erzählen wollte?«

Vielleicht, weil mein Gedächtnis gerade anderes zu tun hatte.

In knappen Worten schilderte mir Stevie die Sachlage. Vor einigen Wochen hatte er die Kinder im Konfirmationsunterricht gefragt, was sie denn mal werden wollten. Von »Deutschland sucht den Superstar«-Star über »Rechtsanwalt« bis »Tierpräparator« war der ganze übliche Müll dabei gewesen. Nur Manni, von dem sich Stevie sicher war, er würde »Bomberpilot« oder »amerikanischer Präsident« angeben, hatte verkündet, er wolle »Sprecher« werden.

»Sprecher von *Hörbüchern,* Lukas, stell dir das vor, weil Hörbücher total in seien und seine Mutter die so mag, sie sich aber nicht leisten kann.«

»Gibt's doch nicht«, entfuhr es mir.

»Oh doch«, jammerte Stevie, »schau, sein erstes Werk.«

Er holte eine Umzugskiste aus der Abstellkammer und förderte aus ihrem Inneren bestimmt drei Dutzend selbst gebrannte CDs zutage. Eine jede handschriftlich nummeriert.

»Sag, dass das nicht wahr ist.«

»Was mache ich denn jetzt?« Stevie schaute mich ratlos an.

Ich nahm den Silberling mit der Nummer eins und legte ihn in den CD-Player. Man hörte eine Tür zuschlagen, dann wurde eine Nadel auf eine Platte gelegt, und unter schauderhaftem Rauschen erklang Queens »Bohemian Rhapsody«. Manni musste lange dafür geübt haben, die richtige Stelle zu treffen, zumal er das Medium »Schallplatte« streng genommen gar nicht mehr kennen konnte.

»Mama, just killed a man. / Put a gun against his head, / pulled my trigger now he's dead. / Mama, life has just begun ...«

Um Gottes willen, dachte ich, aber in diesem Augenblick wurde die Musik ausgeblendet, und nach einer kurzen Pause begann Manni mit stockender Stimme vorzulesen.

»Dresden, den 9. Dezember 1801. Ich schnallte in Grimme meinen Tornister, und wir gingen. Eine Karawane guter gemütlicher Leutchen gab uns das Geleite bis über die Berge des Muldentals, und Freund Grossmann sprach mit Freund Schnorr sehr viel aus dem Heiligtume ihrer Göttin, wovon ich Profaner sehr wenig verstand.«

Ich verstand definitiv noch weniger und sah Stevie ratlos an. Manni hatte sich in diesem Abschnitt bestimmt fünfmal versprochen. Nun blätterte er anscheinend um und sagte in anderem Tonfall: »Liebe Mama, wie du bestimmt g'merkt hast, hab ich das Vorwort wegg'lassen. Die Anmerkungen les ich aber, damit du alles weißt: Grimme ist eigentlich Grimma, Sitz des Verlagshauses Göschen. Grossmann ist nicht identifi-, nicht -fizi, nicht -dentfizibar, i-den-ti-fi-zier-bar ...«

Ich stoppte die Aufnahme.

»Seume«, erklärte Stevie. »Johann Gottfried Seume, Spaziergang nach Syrakus. Geschwürmel aus dem vorletzten Jahrhundert. Was weiß ich wie viele eng bedruckte Seiten, dargeboten von Manfred Müller.«

»Willst du damit andeuten«, ich guckte auf den Karton, »dass auf all diesen CDs ...«

»Yep«, nickte er. »Fast die Hälfte hat er geschafft. Seume ist angeblich Frau Müllers Lieblingsdichter und Queen ihre favorisierte Band, fertig ist das Muttertagsgeschenk.«

»Das muss ihn Wochen gekostet haben ...« Ich erinnerte mich an die quälenden Nachhilfestunden, an Mannis Schießspiele auf dem PC, an die Gespräche mit seiner Mutter, »abtreiben hätt ich sollen, Herr Baumgarten«. Was taten sich da für Abgründe auf? Ich griff wahllos nach einer anderen CD und spielte sie ab.

»Mein Eintritt in die Lokanda hier war eine gewaltig starke Ohrfeigenpartie ...«

Ich übertönte Mannis Gestammel. »Da kann seine Alte ein ganzes Jahr lang Muttertag feiern, Pfaffe, denn so lange wird sie brauchen, sich diesen Quark anzuhören.«

»... Ehe ich mir's versah«, buchstabierte Manni eisern weiter, »schoss ein junger, starker Kerl aus einer Art von Küche heraus, fuhr vor mir vorbei und packte den höflichen Menschen mit einer furchtbaren Gewalt bei der Gurgel, warf ihn nieder und fing an, ihn mit den Fäusten aus allen Kräften zu bearbeiten.«

Da schau her, kaum ging es ums Prügeln, machte Manni so gut wie keine Fehler mehr. Und wieder wurde eine Platte eingespielt. Ich erkannte das Lied sofort, »Mother Love«, Freddy Mercurys letzte, zu Lebzeiten eingesungene Nummer.

»I don't want to sleep with you ...«

Wenigstens etwas, dachte ich.

Diesmal hatte Stevie den CD-Player ausgeschaltet. »Manni hat mich um Hilfe gebeten, weil er an seinem Computer nicht schneiden kann. Und ihr habt im Proberaum doch dieses Musikprogramm ... Ich hab ihm versprochen, dass wir eine hörbare Version draus basteln, die blöden Anmerkungen rausschneiden und so weiter.«

»Wir? Diesen Durchfall cutten? Was hältst du von Mülleimer auf, CDs rein, Mülleimer zu?«

Auf der letzten Hülle hatte Manni vermerkt: »Schlecht gelesen«.

»Siehst du, er sagt's doch selber.« Ich schleuderte die Disk in die Ecke.

»Lukas, das können wir nicht bringen.«

Das aufkeimende Jucken am Arm brachte mich zur Besinnung. Hatte je ein Kind seiner Mutter einen größeren Liebesbeweis erbracht? Und war dabei so grandios gescheitert?

»Stevie«, sagte ich, »ich werde Manni jetzt heimfahren. Und dort werden wir seiner Mutter die Kiste übergeben. Zum Muttertag. So, wie sie ist. Ich werde ein paar pathetische Worte sprechen, sie wird heulen vor Rührung, und mit ein bisschen Glück wird sie sich nie etwas anhören davon. Und du bringst währenddessen Paul ins Bett.«

»Danke, Mann.«

»Und die schlecht gelesene CD«, fügte ich hinzu, »die lassen wir hier. Damit wir ein Beweisstück haben. Das glauben wir uns doch sonst später selber nicht mehr.«

Einen Stock tiefer waren Paul und Manni verschwunden. Durchs offene Fenster hörten wir ihre Schreie aus dem Garten.

»Hab ich dich, du Bastard!«

»He, so giltet es nicht.«

Ein kurzer Blick bestätigte, dass die beiden da weitermachten, wo wir am Nachmittag aufgehört hatten.

Manni hielt sämtliche Pumpguns in Händen und erklärte Paul geduldig die Regeln.

»Du bist Saddam und musst dich verstecken. Und ich such dich dann. Okay?«

»Okay«, lachte Paul, »aber erst bis zehn zählen.«

Stevie legte den Arm um mich. Wie zwei Eltern standen wir da und guckten den Kindern beim Spielen zu.

»Siehst du«, meinte Stevie, »dein Kleiner akklimatisiert sich langsam. Er hat sogar schon einen neuen Freund gefunden.«

Ich machte mich los und schulterte den Karton mit den CDs. »Was meinst du? Wer von den beiden ist verrückter?«

20

Verrückt traf es gut; zum einen, weil während der Kinderbibelwoche viel los war, und zum anderen, weil wir nahezu alle Ereignisse bis ins letzte Detail in unsere Beichtbücher schrieben und abends Revue passieren ließen.

Es war, als erlebten wir die Tage mehrmals. Einmal in Echtzeit und dann noch einmal gerafft in der Nacherzählung. Ein jeder rückte etwas anderes ins Zentrum seiner Schilderung, kürzte hier ab, schmückte dort aus, und so entstand in unseren nächtlichen Lesungen ein perspektivisch gebrochenes, kaleidoskopisches Bild der Geschehnisse. Für Paul war es ein Eldorado. Schon nach zwei Tagen hatte er sein Schulheft voll geschrieben und brauchte ein neues.

Stolz und mit großem Ernst las er uns seine Einträge vor. Dann lauschte er wie gebannt, wenn Stevie oder ich unsere Nachbetrachtungen zum Besten gaben, verglich sie mit seinen eigenen Aufzeichnungen, besserte nach, übte sein Gedächtnis.

(In dem Artikel über Demenz, den Marlene mir gegeben hatte, stand, dass genau diese Art von Merktraining die Krankheit zwar nicht aufhalten, doch zumindest verlangsamen könne. »Mit der Krankheit leben lernen – die Tagebuchmethode«, hatte der Autor das genannt. Irgendwann jedoch würde sich »der Sinn der Worte nicht mehr erschließen«, hieß es weiter. »Sie können sich nicht mehr logisch mitteilen, aber Sie singen, ohne dass Sie nur eine Zeile des Liedes vergessen hätten. Sie singen häufig, weil Sie sich dann sicher fühlen, Sie lächeln dabei. Sie leben auf einer Gesangsinsel.« Davon wollte ich nichts wissen.)

»Kommen wir nun zum umjubelten Auftritt unserer Kirchen-Combo«, leitete Stevie seine Ausführungen ein. »Schon das Stimmen der Instrumente, das selbstredend während des Gottesdienstes und nicht davor geschah, darf getrost als erster Höhepunkt bezeichnet werden. Nach dem Vorbilde der Popularmusik, wie sie bei großen Openairkonzerten dargeboten wird, wurden laute und arythmische *One-twos, Check, Check, One-twos* in die Mikrofonage gebrüllt, dass es eine Art war. Begleitet wurde diese teils an die Zwölftonmusik Stockhausens, teils an infernalischen Industrielärm gemahnende Vokalperformance vom bis weit über die Gemeindegrenzen hinaus hörbaren Einstellen der Klangwerkzeuge, namentlich der elektrifizierten Laute, der zahlreichen synthetischen Klaviere, der noch zahlreicheren Trommeln und nicht zuletzt der schmeichelhaft wummernden Bassgitarre meines geschätzten Kirchenadlatus Lukas.«

»Sei gnädig mit uns«, rief ich dazwischen.

»Oh nein«, widersprach der Pfarrer, »das wart ihr auch nicht.« Dann las er vor:

»Wieder einmal bewahrheitete sich, dass das Einnehmen bewusstseinseintrübender Substanzen im Vorfeld sowie das Tragen eines Gehörschutzes, wie man ihn vom Gewerke des Presslufthämmerns her kennt, unabdingbare Voraussetzungen für den Genuss eines Seventh-Heaven-Konzertes sind. Die geneigten Zuhörer wussten hiervon jedoch nichts – na ja, spätestens seit heute wissen sie's. *Oro-Pax vobiscum,* rief ich meinem polnischen Orgelspieler noch zu, aber der war längst in Deckung gegangen. Und dann ging es auch schon los. Und zwar mit einer flotten Version des Kanons *Laudato si,* an der vornehmlich die Bewohner der Landstriche Sachsen-Anhalt und Mecklenburg-Vorpommern ihre Freude gehabt haben dürften, wo die Weise etwa in Zimmerlautstärke angekommen sein müsste. Mich jedoch nagelte die Schallwelle rücklings an den Altar. Immerhin, ein Blick auf den zersplitterten

Chronometer an meinem Handgelenk bewies, nur eine Minute und vierzig Sekunden hatte die Kapelle für ihr Gotteslob gebraucht, so muss Punk sein (und länger hätte der HErr das auch nicht durchgestanden). Gefolgt wurde dieses Stück von einer weiteren, beinahe noch rockigeren Laudatio, denn die Band machte sich an eine mutige Interpretation des Peter-Janssens-Klassikers *Gottlob ist die Nacht vorbei.* Allein, das war sie nicht, sie fing erst an. *Wie schmerzhaft bin ich aufgewacht, / wie hab ich geträumt so laut die Nacht.* Erst morgen früh werden wir den tieferen Sinn dieser Worte erahnen können. Sei es darum, Seventh Heaven widerlegte aufs Trefflichste seinen Gruppennamen und fügte der Danteschen Höllenlandschaft eine zusätzliche Schreckenskammer hin zu, als Franz, der voluminöse Bandvorsteher, einen weiteren Janssens-Hit anstimmte: *Robben sterben nicht an und für sich. / Robben sterben an mir und für mich.* Es wird am heutigen Tag mit Sicherheit nicht bei den Robben geblieben sein, auch die restliche Tierwelt Westeuropas ist für solchen Lärm nicht gerüstet. Doch damit nicht genug: Den übersichtlichen Beifall des zu Recht immer spärlicher werdenden Publikums missdeuteten die Jungs des Siebenten Himmels gründlich und ließen sich zu noch mancher Zugabe hinreißen, die ihren Vorgängern an Intensität in nichts nachstand. Als nur noch die engsten Familienmitglieder der Band wimmernd unter den Kirchenbänken ausharrten, beschloss Seventh Heaven ihre Aufführung mit der Zerstörung eines Bob-Dylan-Songs, die so nicht einmal der Meister selbst hinbekommen hätte. Allerdings, und damit möchte ich enden, machte Paul just bei diesem Lied eine bezaubernde Figur am Schellenring.«

Stevie holte tief Luft, und ich versank vor Scham in meinem Stuhl. »Mr. Tambourine Man« war wirklich schlimm gewesen. Paul hingegen war immer noch glücklich.

»Ich hab das Tambudings gespielt, gell, Lukas. Wie Glocken war das, wie kleine Glocken. Und Franz hat gequiekt wie ein Schwein.«

»So ist es gewesen, mein Sohn«, sagte Stevie väterlich.

»Komm«, warf ich ein, »die Ballade war okay.«

»Eine Ballade ist mir beim besten Willen nicht erinnerlich«, grinste der Pfarrer.

»Na, *Ins Wasser fällt ein Stein*«, half ich ihm auf die Sprünge.

»Das war ein ganzer Stein*bruch,* Lukas! Von dem *Wasser* ist nichts mehr übrig. Hast du dem noch irgendetwas hinzuzufügen?«

»Immerhin haben wir keine dritte Strophe gespielt.«

»Das ist keine Entschuldigung. Komm, lies vor.«

»Also«, begann ich, »erstens: Vielleicht hätten wir doch öfter üben sollen.«

»Ganz richtig.«

»Zweitens: Der Terminus *breite Eins* hat seit unserem Auftritt eine völlig neue Bedeutung bekommen, ebenso verhält es sich mit den Begriffen Rhythmik, Melodik, Harmonielehre und Chorgesang. Drittens: Du sollst keinen Blues spielen, wenn du nicht bis zwölf zählen kannst. Viertens: Du sollst deinem Gitarristen sagen, dass das brutale Behämmern der Saiten mit einem Metall-Kruzifix in Death-Metal-Kreisen schicklich sein kann, nicht aber in einer Kirche. Fünftens: Dasselbe gilt für Totenkopf-T-Shirts, auf denen *Satan wants you* respektive *We drink the blood of unborn children* steht. Sechstens: Niemals hätte ich gedacht, dass eine Gitarre mit nur noch zwei Saiten so laut sein kann. Siebtens: Du sollst nicht vergessen, dass du der Bandälteste bist. Wenn also dein neunzehnjähriger Schlagzeuger meint, einen Song im Highspeed-Walzer trommeln zu müssen, so folge ihm bereitwillig und zupfe nicht klugscheißerisch vier Viertel durch und bringe damit alle aus dem Takt. Das gilt, achtens, auch für unfassbare Peter-Janssens-Lieder mit dem Titel *Bück dich, bück dich, bück dich für den Wurm.* Neuntens und zehntens: Du sollst kein Bass-Solo spielen.«

»Und vor allem nicht verzerrt«, schrie Stevie, »und nicht zehn Minuten lang! Welcher Teufel hat dich da nur geritten?«

»Elftens bis hunderttausendstens: Ich bitte meinen Pfarrer um Entschuldigung und verspreche, dass so etwas nie wieder vorkommen wird. Vergib mir, Stevie, bitte.«

»Te absolvo«, sagte er.

Mein lieber Scholli, unser Gig war wirklich unterste Schublade gewesen, aber einen Mordsspaß hatten wir alle gehabt. Für Paul, so kam es mir vor, war schon das einfache Zusehen wie ein Geschenk gewesen; als er aber mitspielen durfte, fielen Weihnachten, Ostern und Geburtstag auf einen Tag.

»Hey! Mister Tambourine Man play a song for me«, brüllte Franz ihm zu, und Paul *war* der Tamburinmann. Kerzengerade und hochkonzentriert stand er neben mir und schlug den Schellenring mit aller Kraft. Dass er es nicht ein einziges Mal im Takt tat, fiel im allgemeinen Durcheinander keinem auf. Und doch war er im Beat – seinem eigenen. Sein Rhythmus war viel langsamer und schleppender als der unsere. Ein Wunder, dass er es bei der Geschwindigkeit, die wir anderen an den Tag legten, überhaupt schaffte, so *laid back* zu bleiben und stoisch sein Tempo zu halten. Völlig in sich gekehrt, verzaubert und beseelt klopfte er vor sich hin. Und er sang! Ich brauchte eine ganze Weile, bis mir klar wurde, dass er ein vollkommen anderes Lied spielte. Für den Bruchteil einer Sekunde dachte ich an jene »Gesangsinsel«, auf der sich Demente befänden, aber ich schob den Gedanken sofort beiseite. So gut es die Verkabelung meiner Bassgitarre zuließ, beugte ich mich zu ihm herüber, um herauszubekommen, was mein kleiner Cousin da vor sich hin trällerte. Als es mir endlich gelang, war Bob Dylan beinahe fertig gemeuchelt, aber alle Zweifel verflogen: ein Kinderlied. In sich versunken und mit geschlossenen Augen sang Paul »Kling, Glöckchen, klingelingeling«.

Kaum hatte ich es registriert, da ging unser Konzert auch schon mit einem bombastischen Finale zu Ende, und Paul verließ hektisch die Bühne.

Eine Minute später wusste ich, warum. Stevie war mittlerweile wieder an den Altar getreten und sprach nun kreidebleich und sichtbar um Fassung bemüht ein paar abschließende Worte. Dann begann er zu beten.

»Vater unser, der du bist im Himmel ...«

Auf den Punkt genau ertönten die Glocken. Ich hätte sie glatt vergessen. Paul nicht; und lachend winkte er uns aus der Schaltzentrale zu.

Irgendwann im Verlauf dieser Woche gingen uns dann die Superlative aus. Die Sonne knallte vom Himmel, die Kinderbibelwoche verlief chaotisch, aber reibungslos, Stevie turnte ausgelassen durch die Gemeinde, und Paul war so glücklich, dass er anfing, seine Schlaf- und Trinkgewohnheiten den unseren anzupassen, was ihn nicht daran hinderte, mit Mathe-Manni und Kevin zwei, der sich mittlerweile zu ihnen gesellt hatte, abstruse paramilitärische Rollenspiele im Pfarrgarten aufzuführen. Ich für meinen Teil war so entspannt wie schon lange nicht mehr. Die Arbeit verrichtete sich wie von selbst, der Ausschlag gab weitestgehend Ruhe, und auch meine Promiskuität verringerte sich. Nachdem ich, anstatt Nachhilfe zu geben, ein letztes Mal mit Sarahs Mutter um das ausstehende Geld für die Skifreizeit gefeilscht hatte, schlief ich an den folgenden Tagen und Nächten ausschließlich, gern und oft mit Patrizia, unserer Sozialpädagogin. Zwischen uns war nie auch nur das Geringste gewesen, aber irgendwie schwebten wir wie auf Wolken, waren dauerstoned und brünstig. Und abgesehen davon war es einfach wunderschön.

»Ich weiß, Stevie«, schrieb ich ins Beichtbuch, »don't fuck in the factory, aber wir tun es meist im Freien, und wenn du nur die kleinste Ahnung von den Verzückungen der heterosexuellen Liebe hättest, würdest du mir auf der Stelle vergeben.«

Der Pfarrer tat es mit dem größten Vergnügen. Schließlich kam er selbst nicht gerade zu kurz. Der Vater meines Problemkindes Georg Ihringer, an dessen bayerischer Sprachmacht sich die Hauptschulpädagogik, die Rechtschreibreform und ich uns seit Jahren gleichermaßen die Zähne ausbissen, hatte beschlossen, es auf seine alten Tage doch mal gleichgeschlechtlich zu versuchen – und Stevie war sein erster Proband.

»Ich versteh zwar kein Wort, wenn er redet«, notierte unser frisch verliebter Seelsorger, »aber das muss ich ja auch nicht, die Sprache der Liebe kennt keine Dialektbarrieren.«

»Und auch sonst keine Schmerzen«, fügte ich hinzu, »zumindest den Geräuschen nach.«

Paul brachte es in seinem Schulheft auf den Punkt: »Jeden Abend kommt der haarige Papa vom Schorsch. Er geht in Stevies Wohnung, und die beiden spielen Tiere schlachten. Dann geht er wieder.«

Auf alle Fälle standen sowohl Herr Ihringer als auch Stevie einträchtig und verschämt an der Seitenauslinie, als sich am Freitag unsere Konfirmanden mit denen aus der Neuperlacher Nachbargemeinde ein hartes Match lieferten, das nur noch bedingt mit Fußball zu tun hatte.

»Hau ihn um, Schorsch«, brüllte Papa Ihringer ein ums andere Mal.

Dass unsere Jungs einen haushohen Sieg davontrugen, lag zum einen daran, dass Mathe-Manni und Kevin zwei in Kriegsbemalung und identischer Kampfmontur ein furioses Sturmduo bildeten und, wenn auch nicht immer mit fairen Mitteln, Tor um Tor erzielten; und zum anderen an meiner tadellosen Torhüterleistung. Vor allem Patrizias nicht immer jugendfreien Anfeuerungsrufen ist es geschuldet, dass ich mir wirklich Mühe gab, nur wenig rauchte und sogar einen Elfmeter hielt. (Der Perlacher Schütze weinte daraufhin zwar bittere Tränen, aber man kann eben nicht immer gewinnen. Nur mit Mühe konnte der Kleine zum Weiterspielen überredet werden, was ihm nichts nützte, weil Paul ihn ein paar Minuten später des Feldes verwies. »Wegen Lügen«, wie Paul betonte.)

Das mag ehrlich gesagt der Hauptgrund für unseren Kantersieg gewesen sein: Paul leitete die Partie. Ab dem Zeitpunkt, da er begriffen hatte, dass ein Fußballspiel anstand, hatte er steif und fest verkündet, er würde der Schiedsrichter sein, und war von dieser Idee auch nicht mehr abzubringen. Wir ließen ihn und besorgten sogar die notwendigen Utensilien. Nur ein schwarzes Trikot konnten wir auf die Schnelle nicht auftreiben, und so stand mein kleiner Cousin in Stevies Beerdigungstalar, dessen unteres Ende er in eine dafür nicht geschaffene Gymnastikhose stopfte, auf dem Platz und lenkte ein Spiel, dessen Regeln wohl für immer sein Geheimnis bleiben werden. Allein sechs Mal befahl er den Buben, die Seiten zu wechseln, seine Pfiffe erinnerten eher an die Lockrufe des Rotkehlchens denn an die eines Referees, und als sei es damit noch nicht genug, entwickelte er eine helle Freude an den gelben und roten Karten. Hätten sich alle an sein Schiedsgericht gehalten, wäre die Begegnung wohl schnell beendet gewesen, aber nach anfänglichen Irritationen beugte man sich nur noch selten seinen seltsamen Entscheidungen. (Ein Perlacher Papa war zu Beginn zwar durch harsche Kritik und wütende »Schiri ans Telefon«-Rufe aufgefallen, doch nachdem ihn Herr Ihringer geheißen hatte, »sein dreckiges Maul« zu halten, welches er ihm andernfalls umgehend stopfen würde, war Ruhe.)

Ich vergesse auch immer, dass Paul ja ein ausgewachsener Mann ist, kam mir mehr als einmal in den Sinn; mit seinem durchtrainierten Körper und dem Kleiderwulst in der Hose machte er durchaus Eindruck. Wie auch immer, man ließ ihn gewähren, und er war selig. Ab und an rief er Dinge wie »4:0 für den FC Wacker« oder »und jetzt alle hinlegen«, und nach einer guten Stunde beendete Stevie das Spiel. (Natürlich war uns beiden aufgefallen, dass Paul, bei aller Wirrnis, streng darauf achtete, zu unseren Gunsten zu entscheiden – ein Tor hatte er sogar selbst geschossen –, aber wir sagten nichts.)

Stevie hielt eine kleine Ansprache, dass das Gewinnen ohnehin nicht so wichtig sei, dabei sein sei alles, und außerdem gäbe es jetzt Freibier. Die Erwachsenen nahmen dankend an, die Kinder prahlten, wer das tollste Konfirmationsgeschenk erhalten würde, und Maltes Mutter flüsterte mir zu fortgeschrittener Stunde zu, dass die Mathematikleistungen ihres Sprösslings arg nachgelassen hätten und ich doch mal wieder vorbeischauen solle. Dabei beließ sie, vor allem für Patrizias Begriffe, ihre Zunge etwas zu lange in meinem Ohr. (Die Pädagogin vergaß ihr vorangestelltes *Sozial* und machte der Armen unmissverständlich klar, dass Malte dieses Jahr höchstwahrscheinlich sitzen bleiben werde.)

Es war wie ein einziger Rausch. Stevie, Paul, ich – man kann es nicht anders ausdrücken –, es ging uns rundherum gut; so gut, dass wir Dietsches plötzliches Auftauchen zwei Tage später mit einer derartigen Lockerheit aufnahmen, wie ich es mir in meinen kühnsten Träumen nicht vorgestellt hatte. Überhaupt kam alles anders, als ich dachte.

21

»Dietsche!!!« Wie von der Tarantel gestochen, sprang Paul auf und fiel seinem Bruder in die Arme.

»Hey, du erdrückst mich ja«, rief dieser lachend, »lass mich runter.«

Aber Paul trug ihn quer durch die Küche und quietschte immer wieder: »Dietsche, Dietsche, wie schön, dass du da bist.«

Stevie, Patrizia und ich saßen am Tisch, ließen unser Besteck sinken und genossen die sichtbare Wiedersehensfreude der Brüder. Wie zwei kleine Jungs tollten die beiden durch den Raum, herzten und umarmten sich immer wieder. Dann hielt Paul inne und gluckste, trunken vor Freude.

»Komm, Dietsche, eins, zwei, drei.«

Die beiden klatschten sich gegenseitig rhythmisch in die Hände, wie Sportler es tun oder Kinder, die einen Abzählreim aufsagen. Unisono sangen sie: »Tomate, Tomate, der Pimmel kann Karate! Tomate, Tomate, der Pimmel kann Karate.«

»Das ist mehr, als ich wissen wollte«, sagte der Pfarrer und gab Dietsche die Hand. »Hallo, ich bin Stevie, der Herr in diesem Haus.«

»Hab schon viel von dir gehört«, log Dietsche.

Dann war ich an der Reihe. Alle Unsicherheit bezüglich meines älteren Cousins, all die schlechten Gefühle waren wie weggeblasen. Ich freute mich aufrichtig, ihn zu sehen.

»Hallo Großer!«

»Mensch, Lukas«, Dietsche umarmte auch mich, »es muss eine Ewigkeit her sein. Schön hast du's hier. Ich hab's auf Anhieb gefunden. Und du bist?« Er wandte sich Patrizia zu, die lächelnd ihren Namen sagte und sich von Dietsche galant auf die Wange küssen ließ.

»Na, eifersüchtig?«, wollte mein Ausschlag wissen.

Ich war es nicht, obwohl Dietsche blendend aussah. Er war braun gebrannt, trug legere, aber modische Kleidung, kein Gramm Fett zierte seinen Körper. Als wären die Jahre spurlos an ihm vorbeigezogen. Ich kratzte mich, und Dietsche bemerkte es.

»Immer noch die blöden Pusteln, wenn's heiß wird?«

»Wieder«, sagte ich und wunderte mich ob meiner Ehrlichkeit. »Zehn Jahre war nichts, aber diesen Sommer holt mich wohl die Vergangenheit ein.«

»Du scheinst dich aber gut zu machen, als Babysitter«, meinte er mit einem Seitenblick auf Paul. »Wie läuft's denn so?«

»Super«, Paul nahm seinen Bruder jetzt wieder völlig in Beschlag. »Lukas läutet die Glocken, und ich helfe ihm. Manchmal sind aber auch Manni und Kevin hier. Das sind meine Freunde. Und Patrizia ist Lukas seine Freundin. Und Fußball haben wir gespielt und Krieg.« Paul redete ohne Unterbrechung. »Wie geht es Mama? Und Carina und Hendrik? Kommen die auch noch zu Besuch?« Die Anwesenheit seines Bruders beflügelte ihn, ständig sprudelten neue Erinnerungen aus ihm heraus. »Warst du mal wieder im Kloster? Und bei Denise? Und im ›Venezia‹? Hier, guck mal, das ist mein Merkheft, da schreib ich alles rein. Wir war'n auch schon in München, beim Scheffler-Tanzen und Essen. Das auf dem Bild ist Sophie, die ist auch Lukas seine Freundin. Stevie wohnt übrigens oben. Und die Kirche ist drüben, komm, ich zeig dir alles.«

Er nahm Dietsche ins Schlepptau, und der ließ sich mit einem Lächeln abführen.

Ich lehnte mich zurück. Was hatte ich mir nicht alles ausgemalt? Paul würde bei einer Begegnung mit seinem Bruder komplett ausrasten oder zusammenbrechen oder sonst was. Das Gegenteil war der Fall. Dietsche tat Paul gut. Mir fehlten einfach zehn Jahre, Menschen entwickeln sich. Das Bild, das ich von Dietsche hatte, war das von früher. Und vielleicht war selbst das ein Trug, weil ich permanent darum bemüht war, die Vergangenheit so rigoros wie möglich aus dem Gedächtnis zu streichen, und all das, was sich nicht tilgen ließ, so zurechtbog, wie es mir in den Kram passte.

»Kann es sein«, hatte Stevie mich in einer frühen Beichtrunde einmal gefragt, »dass du die Abgründe deiner Adoleszenz completamente auf deinen älteren Cousin projizierst?«

Ich hatte ihn daraufhin einen schrumpnasigen Küchenpsychiater gescholten und das Thema damit abgewürgt. Aber vielleicht hatte er ja gar nicht so falsch gelegen. Und auch jetzt traf er den Nagel auf den Kopf.

»Nun ist er also da«, begann er, »der große Unbekannte deines Lebens ... Alles Banane bei dir?«

»Glaub schon«, entgegnete ich, »es ist nur ... ich habe halt immer zu ihm aufgeschaut.«

»Lass sacken, alles kommt zur rechten Zeit.«

»Nur die Glocken nicht«, lachte Patrizia, denn diese bimmelten gerade, als stände halb Oberbayern in Flammen. »Was soll's? Ist ja erst das dritte Mal heute.«

Stevie hielt sich tuntig die Hand an den Kopf. »Ich kann so nicht arbeiten.«

»Paul nimmt die Führung eben genau«, bemerkte ich lapidar, »die Gemeinde wird's verkraften. Und abgesehen davon kann er Dietsche dann gleich seine Freunde vorstellen.«

Seit einiger Zeit benutzte Paul ein frühnachmittägliches Glockensignal dafür, seine Kumpels herbeizuzitieren. Kevin zwo, der zwei Straßen weiter wohnte, hörte die Glocken stets in natura und alarmierte daraufhin Mathe-Manni per Handy, weil dieser zu weit weg wohnte; Manni hatte sich hierfür extra einen originalen »Churchbell-Sound« auf sein Telefon programmiert. (Wenn seine Mutter anrief, erklang Queens »Another one bites the dust« – was die Kommunikationstechnik anging, waren die Jungs wirklich fix, mit dem Dreisatz dagegen haperte es nach wie vor.)

Kaum waren die beiden Brüder von ihrem Rundgang zurückgekehrt, erschallte denn auch schon Kevins Kampfschrei aus dem Pfarrgarten, und Paul zuckte sofort zusammen. Sein Körper geriet in die vertraute Nasser-Sack-Stellung, er schniefte und blickte unsicher zwischen Dietsche und dem Fenster hin und her. Altes Leben oder neues?, dachte ich unwillkürlich. Paul hielt den Kopf gesenkt, als er Dietsche vorsichtig fragte: »Darf ... darf ich spielen gehen?«

Das war neu. Noch nie hatte er Stevie oder mich diesbezüglich um Erlaubnis gefragt.

»Na sicher darfst du«, sagte Dietsche, »zwitscher ab. Ich bin noch 'ne Weile hier.«

Augenblicklich entspannte sich Paul und rannte in den Garten. »Jippieh! Bis gleich.«

Nichtsdestotrotz war eine kurze Irritation entstanden. Diesmal wischte ich das Gefühl nicht weg, sondern ergriff die Gelegenheit beim Schopf.

»Dietrich, weißt du eigentlich, *wie* krank Paul ist?«

So einfach konnte eine Frage sein.

Dietsche nickte langsam. »Ja, das weiß ich. Hab Marlene mal gefragt und ...« Er ließ den Satz unvollendet und zuckte stattdessen mit den Schultern. »Ist halt so. Kann man wohl nichts machen. Trotzdem ist er mein Bruder.«

Dietsche erzählte mit sicherer Stimme. Wie Paul immer seltsamer geworden sei, immer auffälliger, wie es zusehends schwieriger wurde im Dorf, »vor allem für Mutter, aber auch für den Alten, kannst du dir ja vorstellen«. Es sei auch für ihn eine furchtbare Situation gewesen, Pauls ständiges Gebaren, deswegen habe er immer öfter berufliche Gründe vorgeschützt, um weg zu sein, in Mannheim sei er länger gewesen, in Frankfurt und zuletzt immer wieder in Stuttgart. Das Entmündigungsverfahren und Pauls ersten Klinikaufenthalt habe er gar nicht so richtig mitbekommen – »oder mitbekommen wollen« –, und als er das Ganze dann in vollem Umfang begriffen habe, sei es zu spät gewesen.

»Wobei«, setzte er hinzu, »ich will Erika und Dietrich gar keinen Vorwurf machen. Vielleicht hätte ich mich genauso verhalten. Man trägt ganz schön schwer an so einer Verantwortung, und da im Kloster ging es Paul richtig prima, ich habe ihn ein paar Mal besucht ... ist so ein bisschen wie hier, Kirche scheint ihm gut zu bekommen.«

Dietsche hatte vollkommen aufrichtig und ehrlich gesprochen.

Und ich? Was hatte ich denn anderes erwartet? Dass Dietsche auftaucht und sagt: *Hey, ich bin schuld an Pauls Zustand, und wie geht's dir so?*

»Dietsche, ich bin ja auch weg und wollte mit nichts mehr zu tun haben, aber was ... was war das für eine Sache mit Lena und den Kindern?«

»Nichts als dummes Gerede«, Dietsche wurde eine Spur aufbrausender, »du kennst doch deine Schwester und ihren Lackaffengatten. Wenn sich die Möglichkeit ergibt, im Mittelpunkt zu stehen, dann greifen sie zu. Kindesmissbrauch, oho oho, das hatte noch keiner im Gau, da sind wir die Ersten, das nehmen wir doch mit. Die arme Lena, der arme Hubsi ... Sie hat selbst zugegeben, dass da nichts war, aber es könnte doch passieren, und sie müsste die Kleinen schützen, rhabarber, rhabarber. Boulevardkacke. Mit Paul kann man's ja machen, der ist eh der Depp. Zum Glück hat's keiner wirklich ernst genommen. Ich sag dir was, Lukas«, er machte eine lange Pause, »ich bin kein Arzt, ich habe keine Ahnung, was Paul wirklich hat, ehrlich gesagt will ich es auch gar nicht wissen, aber irgendwie müssen wir damit leben.«

Es klang so vernünftig, was Dietsche sagte und auch wie er es sagte, es erschien mir wie früher. Keine Frage, Dietsche hatte die Sache im Griff. Ich war der, der herumlavierte, der krampfhaft nach einem Punkt suchte, von dem aus man sich korrekt verhalten konnte.

Stevie unterbrach uns. Er war kurz oben gewesen und hatte unser Gespräch nicht mitbekommen.

»Und sonst«, fragte er meinen älteren Cousin, weil gerade Stille herrschte, »was machst du sonst so?«

Dietsche nahm das Angebot dankend an. »Dies und das«, antwortete er mit seinem typischen, geheimnisvollen Understatement, »Geschäfte halt.«

Schon regiert wieder das Gerede, dachte ich, als mein Cousin von »ein bisschen Controlling und Internet hier, ein bisschen Beratung dort« sprach. Und doch war es beeindruckend. Wir erfuhren, dass er den Familienbetrieb Isele (»Die Drogerie Ihres Vertrauens« in Waldkraiburg mit Filialen in Schwindegg und Perlesham) erfolgreich in ein Franchise-System umgewandelt habe (später sogar in eine Aktiengesellschaft, »aber ohne Börsengang, versteht sich«), dass er des Weiteren »mit einem russischen Kumpel« Reiseführer für Litauen, Kasachstan und die Ukraine herausgegeben habe. (»Nee, natürlich war ich nicht da, aber ich weiß, wo ich die wichtigen Informationen herkriege und wie man die zusammenstellt. Das sind Shureshot-Bücher, echte Schnelldreher, die laufen wie nur was.«) Sein »größter Coup« aber sei »der Deal zwischen Mercedes und den schwäbischen Bullen« gewesen. Sein Vorschlag, die grüne Farbe nicht mehr auf die Polizeiautos zu spritzen, sondern großflächig aufzukleben, sei voll eingeschlagen. (»Das ist zwar erst mal teurer, aber man kriegt's nachher leichter weg. Die sind ja alle geleast, die Wagen.«) Auch die Idee, silberne statt weiße Autos zu verwenden, stamme letztendlich von ihm, »die haben einfach den höheren Wiederverkaufswert«. Ein Riesending sei das gewesen.

»Und zurzeit«, Dietsche zog die Augenbrauen hoch, »zurzeit helfe ich Much, Wurst über Ebay zu verkaufen.«

Patrizia, die die ganze Zeit still zugehört hatte, brach in schallendes Gelächter aus. »Bitte, was?«

Auch ich war einigermaßen verwirrt. Dass Much die Metzgerei seines Onkels übernommen hatte, wusste ich, aber was sollte das mit dem Internet-Auktionshaus? Dietsche genoss es sichtlich, dass ihm eine Überraschung gelungen war.

»Ja, Ebay ist der totale Hype ... habt ihr einen Rechner?«

Ich zeigte ihn ihm. In kürzester Zeit hatte Dietsche sich eingewählt, und ein paar Mausklicks und Suchbegriffe später war er auf der richtigen Seite.

»Ist ja abgefahren«, entfuhr es mir, während ich den Text auf dem Bildschirm las.

»Hallo, ich bin Michael Bremer junior, der Fachmann für Fleisch-wievonFrüher. Dies ist mein kleiner E-Bay Shop. Ich hab ihn ins Leben grufen, weil ich es einfach niemand auf der ganzen grosn Welt vorenthalten möchat, meine traditionell bayerischen Fleischprodukte so genießen, zu können, wie es unsere Großväter früher schon getan ham. Alt überlieferte Rezepturen, viel Zeit bei der Herstellung, Trocknung und Räucherung, verleihn meinen

Produkten lange Haltbarkeit. Steigern Sie mit (wie früher)! Der Urgenuss ist Ihnen gewis (siehe Bewertungen). Bei Sofortkauffragen bitte Direkt-E-Mail.«

Jesus, da stimmte ja gar nichts. Von Orthografie und Grammatik einmal abgesehen, Much hatte seine Gesellenprüfung nur mit Ach und Krach bestanden, und die Metzgerei Bremer war seit jeher für ihr unteres Mittelmaß bekannt. Dietsche erriet meine Gedanken.

»Authentisch muss es halt klingen, und die Leute fahren voll drauf ab.«

Er scrollte zu den Bewertungen, und zum Vorschein kamen weit über zweitausend positive Einträge, die von »absoluter Spitzenqualität« über »Weltklasseabwicklung« bis zu »superlecker, so macht Ebay Spaß« reichten. Es schien einfach hip zu sein, sich seine Wurst aus dem Netz zu ziehen.

»Und hier stehen die laufenden Auktionen.« Wieder tippte Dietsche mit seinem Zeigefinger auf die Maustaste.

»1 Speckbrett'l aus Opas Rezeptur«, »1 Kiste traditionelle Bierwurstkugeln«, »2 Gläser Originalbayerisches Griebenschmalz«. *Wurst wie von früher.* Ich kapierte so langsam, warum das funktionierte. Es war wie bei diesem angesagten Yuppie-Verarschungskaufhaus Manufaktum – »es gibt sie noch, die guten alten Dinge« –, wo man sich Obstmesserchen oder Käsehobel für tausend Euro kaufen konnte, die ewig hielten, wahrscheinlich, weil man sie nie benutzte. Bei Much gab es einfach alles, online zwar, aber nach althergebrachter Art: Leberwurst, Schwarz- und Blutwurst, Landjäger, Krakauer, Rollschinken. Die Produkte waren stets in kleiner Stückzahl und in den verschiedensten Kombinationen zu »Paketen« zusammengefasst, und das Startgebot lag immer zwischen fünf und zehn Euro.

»Aber das schaukelt sich schön hoch«, erklärte Dietsche, »hier, unser Jennerwein-Wildschützn-Picknick liegt schon ungefähr bei sechzig Euro. Und seit einem Monat erobern wir auch den englischen Markt. Letzte Woche haben wir vier Paar Landjäger nach Manchester geschickt – für zweihundert Pfund.«

Mein älterer Cousin war jetzt voll in seinem Element. »Wenn die Kunden was Spezielles wollen, schicken sie uns einfach eine Mail, eine bessere Werbung kriegst du gar nicht. Much rennt täglich mit einem Dutzend Päckchen zum Postamt, der verdient über Ebay am Tag mehr als in einer Woche im Laden.«

»Ist das legal?«, fragte Patrizia staunend.

»Sicher, solange die Würste getrocknet sind oder in Konserven, darfst du die mit der Post versenden.«

Stevie pfiff durch die Zähne. »Und steuerfrei ist es wahrscheinlich auch.«

Dietsche sah ihn mitleidig an. »Das ist völlig sauber. Oder würdest du dein Fahrrad deklarieren, wenn du's bei Ebay versteigerst?«

Da war sie wieder, die Bauernschläue meines Cousins. Er erwähnte noch, dass er mittlerweile aus der Sache raus sei, die ganze Abwicklung mache inzwischen Muchs thailändische Frau, »die hat er original aus dem Katalog, typisch Much, aber computermäßig ist die voll fit«, er selber würde nur noch ein paar Prozente kassieren, schließlich habe er die Idee gehabt.

An Ideen hat es ihm nie gemangelt, dachte ich. Nicht ohne Bewunderung. Und dann dachte ich: Ich schaue noch immer zu ihm auf.

22

»Lukas, Dietsche, da sind Krabbler!« Paul schrie aufgeregt im Garten. Wir traten ans Fenster. »Ganz viele Krabbler. Kommt!«

»Er meint Maikäfer«, assistierte ihm Mathe-Manni, »die ficken!«

»Dann schaut weg«, kam es von Stevie zurück.

»Er ist wie ein Kind«, sagte Dietsche versonnen, dann rief er: »Wir kommen gleich, Paul.«

»Es gibt wirklich brutal viele Maikäfer dieses Jahr«, sagte Patrizia.

Dietsche nickte, als hinge er verschütteten Erinnerungen nach. »*Ausnahmezustand, 1984.* Das war meine erste Schallplatte.« Er ließ seinen Blick durch den Raum gleiten, grinste Stevie an und sang auf die Melodie von »Maikäfer flieg«: »Wir knacken die Sakristei / was ist denn schon dabei / wir saufen den Wein vom Abendmahl / und hinterher, Herr Pfarrer, dann ist Damenwahl.«

»Wow, du kannst ja richtig singen – im Gegensatz zu deinem Cousin«, stichelte Stevie, »was aber nichts daran ändert, dass Heinz-Rudolf Kunze ein Fall für die Genfer Konvention ist.«

Er kannte die Platte augenscheinlich auch.

»Früher war der echt gut«, meinte Dietsche.

»Das ist ein verbotener Satz«, ereiferte sich der Pfarrer, »der war immer schon pestig. Der mit seinem deutschtümelnden Quotengewäsch, er soll sein Maul halten, in Osnabrück versauern und zur Strafe die nächsten zwanzig Jahre Pur hören. *Maikäfer flieg ...* Primanergrütze.« In Musikfragen kannte Stevie kein Pardon, aber er kriegte sich schnell wieder ein. »Wusstet ihr übrigens, dass der Maikäfer mal exkommuniziert wurde?«

Wir sahen ihn fragend an.

»Ja, der Maikäfer ist ein gottloser Gesell. Ende des 15. Jahrhunderts trieb er es in den Schweizer Buchenwäldern derart bunt, dass der Bischof von Lausanne ihn aus der Kirche schmiss.« Stevie liebte solche Anekdoten. »1479 war das, um genau zu sein«, fuhr er fort, »in den so genannten Berner Prozessen. In einer hochoffiziellen Messe bekamen die Käfer ein paar Ave Marias aufgebrummt und sechs Tage Zeit, sich zu verkrümeln. Die aber fraßen und vögelten munter weiter, also wurden sie verbannt.«

»Wegen was denn genau«, fragte Dietsche lachend, »wegen dem Fressen oder dem Vögeln?«

»Vermutlich wegen beidem«, antwortete Stevie, »die entscheidenden Passagen in den Aufzeichnungen wurden noch von den Mönchen geschwärzt. Eine frühe Form der Selbstzensur.«

»Die poppen aber auch wie verrückt«, meldete sich Patrizia wieder zu Wort, »Maikäfer kopulieren drei Stunden lang.«

»Ist das hier der Maikäfer-Expertenclub?« Dietsche schüttelte den Kopf.

»Aber hallo«, rief Patrizia, »dreimal in ihrem Leben pflanzen die sich fort, und die werden nur zwanzig Tage alt – das musste mal auf den Menschen hochrechnen.« Sie griff zu Papier und Stift.

Als Kinder hatten wir mehrmals irrsinnige Maikäferplagen erlebt. Ständig war ihr Surren in der Luft zu hören gewesen, und die Leute, vor allem die Bauern, hatten für Wochen kein anderes Gesprächsthema gehabt.

Direkt hinter dem Haus hatten wir, zum Leidwesen von Tante Erika, eine regelrechte Zuchtstation eingerichtet. Vor allem Paul war unermüdlich. Er stapelte palettenweise Zigarrenkisten aufeinander, in die er die Maikäfer (er nannte sie damals schon »Krabbler«) sperrte und hingebungsvoll mit Gräsern und gerupften Blumen fütterte (was ihnen in den seltensten Fällen gut bekam). Es war immer Dietsche gewesen (oder redete ich mir das jetzt ein?), der mit »Experimenten« begann. Zum Beispiel ließ er aus immer größerer Höhe Murmeln und kleine Steine auf die ausgehungerten Tierchen fallen, um die Stärke der Chitinpanzer zu prüfen (die kleinen Krabbler hielten erstaunlich viel aus). Und Dietsche hatte auch die Idee, die Käfer mit Haarspray zu betäuben; in der Tat bewegten sie sich dann kaum noch. Alsdann malte er quadratische Felder auf, und wir spielten *Schiffe versenken* mit mehr oder weniger lebendigen Objekten. Drei Käfer nebeneinander waren ein Schnellboot, fünf eine Fregatte, zehn ein Flugzeugträger und so weiter. Als Torpedo diente uns Tante Erikas Bügeleisen. Erzielte man einen Treffer, wurde der Käfer platt gemacht. Ganze Tage verbrachten wir mit derartigen Spielen und hatten einen Heidenspaß daran. Vor allem Paul – fiel mir plötzlich ein – tat sich beim Quälen und Töten der Insekten hervor, vielleicht, um uns Größeren zu imponieren. Lena dagegen ekelte sich, was uns noch mehr anspornte. Einmal verpetzte sie uns bei Onkel Dietrich, aber der fand unser Tun völlig in Ordnung, man müsse auch an die Ernte denken, war einer seiner bevorzugten Sätze damals. Ein andermal (wieso erinnerte ich mich gerade jetzt daran, und warum war dieses Bild so unglaublich präsent?) entdeckte Dietsche zwei verzückt aneinander hängende Maikäfer und verschmolz sie vermittels einer Lupe, mit der er das Sonnenlicht bündelte, zu einer untrennbaren Einheit. Es roch wie verbranntes Gummi.

»2.460!« Patrizia blickte stolz in die verwirrte Runde. »2.460 Mal muss man poppen, um mit dem Maikäfer gleichzuziehen – pro Jahr.«

»Das hast du jetzt ausgerechnet?«, fragte ich.

»Ja.« Sie zeigte mir den Zettel. »Hier: Der Käfer tut's dreimal drei Stunden bei einer Lebenserwartung von 480. Ein Mensch dagegen wird siebzig Jahre alt, also aufgerundet 615.000 Stunden, und jetzt Dreisatz, Herr Baumgarten, das kannst du doch.« Sie gab die Antwort selbst. »Macht 12.300 Stunden reine Bettarbeit, und da ist eine Verschnaufpause für das Krabbeltier noch eingerechnet.«

Wir sahen sie entgeistert an.

»Natürlich muss man das jetzt hochrechnen, der Beischlaf beim Menschen dauert, statistisch gesehen, zehn Minuten.«

Dann doch, dachte ich.

»Wenn man jetzt eine Lebenserwartung von siebzig, respektive eine sexuelle Aktivität von fünfzig Jahren zugrunde legt, kommt man auf 2.460 Ficks im Jahr, das sind knapp sieben pro Tag. Lukas, wir sollten uns ranhalten.«

»Und *du* solltest in Zukunft Mathe-Manni Nachhilfe geben.«

»Das scheint dich ja mächtig zu interessieren.« Dietsche guckte erst Patrizia und dann mich an. »Kommt doch nächstes Wochenende vorbei und setzt die Theorie in die Praxis um.«

Anschließend erzählte er uns sein »1000 Babys«-Vorhaben, von dem mich der fette Brunner an dem Abend im »My Way« bereits in Kenntnis gesetzt hatte. Doch wie anders klang es in Dietsches Worten. Was sich bei Max nach einer dumpfen Sexsause angehört hatte, wirkte in den Ausführungen meines älteren Cousins subversiv, ja fast schon politisch. Dietsche schilderte die Vorgeschichte: wie die ungewöhnliche Idee im Radiosender »Antenne 1« (»den hab ich längere Zeit beraten«) aufgekommen sei und ziemlich schnell eine kontroverse Diskussion über Kinder in der Gesellschaft ausgelöst habe. Zwischen Frauenverbänden, der katholischen Kirche, dem Urologenverband und den landespolitischen Institutionen sei ein Riesenstreit entbrannt, ob es vertretbar sei, öffentlich zum Kindermachen aufzurufen. »Aber wir haben das voll offensiv durchgezogen.« Ungeachtet der sensiblen Thematik und der vermeintlichen Tabus hätten sie das Stuttgarter »SI-Zentrum« und einen Haufen anderer Partner für sich gewonnen. »Von den Sympathien der jungen Leute ganz zu schweigen.« (Nicht zuletzt »werbungsmäßig« sei da einiges gegangen.) »Man unterläuft einfach sämtliche Ideologien«, erklärte Dietsche stolz: Die Kirche mit ihrem Dogma, nur zu Zwecken der Fortpflanzung zu vögeln. (»Machen wir.«) Aber auch die Politik, die ständig vom Geburtenrückgang jammere, von Single-Haushalten, von der ungesicherten Zukunft, von der Rentenmisere. »Nur mal was tun, das kriegen sie nicht hin.«

Kommendes Wochenende fände das Ganze statt. Leider ohne ihn, weil sein Vertrag bei der Rundfunkanstalt ausgelaufen sei. (Warum, darüber sagte Dietsche nichts, dass er aber »ganz gut verdient« habe, vergaß er nicht zu erwähnen.)

»However«, ihm schwebe jetzt vor, »die große Liebesnacht mit einer zeitgleichen Aktion in Bayern zu flankieren«. (»Völlig undercover«, betonte er, »sonst rücken der Weihbischof und das Militär an.« *Danach* aber ließe sich ohnehin nichts mehr ändern, »und vermarkten kann man das später immer noch.«)

Stevie war restlos begeistert. »Ihr braucht nicht zufällig christlichen Beistand?«, scherzte er. »Ich glaube, Lukas, wir sollten einen Ausflug in deine Heimat unternehmen.«

Auch Patrizia schien nicht abgeneigt, und mir wurde unwohl. Zum Glück stand auf einmal Kevin im Zimmer und machte Meldung.

»Paul zündet die Wiese an.«

Stevie sprintete ans Fenster und brüllte: »Paul, Manni, lasst den Unsinn!«

»Wir wollen doch nur die Al-Kaida-Käfer ausräuchern«, erscholl es von unten.

»Ihr hört sofort damit auf, sonst seid ihr das letzte Mal in meinem Garten gewesen.«

Das saß. Trotzdem erhob sich Patrizia und ging zur Tür.

»Ich regel das.«

Dietsche und ich folgten ihr in einigem Abstand.

»Die ist cool«, sagte mein älterer Cousin anerkennend, »vielleicht nicht unbedingt Bundesliga, aber ... sie hat was.«

Ich schluckte.

»Nun guck nicht so«, sagte Dietsche beschwichtigend, »keine Sorge, ich bin momentan in festen Händen.«

Er kannte mich besser, als ich dachte. Und ich hatte nicht den Mut, ihn nach Marlene zu fragen. Stattdessen sahen wir aus der Entfernung zu, wie Patrizia eindringlich auf die Jungen einredete und wie diese förmlich an ihren Lippen hingen.

Dietsche räusperte sich. »Die weiß, was sie tut.«

Mehr noch, dachte ich, sie weiß auch, warum sie das tut und wie. Noch nie hatte ich einen Menschen erlebt, der so genau wusste, wo sein Platz im Leben ist. Patrizia hatte sich ihren Beruf und auch ihre Arbeitsstelle ganz bewusst ausgesucht. Sie *wollte* das machen, was sie machte (im Gegensatz zu mir). Ich hegte nicht den geringsten Zweifel daran, dass sie ihre Sachen packen würde, wenn ihr irgendetwas voll und ganz gegen den Strich ginge. Fast schämte ich mich dafür, dass ich sie noch vor nicht allzu langer

Zeit wenig schmeichelhaft als »unverbesserliche Hippiemaus« im Beichtbuch verewigt hatte: »Wenn Patrizia noch einmal mit dieser nach Patschuliöl müffelnden Ökobluse aufläuft – ein Kleidungsstück, das übrigens nur deswegen in den Secondhandladen ihres Vertrauens gelangen konnte, weil seine Farbzusammenstellung in Indien eine Augenkrebs-Epidemie ausgelöst hat –, dann muss ich die Kündigung einreichen; apart from that: Vielleicht sollte sie, bevor sie ihre Haare diesem Hennamassaker unterzieht, mal jemanden fragen, der sich damit auskennt.« Stevie hatte daraufhin nur gesagt: »Lass sie. Patrizia ist ein Glücksfall.« Wie Recht er hatte!

Waren es wirklich nur die Hormone, die dafür sorgten, dass ich sie jetzt in einem anderen Licht sah? Ihre gemütliche, kleine Haidhausener Altbauwohnung *war* eine voll verschalte Räucherstäbchenhöhle. Ihre Plattensammlung (Doors, Cat Stevens, »Köln Concert«) *war* zum Davonlaufen. Manche ihrer Sätze (»Mein Körper signalisiert mir schon, was gut für mich ist«) waren schlimmstes Klischee. Trotzdem wurde mir mehr und mehr klar: Patrizia war das Beste, was mir seit langem passiert war.

Als sie jetzt herzlich, aber bestimmt mit Paul, Manni und Kevin redete, erinnerte ich mich daran, wie ich sie während der Kinderbibelwoche bei einem Disput mit Frau Rothoff beobachtet hatte. Frau Rothoff war eine der neureichen Villenschlampen, wie es sie – spätestens seit dem Bau des »Franz-Josef-Strauß-Airports« im Erdinger Moos und der damit verbundenen Aufwertung der alten Flughafengegend – bei uns zuhauf gab. Stevie und ich gingen diesen Damen tunlichst aus dem Weg, Patrizia dagegen hatte mit ihnen zu tun, weil die Sprösslinge (unter ihnen Ivan Maria Rothoff) ihre Gruppen besuchten. Mutter Rothoff beklagte sich bitter über die unökologische Beschaffenheit der den Kindern gereichten Backwaren.

»Sind Sie nicht auch der Meinung, Fräulein Patrizia« (schon dafür hätte ich ihr eine reingehauen), »dass man den Kleinen – wenn es denn unbedingt sein muss – etwas Gehaltvolleres anbieten sollte als dieses Zuckerzeug von Aldi?«

Patrizia sah sie einfach nur an.

»Und dann auch noch morgens im Stuhlkreis? Es liegt doch wohl in der Natur von Keksen, dass sie nachmittags zum Kaffee gereicht werden.«

»Wissen Sie«, sagte Patrizia ungerührt, »Butterkekse haben kein Zeitgefühl, es ist ihnen wurscht, wann sie gegessen werden. Und nennen Sie mich bitte nicht *Fräulein.*«

Damit ließ sie die Zicke stehen, und ich war verliebt.

»Die solltest du dir warm halten, Kleiner.« Dietsche riss mich mit einem Satz aus meinen Träumereien, den ich nur zu gut kannte.

Um nicht reden zu müssen, lauschten wir Patrizia, die den Jungs mit ihrer hellen Stimme gerade »Maikäfer flieg« vorsang. (Noch vor vierzehn Tagen hätte ich ihr für so eine Aktion bestimmt die eitrige Beulenpest an den Hals gewünscht, jetzt war ich ergriffen.)

»Maikäfer flieg, / dein Vater ist im Krieg. / Die Mutter ist in Pommerland, / Pommerland ist abgebrannt. / Maikäfer flieg.«

»Ist das echt ein altes Kriegslied?«, wollte Kevin wissen.

Patrizia nickte.

»Voll geil.«

Dann erzählte sie den dreien noch etwas von natürlichem Freiheitsdrang, Folter und korrekter Behandlung Kriegsgefangener. Schließlich gestanden Paul, Manni und Kevin reumütig die Falschheit ihres Tuns und schenkten den kasernierten Käfern das Leben. Ein letztes Exemplar aber hatte seine Torturen offensichtlich noch nicht ganz überwunden. Benommen kauerte es auf Pauls ausgestreckter Hand und konnte sich nicht überwinden loszufliegen.

»Mach schon«, rief Paul, »du bist frei. Hopp, hopp.«

Er schüttelte die Hand ein wenig, und der Maikäfer begann träge mit seinen Flügeln zu schlagen. Wie ein Flugzeug, dessen eine Tragfläche defekt ist, schaukelte er in der Luft hin und her, sank ein paar Zentimeter, berappelte sich und flog einen halben Meter bis zum nächsten Strauch. Dort ließ er sich erschöpft auf einem Zweig nieder.

»Was'n los?«, fragte Paul wütend. »Flieg endlich!«

»Lass ihn«, sagte Patrizia, »er muss sich erst an sein neues Leben gewöhnen. Kommt doch mit, ich glaube, ich habe noch eine Packung Kekse auf Vorrat.«

Es geht eben doch auch am Nachmittag, dachte ich, als Paul und seine zwei Freunde jubelnd an uns vorbeistürmten. So blieb ihnen die Erkenntnis erspart, dass die Natur keine Gefangene machte. Mühsam brummend startete der Maikäfer erneut seine

Triebwerke, erhob sich torkelnd in die Lüfte – und wurde noch im Steigflug Beute einer fetten Amsel.

23

Die folgende Woche lässt sich am besten als Konsolidierungsphase beschreiben. Nachdem sich Dietsche noch am Sonntagabend so plötzlich verabschiedet hatte, wie er gekommen war, machten wir einfach weiter wie bisher, und alles ging seinen Gang.

Für Paul schien es ohnehin völlig normal zu sein, dass sein Bruder wie aus dem Nichts aufgetaucht und wieder verschwunden war. Nach der anfänglichen Freude zeigte er diesbezüglich keinerlei Regung mehr. Auch in sein Merkheft schrieb er nichts in diese Richtung, es war, als hätte er den Verwandtenbesuch schon am Montag wieder vergessen. Viel wichtiger, so kam es mir zumindest vor, war ihm ein geregelter Tagesablauf. Die Vormittage verbrachte er beinahe ritualisiert mit Zähneputzen, Fernsehen, Kaffeetrinken und Schlafen. Gegen 14.00 Uhr bimmelte er dann Manni und Kevin herbei, und die drei spielten Krieg. Wie sie es gelernt hatten, fingen sie große Mengen Insekten (zu den Maikäfern hatten sich Heuschrecken, Fliegen und Libellen gesellt), um sie anschließend in einer Art Staatsakt wieder freizulassen. Wenn ihnen das langweilig wurde, wetteiferten sie mit den amerikanischen Soldaten und gruben den Garten nach versteckten Waffen um. (Das Ergebnis war verblüffend realistisch, wenn man von einem rostigen »Bank deutscher Länder«-Pfennig und drei benutzten Kondomen einmal absah.) Abends kritzelte er sein Tagwerk penibel genau in das Schulheft, wobei er sich außer in der Uhrzeit selten irrte. Einzig der Eintrag »Zeugwerk und Kuhfladen wär'n gut« blieb rätselhaft.

Wir anderen nahmen unsere gewohnten Arbeiten wieder auf. Stevie wälzte abwechselnd die Bibel und die Bohrer'sche Predigtlehre und schrieb dann doch alte Predigten zu neuen um; des Weiteren hörte er Country, klebte die hübschesten Bewerbungsfotos der Vikare an die Wand und telefonierte mit dem Superintendenten, um für zahlreiche Sommersonntage Vertretungen auszuhandeln. (Auf diesem Weg erfuhren wir, dass uns die Landeskirche einen zusätzlichen Diakon zu bewilligen gedachte, was das Ende von Patrizias Angestelltenverhältnis bedeuten würde. Wir quittierten diese Nachricht mit einem müden Gähnen, zum einen war Sommer, zum anderen war uns ein anderes Verhältnis wichtiger.)

Ich selber bereitete die anstehende Busreise zum Kirchentag vor, formatierte den Pfarrbrief, und vor allem tat ich, da es im Kreise meiner Nachhilfeschüler reichlich blaue Briefe gehagelt hatte, zur Abwechslung mal das, wofür ich eigentlich bezahlt wurde. (Patrizia half mir von Zeit zu Zeit, aus welchen Gründen auch immer – Fakt ist, dass sich unsere Beziehung konsolidierte.)

Aber wie es so ist: Wenn sich Strukturen festigen, wenn Handlungen zu Routine werden, wenn Dinge in geordneten Bahnen verlaufen, dann kommt – im Großen wie im Kleinen – auf einmal anderes zum Vorschein, dann ist Platz für unvorhergesehene Katastrophen und verschüttet geglaubte Erinnerungen:

– Im Fernsehen stritten sich in dieser Woche die Grünen erbittert um die Trennung von Amt und Mandat – und ich sah mit einem Mal meinen Vater vor mir, wie er in der Wahlnacht 1983 erbost in der Stube stand und auf die Mitglieder der erstmalig in den Bundestag eingezogenen Partei schimpfte.

»Diese langhaarigen Strickliesеln haben uns gerade noch gefehlt, ihr werdet's sehen, die machen alles kaputt, und unsere Autos nehmen sie uns auch weg.«

Eine unbegründete Sorge, denn einen Tag später verwandelte er seinen Audi 80 in ein Wrack und mich in einen Vollwaisen. (Warum haben wir später nie wirklich darüber gesprochen? Und: Wieso habe ich Paul nie gefragt?)

– Im Parlament diskutierten sie in dieser Woche hitzig die Lkw-Maut – und ich kriegte plötzlich den Strunzenegger nicht mehr aus dem Kopf. Horst Strunzenegger, der sozialistische Lastkraftfahrer am Ort, zu dem ich mich immer wieder flüchtete, der wie ein Opa für mich war, der zwar seine eigene Trauer im Alkohol ertränkte, mir aber stets Trost spendete. (Wieso eigentlich? Und: Warum ging ich irgendwann nicht mehr zu ihm?)

– Im Feuilleton erörterten sie in dieser Woche die Ankündigung des katholischen Priesters Gotthold Hasenhüttl, auf dem Kirchentag an einer protestantischen Abendmahlsfeier teilnehmen zu wollen – und ich dachte an Sophie. (Wieso sah ich ständig Parallelen zu Patrizia? Und: Würde ich sie treffen in Berlin?)

So blitzten bei allem, was ich tat, sah oder las, verdrängte Bilder auf, brachen sich Dinge Bahn, mit denen ich nichts mehr zu tun haben wollte. Der Wundherd auf meinem Oberarm nahm eine beängstigende Größe an, und am Mittwoch dieser Woche herrschte dann Katastrophenalarm.

Patrizia deutete an, dass sie »schon ein paar Tage drüber« sei, Stevie verstauchte sich böse das Bein, in Algerien bebte die Erde, und Paul flutete die Wohnung. Anstatt wie jeden Tag nach dem Abzug seiner Freunde einen letzten Kaffee aufzusetzen, hatte er sich eine Badewanne eingelassen, es dann aber vorgezogen, doch ungewaschen und ohne Koffein früh schlafen zu gehen. Als wir den Schlamassel bemerkten (Stevie wartete weinend beim Arzt, Patrizia und ich machten uns, nach gemeinsam durchstandenen Dreisatzetüden, in albernen Übersprungshandlungen Gedanken über Kindervornamen), war es zu spät. Mit jedem Eimer Wasser, den ich aus dem Keller trug, mit jedem ausgewrungenen Feudel wurde mir klarer, dass mein Leben völlig aus den Fugen geraten war. Nichts war mehr normal oder lief easy vor sich hin. Nichts ließ sich aussitzen. Nichts passierte einfach so.

Auch wenn sich die größte Aufregung schnell legte – Patrizia bekam ihre Regel schon am nächsten Tag, Stevie dachte sich eine schöne Geschichte für die Versicherung aus und ließ das Wasser von Papa Ihringers freiwilligen Feuerwehrkollegen fachgerecht abpumpen, und Paul erinnerte sich an nichts –, fasste ich den endgültigen Entschluss, reinen Tisch mit meiner Vergangenheit zu machen. Mehr noch: Zum ersten Mal seit Jahren dachte ich an die Zukunft.

Aus der Fachliteratur, die ich mir zwar besorgt, aber ungelesen hatte liegen lassen, erfuhr ich, dass so etwas wie Pauls Aktion bei Demenzkranken keine Seltenheit war.

»Sie wollen kochen, aber Sie lassen Wasser in die Badewanne ein. Sie gehen in die Garage, weil Sie telefonieren wollen, Sie suchen, aber Sie wissen eigentlich nicht mehr, wonach.«

(Und ich wusste nicht, warum die Kranken in einer Vielzahl der Artikel direkt angesprochen wurden – wenn sie doch sonst nichts gebacken kriegten.) Weiter lernte ich: die Unterschiede zwischen Oligophrenie, Alzheimer und Altersdemenz; die phasenweise Einschränkung der mnestischen Fähigkeiten (Aufmerksamkeit, Konzentration, Auffassungsgabe, Merkfähigkeit); die nacheinander auftretenden und sich akkumulierenden Orientierungsstörungen (1. temporär 2. örtlich 3. zur Person). Die Quintessenz der Lektüre lautete: Paul würde unweigerlich immer kränker werden. Erst würde er sein Leben nicht mehr zeitlich ein- und zuordnen können, dann würde er vergessen, wo er sich befände, und schließlich würde er niemanden mehr erkennen, noch nicht einmal sich selbst. Alle Autoren rieten zu einer rechtzeitigen Einweisung in ein Heim (nicht zuletzt zum Schutze der Angehörigen).

Aber Paul war doch jung, zum Teufel, er war nicht einer dieser Tattergreise, deren Hirne irgendwann einfach verkalkten, deren Birnen altersbedingt immer weicher wurden. Warum? Diese Frage ließ mich nicht mehr los. Über die Antwort jedoch schwiegen sich die Fachleute aus. Die Symptome schilderten alle in den leuchtendsten Farben, aber die kannte ich, die setzten bei mir das Haus unter Wasser; was war mit den Ursachen? Wie konnte es geschehen, dass Paul so wurde? Warum erwischte es ausgerechnet ihn? Wer oder was war schuld? Die Hinweise waren spärlich gesät. Mal hieß es, die Krankheit könne erblich bedingt sein, woanders dagegen wurden traumatische Kindheitserlebnisse als mögliche Ursachen genannt. Unterm Strich blieb das große Achselzucken: Man weiß es nicht.

Der Gedanke, Paul in ein Heim abzuschieben, widerstrebte mir zutiefst, und ich brauchte eine Weile, bis mir bewusst wurde, warum. Anderthalb Monate lebte Paul nun bei mir, und je länger ich darüber nachdachte, desto mehr Ungereimtheiten fand ich. Vieles vom dem, was er an den Tag legte, was er tat oder sagte, wich vom Krankenbild (so, wie es sich mir darstellte) ab. Eigentlich nacheinander auftretende Symptome überlappten sich bei ihm, dann gab es Dinge, die plötzlich auftraten, aber ebenso plötzlich wieder völlig verschwanden, und schließlich war da noch Pauls immer wieder aufkeimende Fixierung auf die Vergangenheit.

Es *musste* irgendetwas geschehen sein, irgendein dunkler Punkt, eine ungeklärte Frage ... Ich bildete mir ein, wenn ich nur lange und genau genug suchen würde, würde ich die Antwort schon finden, irgendwo, vergraben in der Vorzeit. Und hätte ich sie erst ... dann würde Paul wieder gesund. In meinem Eifer bemerkte ich nicht, dass ich mir ganz schönes Hollywoodgewäsch zusammenfabulierte.

Ich merkte es nicht. Weil ich es nicht merken wollte. Und: weil ich in allem, was um mich herum geschah, eine Bestätigung dafür sah, auf dem richtigen Weg zu sein.

»Weißt du«, sagte Patrizia zum Beispiel, »dass ich deine Art, einfach so in den Tag hineinzuleben und auf alles und jeden zu scheißen, unglaublich gehasst habe? Aber irgendwie hast du dich verändert, du bist viel zielstrebiger geworden.«

Ja, dachte ich, mehr davon.

»Außerdem gehst du echt liebevoll mit Paul um.«

(Dass Patrizia und ich zu der Zeit alles rosarot färbten, dass wir intim und vertraut waren, ja, dass wir sogar – wenn auch nur kurz – Vater-Mutter-Kind gespielt hatten, kam mir nicht in den Sinn.)

Stevie brachte mich ungewollt auf eine andere Fährte.

»Rate mal, was Mathe-Manni machen will?«, fragte er mich am Abend des Donnerstages.

»Keine Ahnung. Den Waffenschein?«

»Nee«, lachte der Pfarrer, »noch mal die Konfirmation. Er hätte das einfach klasse gefunden, den Unterricht, den Gottesdienst und so. Außerdem sei seine Alte durch das Muttertagsgeschenk so gut drauf gewesen, dass die konfirmative Geldzuwendung immens ausgefallen sei ... Auf jeden Fall will er noch mal, und das Beste ist: Paul will mitmachen.«

»Aber Paul ist katholisch«, entfuhr es mir.

»Na und?«

»Die Firmung war nicht gerade ein Höhepunkt seines Lebens.«

In dürren Worten erzählte ich die Geschichte. Wie Tante Erika und Onkel Dietrich aus Kostengründen beschlossen hatten, uns alle gemeinsam im Glauben bestärken zu lassen. Lena und Paul waren eigentlich noch zu jung, aber *ein* Fest kostete nun einmal weniger als zwei. Und so taperten wir als Familienquartett Woche für Woche in die Kirche, um uns von einem senilen Pfarrer a. D. aufs Erwachsenenleben vorbereiten zu lassen. Wir paukten das Glaubensbekenntnis, das Ave Maria, die christlichen Grundwerte und – was damals als fortschrittlich galt – den Psalm 23. Während Lena, Dietsche und ich das Ganze locker über uns ergehen ließen, litt Paul unter einer ständigen Überforderung. Bei der Festivität standen wir dann grauenvoll herausgeputzt am Altar, und Paul hielt es fast nicht aus vor Aufregung. Als er an der Reihe war, seinen Spruch aufzusagen, entlud sich seine Anspannung in Form eines Urinstrahls, der – für jeden sichtbar – aus seinen bügelfaltigen Hochwasserhosen plätscherte.

»Auch wenn ihn alle getröstet haben«, beendete ich meine Rede, »es muss furchtbar für ihn gewesen sein.«

Stevie lächelte. »Sagt Freud nicht, dass man schlimme Kindheitserlebnisse noch einmal durchleben soll, um sie zu bewältigen?«

»Dann müssen wir uns vierzehn Tage lang die Beatles geben.«

Paul hatte sich nach der Firmung zwei Wochen lang fast durchgehend in seinem Zimmer eingeschlossen und ununterbrochen Beatles gehört; immer die »Let it be«-Platte, rauf und runter.

»Das ist wirklich hart«, gab Stevie zu, »aber die Scheibe wird ja demnächst neu aufgelegt: *Let it be naked,* völlig entrümpelt und puristisch, ohne den Phil-Spector-Kleister.«

Er erzählte, wie sich Paul McCartney nach dem Erscheinen des »Let it be«-Albums zu Tode geschämt habe, weil es so überladen gewesen sei. Die Neuauflage der Platte könne daher wirklich spannend sein, ohne die ganzen im Nachhinein draufgepackten Streicher, Edits, Orchestrierungen und Chöre. Für *Sir Paul,* so der Pfarrer, müsse es eine irre Genugtuung sein, das überfrachtete Werk seines früheren Produzenten rückgängig zu machen. Endlich könne man sich anhören, was die *fab four* damals im Studio eingespielt haben, und nur das.

Während Stevie in seinem geliebten Feld der Musikanekdoten weiterwilderte, dachte ich: Das ist es! Den Lack abkratzen, den ganzen Schmodder abtragen, Schicht für Schicht, die *overdubs* einer Erziehung, eines halben Lebens einfach löschen, weg mit all dem Gerede, den nachträglichen Interpretationen, und vordringen zum Kern, bis das Ursprüngliche, Nackte, Echte offen liegt. Was der große Paul kann, kann der kleine erst recht ...

Patrizia ließ mich nicht weiterdenken.

»Paul ist kein Versuchskaninchen.«

Damit wischte sie das Thema vorerst vom Tisch. Ohnehin war es Paul selbst, der im Folgenden die Richtung vorgab.

24

Wer Beweisstücke achtlos liegen lässt, muss damit rechnen, dass sie von Unbefugten gefunden werden.

Beim Stöbern in Stevies Wohnung hatte Paul die zurückbehaltene Muttertags-CD von Mathe-Manni gefunden und überraschte uns am Morgen des 23. Mai mit einem akustischen Leckerbissen.

»Hört mal, da ist Manni drauf«, rief er, legte die Disk ein und drehte ein paar Mal an den Reglern. Der Volumen-Regler musste es ihm dabei besonders angetan haben, denn Sekunden später erschallte in ohrenbetäubender Lautstärke »We will rock you« von Queen. Stevie und ich starrten uns an. In einem Anflug von Langeweile hatten wir ungefähr vor einem Jahr begonnen, deutsche Übersetzungen von englischen Liedern aus dem Internet zu sammeln, und ausgerechnet mit »We will rock you« hatten wir angefangen.

(»Kumpel, du bist ein Junge, / veranstaltest einen schrecklichen Lärm, / spielst auf der Straße, / wirst irgendwann ein großer Mann sein. / Du hast Schlamm im Gesicht, / du bist eine riesige Schande, / kickst deine Blechdose einfach so über den ganzen Platz. // We will, we will rock you. // Wir werden, wir werden dich verändern ...«)

Ich bin mir sicher, dass sowohl Stevie als auch mir exakt dasselbe durch den Kopf schoss, nämlich jenes ominöse, mächtige »wir«, das den schändlichen Jungen, der einmal ein großer Mann sein würde, mit aller Gewalt verändern will. Doch noch bevor sich dieser Gedanke setzen konnte, wurde die Musik ausgeblendet, und Manni stotterte – immer noch bombastisch laut – Johann Gottfried Seume herunter.

»In Sankt Agatha, einem Kloster von einer sehr angenehmen Lage, wollten wir die zweite Nacht verbringen: und dort scheint kein übles Wirtshaus zu sein.«

Hier brach Manni abrupt ab, und Pauls Augen quollen beinahe über vor Glück.

»Ich will dahin.«

Ich wusste sofort, was er meinte, trotzdem fragte ich nach.

»Wo willst du hin?«

»Na da, wo Manni gesagt hat: ins Kloster.«

»Du meinst das Kloster Zangberg, stimmt's, da, wo du schon warst?«

»Ja, da will ich wieder hin.«

Es traf mich wie ein Schlag, mit dem ich nicht gerechnet hatte.

»Gefällt's dir denn nicht mehr bei uns?« Ich guckte ihn an.

»Doch, aber ...« Paul sprach nicht weiter, stattdessen zuckte er mit den Schultern und senkte den Kopf.

Das war's dann, dachte ich. Ich fühlte mich verletzt, ausgenutzt – und wurde gemein.

»Und ... Wenn sie dich da gar nicht wollen?«

Stevie intervenierte sofort.

»Hör auf damit, Lukas.«

Er sah mich streng an und stützte sich auf seine Krücken, als ob er seinen Worten dadurch Nachdruck verleihen wollte.

»Wenn Paul will, dann darf er auch. Punkt. Aber sag mal, Quasimodo«, Stevie setzte jetzt ein breites Grinsen auf, »findet heute nicht auch Dietsches große Orgie statt? Was haltet ihr von einem Ausflug?«

»Ja. Au ja!« Pauls Stimme überschlug sich beinahe.

»Ich meine«, fuhr der Pfarrer fort, »heute ist Freitag, hier werden wir erst übermorgen wieder gebraucht. Lasst uns eine Landpartie machen. Wir fahren da hin, gucken uns das Ganze mal an, kloppen ein paar Sprüche, dann besuchen wir das Kloster, vielleicht können wir dort sogar übernachten, und Paul kann uns alles zeigen.«

»Ja, bitte. Lukas, darf ich?«

Jetzt fragt er mich auch schon um Erlaubnis, dachte ich. Anschließend führten meine Gedanken wirre Veitstänze auf.

Ich hatte doch noch gar nicht richtig begonnen, hinter Pauls Geheimnis zu kommen. – Wenn es denn eines gab? – Sicher gab es da eins. – Ich musste es doch wissen. – Die Schichten abtragen. – »Erzähl mir mein Leben, Lukas.« – Zu spät. – Jetzt kommt er ins Heim. – Und ich hab's nicht verhindert. – Weil er's so wollte. – Kann er überhaupt wollen? – »Du gehst nicht mehr weg, versprochen?« – Versagt. – Wie immer. – Mein Name ist Lukas Baumgarten. Von Beruf bin ich Glöckner. – Sonst kann ich nichts. – »Vor dem Schlafen, nach dem Essen ...«

Paul stand am Spülbecken und putzte sich die Zähne, als wär es das letzte Mal. Er schrubbte, bürstete, schäumte, als könne man das dort, wo er nun hinginge, nicht. Dann holte er seine Merkhefte und Mannis CD und sah uns erwartungsvoll an.

»Willst du sonst gar nichts mitnehmen?« Stevie humpelte auf meinen kleinen Cousin zu und bemutterte ihn. »Komm, wir packen noch das Wichtigste ein.«

Die beiden liefen kreuz und quer durch die Wohnung und sammelten Sachen zusammen (Pauls Klettverschluss-Schuhe, ein paar andere Kleidungsstücke, einen Kulturbeutel, zwei Päckchen löslichen Kaffee). Währenddessen redeten sie ohne Unterlass. Paul erzählte vom Kloster, von den Zimmern dort, vom Garten, von Schwester Magda (der Name fiel zum ersten Mal). Stevie tüdelte rum. Dass Paul anständig essen solle, dass er warme Sachen brauche, dass er regelmäßig anrufen solle.

»Lukas, hast du noch irgendwo dein altes Kartenhandy, damit wir es Paul mitgeben können?«

Er speicherte seine und meine Nummer ein und erklärte ihm die Funktionsweise. Dann zauberte er noch ein Buch über einheimische Käfer hervor, des Weiteren Kekse, eine Thermoskanne, einen ausrangierten Trainingsanzug, ein Memoryspiel. Immer noch etwas fiel ihm ein, und Paul stopfte glücklich Ding für Ding in meine alte Reisetasche. Stevie war rührend und plapperte wie eine ängstliche Gouvernante, die einem Kind in einer Tour die Furcht vor dem Alleinesein nehmen, sich damit aber eher selbst beruhigen will.

In Wirklichkeit nahm Stevie mir die Angst.

»Wenn Schwester Magda blöd ist, kommst du wieder hierher, ja. Ruf einfach an. Du bist jederzeit willkommen. Und wir besuchen dich. Und ... ach, Paul.«

Immer wieder umarmten sie sich. Schnatterten wie aufgeregte Gänse, suchten hier etwas, fanden es dort, stopften es in die Tasche, packten es wieder aus, schichteten um, packten erneut und – steckten auch mich nach und nach mit ihrer guten Laune an.

Stevie hatte ja auch Recht. Er stutzte die Dinge auf Normalmaß zurück. Ich hatte Paul, seine Krankheit und vor allem meine Rolle in der Geschichte schlicht und ergreifend aufgebläht. Was war so groß an der Sache? Wenn Paul zurück ins Kloster wollte, dann sollte er das tun. Vielleicht war es besser? Und vielleicht war es ja auch nicht für immer? Langsam entspannte ich mich und rief Patrizia an, um zu fragen, ob sie mitwolle, aber sie musste arbeiten.

Die geplante Liebesnacht am Ampfinger Flughafen brauchte ich nicht zu erwähnen, Patrizia hatte sie nicht vergessen.

»Falls du da eine deiner zahlreichen Jugendlieben triffst, sag ihr, ich kann Judo.«

Ich versicherte ihr, dass ich nicht vorhätte, meinen Teil zur Standortsicherung beizutragen.

»Das will ich dir auch geraten haben«, sagte sie lachend, »ich töte dich nämlich sonst.« Ernst fügte sie hinzu: »Aber lebendig bist du mir lieber. Du tust mir gerade ziemlich gut, Lukas. Bis Sonntag.«

»Bis Sonntag.«

Warum konnte ich Stoffel ihr eigentlich kein Kompliment machen? Kurz bevor wir ins Auto stiegen, rief ich sie noch mal an.

»Du mir auch.«

»Wie bitte?«

»Du tust mir auch gut.«

Im Wagen herrschte beste Stimmung. Wir hörten mit Cake unsere absolute Lieblings-Autofahrband und alberten rum.

»Wann sind wir denn endlich da-ha?«, quengelte Stevie, noch bevor wir unsere Straße verlassen hatten.

»Wenn du nicht gleich still bist, kriegst du kein Eis!«

Um uns die Zeit zu vertreiben, spielten wir »Teekesselchen«, »Ich sehe etwas nicht, was du auch nicht siehst« und »Schlimme Bands mit S«. (Stevie punktete mit Saga, Supertramp und Selig, ich mit Spandau Ballet und Söhne Mannheims, und Paul gewann mit Seventh Heaven.) Ansonsten ließen wir die letzten Wochen Revue passieren, versuchten uns an Breitmaulfroschwitze zu erinnern und rauchten eine – wie Stevie versicherte – »kindgerechte Reisetüte«, was unsere Gedächtnisse spürbar auffrischte. Irgendwann begann es zu nieseln, und Paul schlug kichernd vor, Regentropfen zu zählen und ihnen Namen zu geben. Als wir schließlich in Ampfing ankamen, hatten wir über dreihundert Tropfen getauft, die Sonne schien wieder, und ich hatte nicht ein einziges Mal mein pubertäres Merksystem bemüht.

»Kommt«, rief Paul aufgeregt, »lasst uns die Flattermenschen gucken.«

»Wen?«

»Die Flatterlinge.«

Über unseren Köpfen schwebten einige Fallschirmspringer und setzten zur Landung an. Mit großer Geschwindigkeit sausten sie durch die Luft, vollführten tollkühne Pirouetten, um erst im letzten Moment beinahe parallel zum Boden weiterzugleiten und sanft aufzusetzen.

»Soll besser als Sex sein, so ein Fallschirmsprung«, murmelte Stevie, der am häufigsten vom Joint gezogen hatte und immer noch restbreit war.

»Is' klar«, entgegnete ich, »als ob Menschen, die freiwillig aus Flugzeugen springen, das beurteilen könnten.«

Stevie erfand eine schaurig gereimte Version von »Zehn kleine Lemminge«, und Paul summte mit. Nach ein paar Minuten verabschiedete er sich allerdings von uns mit den Worten, dass er »jetzt rüber auf die Kopfel« wolle.

»Wohin willst du?«

»Auf die Kopfel, den Pferden Guten Tag sagen.«

»Du meinst die *Koppel.*«

»Genau.«

Wir vereinbarten, uns am Badesee, der hinter dem Hangar lag, wiederzutreffen.

»Hoffentlich vergisst er es nicht«, meinte ich, als Paul über die Wiese lief.

»Keine Sorge, der kennt sich hier aus.« Stevie deutete auf das Kloster, das sich in einiger Entfernung majestätisch auf einem Hügel in die Landschaft erhob.

Gemächlich schlenderten wir über den Parkplatz in Richtung des neu angelegten Freizeitareals.

»Ach du meine Güte«, entfuhr es mir, als wir ankamen.

Über dem Eingang prangte ein Schild: »Die grüne Lagune, Natur- und Erlebnisbad Ampfing, Eintritt frei«. Trotzdem war die gesamte Anlage fein säuberlich eingezäunt.

»Kostenlos freiwillige Käfighaltung«, spottete Stevie, als wir durch das Drehkreuz marschierten.

So sah es also aus, wenn eine Landkommune beschloss, ein Naherholungsgebiet von vier Quadratkilometern aus dem Boden zu stampfen: millimetergenau gemähte Wiesen, ordentlich geharkte Kieswege, Spielplätze mit total vernünftigen Geräten, TÜV-geprüfter Badesteg mit Rollstuhlzugang, Kneippzone mit Anleitungsschild in drei Sprachen, vierfach gesicherte Grillstelle, automatisierte Solarstrecke zur Wassererwärmung. Hier war Spaß garantiert, und alle zwei Meter stand ein Abfalleimer. (Ein revolutionärer Akt wäre es, hier ein Bonbonpapier in die Botanik zu schmeißen, dachte ich, oder auf den Boden zu aschen.) Ab 22.00 Uhr wurde das Gelände zusätzlich durch einen Wachdienst geschützt.

»Wenn das mal nicht safer Sex wird heut Nacht, dann weiß ich es auch nicht«, raunte ich Stevie zu.

Es herrschte nicht gerade Badewetter, nichtsdestotrotz war es proppevoll. Einen kurzen Moment wunderten wir uns, dass so auffallend viele fein zurechtgemachte Pärchen unterwegs waren, bis uns klar wurde, dass es sich eindeutig um die Teilnehmer der nächtlichen Aktion handelte. Wir befanden uns inmitten einer lebenswegweisenden Ortsbegehung.

»Was meinst du, Schatz, sollen wir den kleinen Karl-Marvin hier am Beachvolleyballfeld machen oder doch besser drüben bei den Sprudelsteinen?«

»Keine Ahnung, Mäuschen, aber besetz den Platz auf jeden Fall schon mal mit einer Badedecke.«

Stevie und ich liefen zu Frotzelhochform auf. Es war aber auch zu grotesk. Lauter junge Menschen, die eine Zukunftsplanung unter freiem Himmel und vor Zeugen für Rock'n'Roll hielten. Bislang war der Inbegriff von schmutzigem Sex für sie wahrscheinlich *Licht an* und *kein Handtuch unterlegen* gewesen. Noch nie hatten wir eine dermaßene Menge an Steißbeintattoos und Bauchnabelpiercings gesehen wie hier.

»Da macht es *ploing,* wenn sich die Bäuche runden.«

»Oh, und welch helle Freude, wenn die in Kürze ausladenderen Hüften die Proportionen der Arschgeweihe durcheinander bringen.«

Auf einem riesigen Klettergerüst, das einem Schiff nachempfunden war, stand ein Klapptisch, an dem man sich in Listen eintragen konnte. Hier wurde nichts dem Zufall überlassen.

»Wenn der Wachmann seine erste Runde beendet hat, geht's los«, sagte ein schmieriger Mittdreißiger in diesem Moment, »und um zwei müssen wir fertig sein.«

»Das reicht locker«, giggelte eine Blondine, die vom Umfang her nicht so aussah, als müsste sie noch schwanger werden, »der Chrissi kann eh nicht so lang.«

Vereinzeltes Gelächter. Chrissi konterte umgehend.

»Welcher ist der Frauen liebster Finger? Der Ampfinger.«

Humor hatten sie also auch. Und was waren sie verrucht.

»Auf jeden Fall sollten wir uns gut verteilen, damit wir uns nicht in die Quere kommen.«

»Wieso, wär doch geil«, rief ein Schnauzbart dazwischen.

»Ist auf dem Schiff eigentlich noch ein Platz frei?«, fragte jetzt eine steppberockte Perlohrringträgerin ohne jede Ironie.

»Schaut einfach hier in den Lageplan«, tönte der Schmierlappen, »und tragt euch bitte ein, sonst kriegen wir echt ein logistisches Problem.«

»Das wollen wir natürlich nicht, so ein logistisches Problem«, sagte Stevie halblaut, »das wär ja voll unromantisch.«

»Sei doch still«, fuhr ihn eine Frau im Hosenanzug an, »hier passiert heut was Großes.«

Ihr Kerl, der aussah, als litte er an einer unheilbaren Gesichtsphimose, nickte pflichtschuldig.

»Komm, Hase, wir schauen mal, ob am Regenerationsbecken noch nicht so viele liegen.« Der Hosenanzug beugte sich über die Liste.

Die Undercover-Liebesnacht war generalstabsmäßig organisiert. Ständig wuselten Leute mit Klappmappen durch die Händchen haltenden Paare, deuteten nach hier, wiesen nach dort.

Irgendwann schüttelten wir nur noch die Köpfe.

»Der Fick ist ein Meister aus Deutschland.«

Ich versuchte irgendwo im Gewimmel Dietsche auszumachen, konnte ihn aber nicht entdecken. Das passte. Mein älterer Cousin hielt sich wie früher vornehm zurück.

Stattdessen fiel mein Blick auf zwei Kinder, die vor den Augen ihrer gelangweilten Eltern brav und vorbildlich auf einer Wippe saßen. Ob mich meine Nichte und mein Neffe wohl erkennen?, dachte ich. Dann ging ich langsam, aber bestimmt auf Lena zu.

25

»Guck mal einer an, wen haben wir denn da?«

»Hallo Schwesterherz.«

Allein die Begrüßungsfloskeln hätten gereicht. Sie sagten alles. Über ein Geschwisterverhältnis, das schon lange keines mehr war. Das auf der negativen Seite der Bewertungsskala alle Facetten von »distanziert« bis »verachtend« beinhaltete, auf der positiven dagegen lediglich ein paar schöne Kindheitserinnerungen, die langsam, aber sicher verblassten. Himmel, waren wir uns fremd.

»Sagt schön Grüß Gott zu eurem Onkel.«

Hendrik und Carina, die beiden kleinen Kronzeugen dafür, dass Lena alles richtig gemacht hatte im Leben, klammerten sich verschüchtert an die Beine ihrer Mutter und starrten mich an. Den Eindringling. Den Feind. Den fremden Mann, der angeblich ihr Onkel sein sollte. Lena fuhr umgehend schwere Geschütze auf.

»Hätte ich mir eigentlich denken können, dass du heute hier bist.«

»Dito. Dietsche hat anscheinend die gesamte Verwandtschaft benachrichtigt.«

»Das ist zufällig ein öffentlicher Spielplatz.«

Ich beschloss, das Gefecht zu beenden. »Ehrlich gesagt bin ich nur hier, um unseren kleinen Cousin ins Kloster zurückzubringen.«

»Natürlich. Ausgerechnet heute. Was für ein Zufall.«

Lena glaubte mir nicht. Ich konnte es ihr nicht verdenken. Um uns herum wieselten Dutzende von Honigkuchenpärchen, immer noch auf der Suche nach einem geeigneten Liegeplatz in ihrem monogamen Freiluft-Swingerclub.

»Und?«, fragte sie feindselig, »hast du dein Mädchen schon gewählt? Hanna ist derzeit solo, hab ich gehört, und Marlene scheint mir auch nicht gerade glücklich zu sein, oder du kümmerst dich einfach um irgendein Mauerblümchen, wirst schon jemanden finden.«

Carina, die das ganze Treiben offensichtlich nicht verstand, nicht verstehen konnte, sorgte für einen Waffenstillstand.

»Bist du wirklich der Bruder von der Mama?«

Sie fragte ganz offen. Pur. Ohne Ressentiments. Kinder können nicht nachtragend sein, dachte ich. Begriffe wie »Schuld« oder »Vergebung« kommen in ihrem Kosmos noch nicht vor. Sie sind einfach nur ehrlich. Und so ehrlich und berechtigt Carinas anfängliche Angst und Zurückhaltung gewesen waren, so ehrlich war jetzt ihre Neugierde.

Ich sah die Kleine an und lächelte.

»Ja, das bin ich. Ich kannte dich schon, da warst du noch ein kleines Baby.«

»Echt?«, strahlte sie, »so wie meine Barbie?«

»Genau.«

Aber Lena hatte kein Interesse an einer Familienzusammenführung.

»Ach, Lukas, spar dir deine Sprüche. Du hast dich nie gekümmert und wirst es auch nie tun, also spiel dich jetzt nicht auf.«

Sie hatte Recht. Es war zwecklos.

»Lena, ich bin wirklich wegen Paul hier.«

»So. Und warum bist du dann hier, bei dieser ekelhaften Aktion, und nicht drüben in Zangberg?«

»Weil Paul den Fallschirmspringern zuschauen wollte. Er wird gleich hier sein.«

Das zeigte Wirkung.

»Hendrik, Carina, geht bitte mit dem Papa schon mal zum Auto, ich komm gleich.«

»Ich will aber noch nicht heim.«

»Keine Widerrede.«

Hubert nahm seine Kinder an die Hände und wandte sich zum Gehen.

»Servus, Lukas. Hat mich gefreut.«

Mich nicht, dachte ich.

»Wo ist denn der Onkel Pauli?«, wollte Hendrik wissen.

Sein Vater zog ihn schweigend Richtung Ausgang.

»Ich will aber den Pauli sehen.« Carina fing an zu heulen.

Hubert murmelte etwas und zerrte seine Tochter unerbittlich vorwärts. Noch als man sie nicht mehr sah, war ihr weinerliches Echo zu hören. »Will aber! Will aber! Will aber!« Immer leiser werdend. Ich fühlte mich schuldig.

»Das musste sein, was, Lukas? Fühlst du dich jetzt toll?«

»Lena, ich ...«

»Ach, hör doch auf, du weißt genau, was passiert ist.«

»Ja, ich hab davon gehört.« Ich schrie es fast. Eine unbeschreibliche Wut kochte in mir auf. »Und ich glaub's nicht, Lena. Ich hab doch Augen im Kopf, die Kleinen lieben Paul.«

Meine Schwester hatte nur noch Abscheu für mich übrig. »Du kannst dir überhaupt keine Vorstellung machen.«

»Doch, das kann ich. Und ich finde nicht, dass du das Recht hast …«

Weiter kam ich nicht, denn jetzt brach es aus Lena heraus. Sie packte mich am Revers und stieß mich von sich. »Du! Du hast kein Recht. Kein Recht, dich einzumischen. Kein Recht, hier einfach aufzutauchen. Weil du nicht die geringste Ahnung hast. Was ein Meschuggener sagt, stimmt, ja? Und ich lüge? Deine eigene Schwester? Was weißt du denn schon? Nichts. Nur weil Paul ein paar Wochen bei dir war, meinst du, du hast die Weisheit mit Löffeln gefressen. Ich hatte Paul ein halbes Leben am Hals. Und ich habe Kinder. Du hast keine Ahnung, was das heißt, weil du keine hast. Und hoffentlich auch nie welche haben wirst. Weißt du, was Paul wirklich hat, hm? Weißt du's? Kannst du die Verantwortung übernehmen?«

Lena spuckte die Sätze förmlich aus, spuckte sie mir mitten ins Gesicht.

»Du weißt noch nicht mal, wie man *Verantwortung* schreibt. Weil du dich verpisst hast. Immer. Das ist es, was du kannst. Dich verpissen. Und verdrängen. Darin bist du groß. Wann hast du dich bitte einmal gekümmert? Um mich? Um Carina und Hendrik? Oder auch um Paul? Wenn Dietsche ihn früher gehänselt hat, warst du immer vorne mit dabei. Aber gekümmert? Wann bitte? Raus damit. Also sag du mir nicht, was ich zu tun oder zu lassen hab.«

Echter Hass lag in ihrer Stimme. Es war mir immer bewusst gewesen, dass sie meine totale Abkehr von der Familie nicht billigte, aber dass die Enttäuschung darüber so tief saß, hätte ich nie für möglich gehalten. Oder war es die Enttäuschung über ihr eigenes verpfuschtes Leben? Für das sie mir die Schuld gab? Weil ich gegangen war und sie deswegen bleiben musste? Ich wusste es nicht. Ich wusste gar nichts mehr.

»Du hast nie gefragt, Lukas. Wie's uns geht oder so. Auch früher nicht. Wann warst du das letzte Mal bei Mama und Papa am Grab? Ist dir das egal? Auch nach Paul hast du nie gefragt. Zehn Jahre lang. Du machst dir keine Begriffe, wie er sich aufgeführt hat. Was er gemacht hat. Was er *getan* hat. Wie oft habe ich mir gewünscht, er wäre damals gestorben, anstatt … Das hast du dich bestimmt auch nie gefragt: Wieso sind Mama und Papa tot, und er steigt unverletzt aus dem Auto?«

»Wie bitte?« Alles in mir sträubte und verkrampfte sich. Lena merkte sofort, dass sie eine bloße Stelle gefunden hatte, und stach heftiger zu.

»Weißt du, was damals passiert ist? Weißt du's? Hast du Paul mal gefragt? Es ist bestimmt ungerecht, so zu denken, aber ich kann nicht anders. Nicht nach allem, was war. Lass uns einfach in Ruhe, Lukas. Und wenn Paul auch nur in die Nähe unseres Hauses kommt, rufe ich die Polizei.«

Sie drehte sich um und ging. Ich war unfähig, ihr zu folgen. Es war so ungeheuerlich, Lena gab Paul die Schuld am Tod unserer Eltern oder brachte ihn damit in Zusammenhang. Nie, niemals hatte sich auch nur einer von uns je in dieser Richtung geäußert. Im Gegenteil, wir waren froh, dass wenigstens er den Crash überlebt hatte. Es war ein Unfall gewesen, tragisch, sicher, aber eben auch so banal, so alltäglich wie nur was. Erika und Dietrich nahmen Lena und mich in Pflege und ermöglichten uns eine ziemlich normale Kindheit. Die Verdrängung tat ihr Übriges, Ende vom Lied. Und jetzt kam sie mit diesem unfassbaren Vorwurf.

Allein der Stachel, einmal gesetzt, saß. Noch vor ein paar Tagen hatte ich selber fantasiert, dass der Unfall in irgendeiner Weise mit Paul und seiner Krankheit zu tun haben könnte. Jetzt kam es mir absurd vor. Komm schon, Lukas, hämmerte ich mir ein, tu das, was du am besten kannst: vergiss es!

Ich unterrichtete Stevie, der mittlerweile zu mir getreten war, von dem Gespräch mit meiner Schwester.

»Kann es sein, dass sie eine amtliche Paranoia schiebt?«, fragte er.

»Mit Sicherheit. Aber ich fühle mich schuldig, weil ich mich aus allem rausgehalten habe.«

»Aus gutem Grund. Hey, Kleiner«, Stevie sah mir in die Augen, »jeder hat das Recht, seiner Vergangenheit den Rücken zu kehren.«

Ich nickte. Und zuckte mit den Schultern. Stevie hielt mich fest.

»Ich mein das ernst. Du bist nicht verantwortlich.«

Er wollte noch weitersprechen, aber irgendetwas lenkte ihn ab, seine Mundwinkel zuckten nach oben, er prustete, hielt sich an seinen Krücken fest, und dann legte er einen seiner legendären Lachanfälle hin. Ich folgte seinem Blick, der auf das Spielschiff gerichtet war. Von niemandem beachtet, saß Paul an dem Tapeziertisch und schrieb seelenruhig und hingebungsvoll irgendetwas in die ausgelegten Listen.

Nachdem ich Stevie geholfen hatte, das Klettergerüst zu erklimmen, sahen wir, was. Mit einem Edding änderte er den Lageplan der großen Liebesnacht.

»Hier ist doch viel mehr Platz«, sagte er strahlend und verschob die Paare »Biggi und Klaus« sowie »Sanne/Tom« mit einem dicken Pfeil etwa achthundert Meter nach Westen. Die neue Position markierte er mit einem Kreuz.

»Weißt du eigentlich, um was es hier geht?«, fragte ich ihn leise.

Paul guckte kurz auf. »Sport oder so.« Dann malte er ein weiteres Pfeildiagramm in die Karte.

Bei genauerem Hinsehen bemerkten wir, dass Paul nicht nur die Lage, sondern auch die Zusammensetzung der Pärchen geändert hatte. Etliche Namen hatte er durchgestrichen und durch andere ersetzt. Sein System war dabei durchaus einleuchtend, zum einen hatte er identische Vornamen zu Paaren zusammengefasst und zum anderen (als das nicht mehr ging) Namen mit demselben Anfangsbuchstaben. So würden heute also unter anderem sechs Michaels, vier Christofs und ebenso viel Bettinas das Wunder der Homosexualität erleben und auch Sandy, Sandra, Susi und Sabine würden Augen machen, wenn anstelle ihrer angestammten Stecher nun Sigi, Sönke, Stephan und Seppo ihren Mann stünden.

»So ist viel mehr Sinn drin«, sagte Paul.

»Das stimmt«, antwortete Stevie, »genau so lassen wir das. Und jetzt wird's langsam Zeit, zum Kloster zu fahren, findest du nicht?«

Augenblicklich ließ Paul den Stift sinken und hopste vom Gerüst in den Sandkasten. Auf dem Weg zum Auto, den wir wegen Stevies verstauchtem Fuß nur langsam zurücklegen konnten, ereigneten sich noch drei nebensächliche Zwischenfälle.

– Kurz vor dem Ausgang stießen wir mir Strähnchen, Vokuhila und Simon zusammen, den Computeranglern aus dem »My Way«.

»Seid ihr nicht ein bisschen jung für diese Crossroad-Chose?«, fragte ich fürsorglich.

»Wir woll'n ja nur mal gucken.«

Als die anderen schon weitergegangen waren, sagte Simon stolz:

»Ich fisch jetzt auch in echt.«
Ich hob den Daumen. Es gab noch Hoffnung.

– Auf der »Parking Area« bemerkte ich, wie ein fahrradbehelmtes Pärchen in ästhetisch mehr als fragwürdigem Wurstpellen-Partnerlook auf uns deutete und tuschelte.

Sie: »Das ist doch der Bekloppte.«

Er: »Ja, aber das ist der Bruder von Dietrich Hofstetter.«

Anscheinend genoss Paul durch seinen Bruder einen gewissen Schutz.

– Beim Wagen angekommen, stand auf einmal Hanna vor mir.

»Na, schöner Mann, schon was vor heute Abend?«

Ich überlegte noch nicht einmal.

»Hanna, alles, was ich dir je in meinem Leben gesagt habe, war gelogen. Ich habe dich immer nur benutzt. Dafür möchte ich mich entschuldigen. Wenn du kannst, vergib mir oder vergiss mich oder wie auch immer. Mach's gut.«

Ich stieg ein und fuhr los. Zurück ließen wir eine ausgesprochen belämmert dreinschauende Provinzsingle mit Kinderwunsch, das in diesem Moment definitiv dachte, dass Wahnsinn in unserer Familie wohl öfter vorkam.

»Du willst es wirklich wissen, Luke«, frohlockte mein Pfarrer, »ich bin stolz auf dich.«

»Auf geht's zu den Schwestern von der Heimsuchung Mariä, gib Gas, Küster.«

Während ich krampfhaft versuchte, mein B-Movie-Nonnenbild, nach dem Klosterbewohnerinnen in erster und einziger Linie von der Liebe und dem Leben enttäuschte Damenbartträgerinnen waren, aus dem Kopf zu bekommen, spielte unser Seelsorger Fremdenführer.

»Da oben hausen die Salesianerinnen, das ist für mich als protestantischen Arbeitsethiker einer meiner Lieblingsorden.«

Er erzählte von Don Bosco, dem »Schutzpatron der Jugendherbergen«, der aus Bewunderung für den heiligen Franz von Sales dem christlichen Zusammenschluss einst den Namen gegeben hatte, von Johann Sigmund und Ferdinand Maria Franz aus dem Geschlecht der Freiherrn von Neuhaus, die das prächtige Gebäude, auf das wir zufuhren, als glanzvolles Schloss nutzten, und von den Dietramszeller Nonnen, die es Mitte des 19. Jahrhunderts gekauft hatten. Stevie hatte sich eingehend informiert und sprach mit aufrichtiger Bewunderung.

»Heute wird das Kloster hauptsächlich als Erwachsenenbildungsstätte genutzt, aber die Salesianerinnen sind im eigentlichen Sinne nicht für Bildung und Unterricht zuständig, wie die Jesuiten beispielsweise, sie reisen auch nicht herum, als Bettelorden oder so, nein, sie sind einfach nur da. Für Gott, für sich und für andere. Sehr, sehr entspannt das alles.«

Wie Recht er hatte, sahen wir, als wir auf dem Klosterparkplatz aus dem Auto stiegen. Von Apfelbäumen umsäumt und mit Wein und Rosen berankt, thronte das erhabene Gebäude; wie ein Märchenschloss reckte es sich gen Himmel und strahlte tatsächlich eine fast weihevolle Ruhe aus. Im Innenhof trat dann der weltliche Charakter des Klosters zutage. Ein Messingschild verhieß, dass hier die Bosch-Siemens-Stiftung Seminare abhielt, und zu dieser gehörte wohl auch ein Reisebus, dem gerade eine Ladung Schlipse und Faltenröcke entstieg.

Als wäre es das Selbstverständlichste von der Welt, lief Paul auf eine pausbäckige Schwester zu, die vor der Empfangsloge stand. Die beiden umarmten einander, dann überreichte sie ihm lachend eine Liste, die Paul konzentriert studierte. (Heute war anscheinend überall Listentag.) Als ob es einstudiert gewesen wäre, schlugen in diesem Augenblick die Kirchenglocken, und Paul begrüßte den Busfahrer artig mit Handschlag. Dann half er ihm, das Gepäck auszuladen, und verschwand mit zwei Koffern und einer Tasche bepackt in einem der Klostertrakte.

»If you need something, ring the bell and call the boy«, flüsterte ich, als das Fünf-Uhr-Läuten vorüber war.

Und Stevie sagte: »Ich will nicht pathetisch werden, aber Paul hat hier einen Ort gefunden.«

Die Nonne, der Paul offenkundig die Arbeit abgenommen hatte, kam bedächtig auf Stevie und mich zu, musterte uns eingehend und entschied sich schließlich für mich.

»Ich bin Schwester Magda, und Sie müssen Lukas sein. Seien Sie herzlich willkommen.«

Während sie uns herumführte, erzählte sie mit wenigen, ausgewählten Worten Pauls Geschichte, aber auch ihre eigene und die des Klosters. Sie palaverte mit Stevie und verströmte dabei eine Herzlichkeit, die so rein und ungetrübt war, dass ich wie betäubt hinterherdackelte. So sieht also ein religiöses Erweckungserlebnis aus, dachte ich. Umgehend beschloss ich, eine Petition an den Bundestag, das Europaparlament und die UNO aufzusetzen, sämtliche Nonnensketche und Filmproduktionen klösterlichen Inhaltes gesetzlich verbieten zu lassen (auch jene, in denen Whoopi Goldberg mitspielte).

Schwester Magda lud uns ein, im Kloster zu übernachten, und nach einem üppigen Abendessen schliefen wir ruhig und fern von der Welt in den weichen Kissen unserer abgeschiedenen Kemenaten. In dieser Nacht gelang es mir zum ersten Mal seit meiner Kindheit, wieder zu träumen (oder mich zumindest an den Traum zu erinnern). Es war ein warmer, ein vollkommener Traum, und auch wenn die Frau, an die ich mich in dieser Nacht schmiegte, ein Nonnengewand trug, so war es doch eindeutig meine Mutter.

Zwei Kilometer südwestlich von uns wurde derweil ein halber Landstrich geschwängert.

26

Tag eins ohne Paul begann mit zwei Sätzen des englischen Schriftstellers Stephen Fry. Weil er schon in der Sakristei war, um seine Predigt noch einmal durchzugehen, hatte Stevie sie auf einen Zettel gekritzelt und mir auf den Frühstückstisch gelegt.

»Gestern habe ich Gott getroffen, er war sehr nett. Ich glaube, er mag mich.«

Ich musste grinsen. Meinem Pfarrer hatte es in Zangberg ebenfalls gut gefallen, und nun tat er alles, um mich aufzuheitern. Obwohl es streng genommen keinen Grund dafür gab. Der Abschied von Paul war kurz, aber herzlich gewesen. Mein kleiner Cousin hatte mich in den Arm genommen, eine Träne von der Wange gewischt und war dann zügig neuen Aufgaben entgegengeeilt. Die Arbeit im Kloster wartete, und er ging gänzlich in ihr auf. Als wir abfuhren, winkte uns Schwester Magda lange nach. Paul war in guten Händen, das stand außer Frage.

Aber was war mit mir? Paul hatte mich sechs Wochen lang völlig absorbiert, war das alleinige Zentrum meines Denkens und Handelns gewesen. Und jetzt? Schon auf der Rückfahrt nach München hatte ich diese Leere gespürt, die sich immer mehr ausbreitete und die jetzt schwer über unserer Kirchengemeinde hing.

Es war so ruhig ohne Paul.

Und es fiel mir unendlich schwer, mich an die Zeit vor dem 8. April zu erinnern, als Paul noch nicht da gewesen war. Als er (für mich) nicht existent, als er (von mir) gelöscht gewesen war. Was hatte ich eigentlich den ganzen Tag getrieben? Business as usual, dachte ich, nicht schwermütig werden jetzt.

Ich tat das, was man eben tut, wenn man nicht nachdenken will: Ich stürzte mich in Arbeit. Läutete die Glocken, brachte die Schaltzentrale auf Vordermann, reservierte Sitzplätze für die Reise nach Berlin, räumte den Proberaum auf, zog neue Saiten auf meinen Bass, putzte die Wohnung – beseitigte Spuren. Einzig mein Ausschlag, der fröhlich weiterjuckte, gemahnte mich daran, dass es noch nicht vorbei war.

Irgendwann schaffte ich es, mein Beichtbuch aufzuschlagen (an einer beliebigen Stelle, im hinteren Drittel): Denise. Telefonnummer. Postfach.

Du bist noch nicht fertig, Lukas.

Es gab Dinge, die geklärt werden mussten.

Von mir.

Für mich.

Mit Bleistift schrieb ich zwei weitere Namen auf.

»Strunzenegger. Erika.«

Aber die konnten warten.

Patrizia half mir auf ihre Art, die Wartezeit zu überbrücken. Indem sie bei mir war. Nicht mehr und nicht weniger. Mit keiner Silbe erwähnte sie das zurückliegende Wochenende oder Paul. Mir schien, als ginge es ihr ausschließlich um das Hier und Jetzt, und um mich. Sie drängte nicht, fragte nicht – bis ich alles erzählte. Der Auslöser dafür war eine Kleinigkeit. Wir sortierten gerade Altkleidersäcke für die anstehende Sammlung, als es aus mir heraussprudelte.

»Tante Erika hat in sämtliche ausrangierte Blusen, Hosen, Hemden und Anzüge immer Löcher geschnitten, bevor sie sie in die Plastiktüten für die Altkleidersammlung getan hat.«

»Wieso das denn?«

»Ich weiß es nicht. Ich habe nie darüber nachgedacht.«

Vielleicht, weil sie sich schämte, dass sie an sich noch ordentliches Zeug weggab? Oder weil sie Angst hatte, dass eine der Stadtstreicherinnen die Tüten durchwühlen und fortan mit ihren alten Sachen rumlaufen würde? Dabei waren die Säcke so gut verschnürt, dass man einen Entfesselungskünstler zu ihrer Öffnung benötigt hätte. Hunderte von zerstörten, wertlos gemachten Kleidungsstücken hat sie verpackt. Es war so absurd. Sie hätte sie wegschmeißen können. Aber nein, Altkleider mussten sein, schließlich standen die Säcke an der Straße und wurden von allen gesehen. Nicht zu viele Säcke durften dort stehen, damit man nicht für einen neureichen Großkotz gehalten wurde. Aber auch nicht zu wenig, man wollte doch als barmherzig gelten. Das war eine hochkomplexe und gleichzeitig zutiefst unsinnige Angelegenheit.

Ich konnte mit einem Mal nicht mehr aufhören zu reden. Oder hörbar nachzudenken. Sprunghaft erst, unchronologisch, dann immer geordneter. Alles, was an Erinnerungen, Erlebnissen, Gefühlen in mir war, sprach ich aus. Sprach es an Patrizia heran, in sie hinein. Ich redete während des gesamten Abendessens und später im Bett. Redete und redete, ohne etwas auszulassen. Meine Ängste nicht. Meine Frauengeschichten nicht. Mein gesamtes Beichtbuch las ich vor. Ergänzte hier, vervollständigte dort. Stunde um Stunde wurde ich leerer und leichter, weil ich Ballast abwarf. Auf Patrizia schleuderte, die einfach nur dasaß und zuhörte. Die schweigend Wort für Wort von mir zu sich herüberzog. Um vier Uhr nachts wurden meine Sätze dann kürzer, und etwas später gingen sie mir aus.

Patrizia nahm meine Hand und sagte: »Uff.«

Dann lachte sie, griff in ihre Umhängetasche, die neben dem Bett stand, und reichte mir ein Buch.

»Ich hab etwas für dich.«

Es war ein schmales Bändchen mit dem Titel »Ein Regenschirm für diesen Tag«. Von dem Autor hatte ich noch nie gehört, Wilhelm Genazino.

»Hab ich das denn verdient?«

»Gar nicht. Ich dachte einfach, dass es dir gefallen könnte.«

»Auf jeden Fall habe ich jetzt wieder Platz im Kopf. Danke. Nicht nur dafür.«

»Komm her, du wandelndes Wirrwarr.«

Ich weiß nicht, wie Patrizia es schaffte, mein ganzes Gerede wegzustecken, wo sie es hinpackte, aber sie kriegte es irgendwie hin. Was ich jedoch noch in dieser Nacht wusste, war, dass es gut und richtig gewesen war. Zu reden. Mit ihr zu reden. Im Beichtbuch habe ich diese Nacht später die »Nacht des Einverständnisses« genannt, wofür mich Stevie aufs Übelste beschimpfte: »Was soll das denn sein, *Jugend trainiert für Georg Büchner?*«

Die Jugend, zumindest jene, die um uns herum war, tat indes anderes. Sie maulte, weil die Deutsche Bahn ihre Bahncard abgeschafft hatte, wodurch die Reise nach Berlin ein ausgesprochen teurer Spaß werden würde.

»Dann bleibt doch daheim«, murmelte mein Pfarrer ein ums andere Mal, »wer beten will, soll bluten.«

Seine (und auch unsere) Lust, der Massenökumene beizuwohnen, hielt sich in Grenzen. Die Leere war der Langeweile gewichen. Manni und Kevin zwei langweilten sich, weil Paul weg war. Stevie und ich langweilten uns, weil es nichts mehr zu tun gab, überhaupt langweilten sich alle, und die größten Langweiler von allen machten sich an Christi Himmelfahrt zu vierhunderttausendst auf den Weg zum ersten bundesweiten ökumenischen Kirchentag. (Und genauso klang und roch es auch in dem Zug von München in die Hauptstadt, dessen Tickets man zu diesem Anlass gar nicht teuer genug hätte machen können.)

Vor Ort war es noch schlimmer, als auf der Bahnfahrt befürchtet. Horden beseelter Jungchristen, adrett uniformiert mit Pfadfinderhalstüchern, zogen eine Schneise der Verwüstung durch Berlin. Allerorten rasselte und lobpreiselte es, die Kelly Family schalmeite, ein Hauch von Blümchensex lag in der Luft.

»Hi, I'm the Barbara from Göttingen and where are you from?«

Und wie immer bewies sich: Denn sie wissen nicht, was sie singen. Der Text ist egal, Hauptsache laut.

Angesichts des Lärms, der hier dröhnte, konnte sich selbst Stevie des Eindrucks nicht erwehren, dass seine Gemeinde mit Seventh Heaven noch richtig gut weggekommen war.

Es war schlicht und ergreifend nicht zum Aushalten.

»Dit Zölibat is' scheiße, wa?«, rief ein lila wallendes Leinenensemble in die Menge und wurde beklatscht.

Das Diskussionsforum darüber, ob man nun ökumenisch

abendmahlen solle oder nicht, ließen wir aus, nachdem wir zwei minderjährige Franken bei einem Disput belauscht hatten, wann und wo es Wein statt Traubensaft gäbe und wie man am besten die vermaledeite Hostie wieder loswird, »die, horch jetz amol, immer so ungud am Gaumen beppt«.

Nach zwei Stunden Christen-Event war mir klar, dass Gott solche Glaubens-Großveranstaltungen nicht gewollt haben konnte.

»Jawohl, Stevie, den Kirchentag hat der Teufel gemacht, und zwar, als er mit dem Karneval, der Love Parade und dem Ausdruckstanz fertig war.«

Stevie nickte. »Berlin hat's wirklich schwer erwischt dieses Wochenende.«

Er zeigte mir einen Veranstaltungskalender, aus dem hervorging, dass neben den Christen auch noch der FC Bayern und die versammelte SPD in der Stadt weilten.

»Schlimmer geht's nicht.«

Allein, Berlin hielt stand. Denn schon am Freitag starb Günter Pfitzmann, und die Stadt verfiel in kollektive Trauer. Gegen den beliebten Volksschauspieler konnte Jesus nicht anstinken. Dass Kanzler Schröder im allgemeinen Tumult seine »Agenda 2010« durchsetzte, bekam so kaum einer mit, auch Stevie und ich nicht, denn wir hatten kurzerhand beschlossen, uns den Rest der Zeit abzusetzen. (Patrizia, die durch etliche Arbeitskreise gebunden war, belegte uns dafür mit wüsten Flüchen.) Während Stevie »einfach mal so losziehen« wollte, machte ich mich auf den »Weg der Klärung«. (Der Pfarrer schalt mich dafür den »lausigsten Provinzpoeten jenseits der Sterbehilfe«.)

Ich traf Sophie.

(Sie hatte geahnt, dass ich in der Stadt sein würde, und mich per SMS zu einer »Künstlerfete« nach Mitte eingeladen. »Ich würde mich freuen, dich zu sehen.«)

Mit zittrigen Knien betrat ich ein Loft, dem man das Attribut »Szenekneipe« nicht auf den ersten Blick ansah. (Fast zwanzig Minuten war ich durch unbeleuchtete Hinterhöfe geirrt, bis ich es überhaupt gefunden hatte.) Im funzeligen Licht standen sichtbar als Künstler verkleidete Menschen und redeten über Vornamen.

»Gestern war ich in der Uraufführung von Renés neuem Stück.«

»Und?«

»Entsetzlich. Also Nicole war super, das ist sie ja immer. Der Rest war *mindboring*. Aber auf dem Empfang hab ich Lars getroffen.«

»Ach was, dreht der nicht?«

»Doch, mit Moritz. Und Piet fährt die *Production*. Obwohl der eigentlich noch für Wim arbeitet. An der Doku über Wolfgang.«

»Ich dachte, die cutten noch an Randys Video rum.«

»Commerz. Ich verstehe Piet da gar nicht. Er hätte mit Pina nach Lissabon gehen sollen.«

»War die auch da?«

»Die doch nicht.«

Ich versuchte, auf Durchzug zu schalten, hielt mich an einem komischen Getränk fest und hielt Ausschau nach Sophie. Ich entdeckte sie in einem Separee, ins Gespräch vertieft mit einem anämischen Glatzkopf, den sie mir, nachdem sie mich überschwänglich mit drei Wangenküssen begrüßt hatte, als Fletcher vorstellte. (Fletcher betrieb ein Management für *Performance Artists,* war Buddhist und ihr neuer Freund.)

Sophie hakte sich bei mir unter, wiederholte mehrmals, wie sehr sie sich freue, mich zu sehen, machte mich mit weiteren Vornamen bekannt und ließ mich dann stehen. Eine Weile spielte ich das Spiel mit. Ein Christoph gab mir vertrauensvoll seine Karte, nachdem ich ihm glaubhaft versichert hatte, der Steuerberater von Wim zu sein, und Nicole, die mir heulend und betrunken erzählte, dass man mit René »einfach nicht probieren« könnte, tröstete ich damit, dass ich mit Piet und ein paar anderen eine Agentur für Beerdigungsreden aufgezogen hätte und das auch nicht immer leicht sei.

Irgendwann jedoch übermannte mich die Traurigkeit. Nicht weil hier ausschließlich wichtigtuerische Vollidioten heiße Luft verbreiteten. Und auch nicht, weil Sophie zu ihnen gehörte oder gehören wollte oder weil sie einen anderen hatte. (Als ich ging, knutschte sie gerade heftig mit Christoph.) Es war der Schmerz, den ich so lange vermisst hatte. Der endlich spürbare Schmerz über das, was war. Darüber, dass es einmal gut gewesen war. Mit Sophie.

Dieser Schmerz hielt den gesamten nächsten Tag an. An dem ich ziellos durch Berlin schlenderte. Bis zum Abend hielt der Schmerz an, bis ich Stevie am Bahnhof traf, dem es bei einem

Treffen mit Karl keinen Deut besser ergangen war als mir. Noch im Nachtzug tat es weh, und als ich am nächsten Morgen die Glocken läutete, immer noch.

27

Das Jahr der Suchen ging weiter. Im Irak suchten sie *immer* noch nach Waffen, in Deutschland nach Auswegen aus der Krise und im Münchner Osten nach einem schattigen Plätzchen. Und als ob auf der Erde nicht schon genug los gewesen wäre, schoss die ESA von Kasachstan aus eine Weltraumsonde ins All, deren Landegerät Beagle 2 auf dem Mars nach Spuren von Leben suchen sollte. Die grünen Männchen hielten sich jedoch gut versteckt, genau genommen fand man nach der Landung noch nicht mal Beagle 2 wieder.

Den wegen Steuerhinterziehung, Betrug und Untreue in die Schlagzeilen geratenen FDP-Politiker Jürgen Möllemann dagegen fand man. Auf einem Acker unweit des westfälischen Flughafens Marl-Loemühle. Er war mit einem Fallschirm, der sich – oder den er – nicht öffnete, in den Tod gesprungen. Bis zuletzt war er seinem Hang zur Medienwirksamkeit treu geblieben.

Ein »Flattermensch«, kam mir in den Sinn, und ich dachte an Paul, um den meine Gedanken auch in der zweiten Woche seiner Abwesenheit immer wieder kreisten. Während Stevie bereits Wetten abschloss, wie lange es dauern würde, bis die Komiker und Kabarettisten Wortspiele mit »einschlagen« und »Schirm zumachen« zum Besten geben würden, dachte ich an Paul. An Paul als Erwachsenen. An Paul als Kind. Und an die Lücke dazwischen.

Um mich abzulenken, begann ich das Buch zu lesen, das mir Patrizia geschenkt hatte, und es zog mir den Boden unter den Füßen weg. Ich glaube nicht daran, dass es so etwas wie »das richtige Buch zur richtigen Zeit« gibt, sicher aber ist, dass man in einer nachdenklichen Stimmung oder labilen Phase alles auf sich bezieht. Genazinos Held ging (wie ich) einer abstrusen Tätigkeit nach. Den ganzen Tag läuft er ziellos durch die Stadt, um Luxusschuhe zu testen. Dabei trifft er (wie ich) alle naselang eine seiner zahlreichen Ex-Freundinnen, mit denen ihn noch nicht einmal mehr eine gemeinsame Erinnerung verbindet. Überhaupt ist dies ein Hauptgrund für sein Umherschweifen. Um dem Wahnsinn der Gegenwart und den Abgründen der Erinnerung zu entkommen (wie ich?). Nur der unmittelbare Augenblick zählte. Schon zu Beginn des Buches erwägt der Held, ob es nicht sinnvoll wäre, ein Schild um den Hals zu tragen mit den Worten »Bitte keine Gespräche über Ihre oder meine Kindheit«, respektive »Vermeiden Sie bitte das Thema Kindheit«.

Ich konnte nicht weiterlesen. Was war nur mit mir los? Sechs Wochen konnten einen doch nicht dermaßen aus der Bahn werfen. Ich machte es Genazinos Flaneur nach und unternahm ausgedehnte Spaziergänge durch die Nachbarschaft. Ohne Sinn und Ziel. Ich lief die St.-Augustinus-Straße entlang, um mich zu vergewissern, dass die katholische Kirche am Ort tatsächlich ein noch größeres architektonisches Verbrechen darstellte als die unsere – und fand die Bestätigung. In den frühen sechziger Jahren hatte man augenscheinlich darauf geachtet, dass Gotteshäuser an alle möglichen öffentlichen Gebäude erinnerten (Schulen, Hochhäuser, Gefängnisse), bloß ja nicht an eine Kirche. Ich schlenderte die Damaschkestraße hinunter, um mir die Peinlichkeiten des neuen Reichtums an den Villen und Vorgärten anzusehen. Zwei Jungen in Kapuzenpullis und mit Skateboards versuchten, auf offener Straße den Stern eines geparkten Mercedes abzubrechen. Sie ließen sich von mir nicht stören, allerdings gelang es ihnen auch nicht, die begehrte Trophäe zu bekommen (der Fortschritt der Automobilindustrie bestand eben auch in sehr beweglichen und extrem belastbaren Kugelgelenken). Ich beschleunigte meinen Schritt und ging wieder nach Osten in Richtung Gartenstadt. Schon nach wenigen Minuten wurden die Gärten bezeichnenderweise kleiner und die Häuser schäbiger. Die Balkonpflanzen wichen Satellitenschüsseln, große Autos standen keine mehr herum. Ich erinnerte mich, dass ich an der Uni mal ein Mitscherlich-Seminar besucht hatte, »Die Unwirtlichkeit unserer Städte« war es überschrieben gewesen. Hier konnte man sie bestens beobachten. Die Unwirtlichkeit lag auf der Straße, sie tropfte aus den Fenstern der Musterhäuser und Wohnwaben. Die Lethargie, die über allem schwebte, war greifbar, eine handfeste Trauer über ein in jedem Sinne *kleines* Leben.

Mich beruhigte diese Trauer komischerweise. Ich fing an, bekannte Wege zu gehen und meine Lieblingsplätze aufzusuchen.

Die große, zugewucherte Wiese zum Beispiel, die inmitten des Viertels den wohlhabenden vom ärmeren Teil trennte und sich (vielleicht deswegen) seit Jahren dem Zugriff des Baugewerbes entzog. An der Längsseite hatten sie ein Sonnenblumenfeld angepflanzt, das ohne Schutz vor den Abgasen, der drückenden Hitze und den Unkrautsamen vor sich hin welkte. Längst hatten die Blumen aufgegeben und ließen ihre braunen, schrumpeligen Köpfe hängen. Ein Mahnmal der Tristesse. Auf einem handgemalten Schild stand zu allem Überfluss auch noch: »Zum sich selber schneiden«. Ein passender Platz für Ritzer und Selbstmörder. Meine Stimmung besserte sich.

In der Friesenstraße parkten wie immer fünf oder sechs riesige Cherokee- und Hummer-Jeeps, und es dauerte keine fünf Minuten, bis eine der Frauen kam, um in einem der Landcruiser wegzubrausen, die Kinder abholen oder auf die Jagd. Sie waren ein richtiger neuer Menschenschlag geworden, die Jeep fahrenden Frauen. Wie geklont. Aber wahrscheinlich ist das ein Klischee, grinste ich vor mich hin, die wählen gar nicht alle FDP, die sind bestimmt auch für Frieden und solche Sachen. Bestimmt hießen sie auch nicht alle Claudia und waren doof, und garantiert hatte nicht jede eine Garfield-Tätowierung auf dem Schulterblatt, sondern manchmal auch weiter unten ...

Ich konnte mir regelrecht dabei zusehen, wie meine alte Weltsicht wieder Besitz von mir ergriff. Da bist du ja, Zynismus, alter Freund. Ich lief bis vor an die Wasserburger Landstraße, um mir zur Feier des Tages einen BigMac zu genehmigen. Im »Fly in«, wie der McDonalds genannt wurde, seit vor fünfzehn Jahren eine Turboprop-Maschine in das Lokal gekracht war.

Damals hatten sich die Flugzeuge noch mit amerikanischen Restaurants begnügt.

Auch wenn ich immer wieder von der jüngeren und älteren Vergangenheit eingeholt wurde, so gelang es mir doch zusehends besser, meinen Alltag zu bewerkstelligen und den Kopf freizubekommen. Ich arbeitete, alberte mit Stevie und Patrizia herum, und von Zeit zu Zeit schaute ich mit immer nüchterner werdendem Blick ins Beichtbuch, um mich daran zu erinnern, dass ich noch etwas vorhatte diesen Sommer. Pfingsten stand vor der Tür, und mein Ekzem kündigte neues Unheil an. Ich war gerüstet.

Und wunderte mich so noch nicht mal, als Tante Erika am Samstagmorgen völlig aufgelöst anrief und mir ohne Umschweife mitteilte, dass ich sofort herkommen müsse. Es ging immer noch um meinen Großonkel Sepp, der nach wie vor im Koma lag und betreut werden musste. Erika sagte fast wörtlich denselben Text auf wie bei unserem letzten Telefonat.

»Mit die Komatösen musst' reden. Weil, wenn'st das Richtige erzählst, wachen's auf.«

Das »Richtige«, so hörte ich aus ihrem Wortschwall heraus, war allerdings wohl nicht dabei gewesen, denn Sepp lag nun schon bald ein Jahr im Koma und dachte gar nicht daran, aufzuwachen, da konnten sich die Angehörigen noch so sehr den Mund fusselig reden.

»Du kannst dich nicht immer entziehen, Lukas.«

Erika wurde heftiger im Ton, und mir wurde schnell klar, dass sie mich tatsächlich brauchte. (Von Marlene, mit der ich, seit Paul wieder im Kloster war, zweimal telefoniert hatte, hatte ich erfahren, dass meine Familie fast durchgehend, Tag und Nacht, an Sepps Krankenbett saß. So eine Vollzeitzulaberung zehrte natürlich an den Kräften, und nun war es also so weit, dass auch die letzten verzweigten Verwandten und die schwarzen Schafe herbeizitiert wurden.)

Obwohl ich schon wusste, dass ich hinfahren würde, ließ ich Erika schmoren und sagte, dass ich am kommenden Tag arbeiten müsste.

»Es geht um die Nachtschicht, Lukas, morgen früh bist du wieder daheim.«

Es war so grotesk. Und ich wollte es hören.

»Was soll ich denn eigentlich tun, Tante Erika?«

»Red'st einfach ein bisschen mit dem Sepp.«

»Aber ich kenne ihn doch gar nicht.«

»Ist doch wurscht, bringst ihm Pralinen mit.«

»Pralinen? Für einen Komapatienten?«

»Jetzt stell dich nicht so an. Das bist du uns schuldig.«

»Bin ich das?«

Irgendwann rückte sie mit der Wahrheit raus und erzählte, dass Onkel Sepp »ziemlich reich gewesen« sei (sie verwendete tatsächlich die Vergangenheitsform) und keine direkten Nachkommen mehr habe. Ich merkte, dass es ihr schwer fiel, mich einzuweihen, aber nachdem es heraus war, wurde Erika auf ihre Art sehr ehrlich. Sie unterrichtete mich davon, dass es einen Fall gegeben habe, wo ein Mann nach fünf Jahren Komaschlaf aufgewacht sei, in die strahlenden Augen einer hübschen Krankenschwester geblickt und ihr postwendend Haus und Hof vermacht habe. Das gälte es tunlichst zu vermeiden.

Ich stichelte weiter.

»Aber so was ist gar nicht legal, Tante Erika, man kann Pflegepersonal nichts vererben, das geht gar nicht.«

»Wir sind in Bayern, Lukas, und wie das geht!«

Ich verkniff mir zu fragen, ob Paul auch etwas erben würde. Es war so unglaublich absurd, so unwirklich, wie die Sache mit den Altkleidern. Sie verlegte all ihre Energien auf einen Nebenschauplatz, als gäbe es nichts anderes. Mein Gott, sie hatte ein krankes Kind, das sie links liegen ließ, stattdessen kümmerte sie sich um einen halb toten Onkel. Meine Begegnung mit ihm habe ich im Beichtbuch folgendermaßen festgehalten:

Das Zimmer, in dem Sepp liegt, hat mit Krankenhaus nichts zu tun, es gleicht eher einer Wohnstube.

»Eine vertraute Umgebung ist ganz wichtig«, erklärt Tante Erika.

An den Wänden hängen Fotografien eines Bauernhofes. Wahrscheinlich hat mein Großonkel da einmal gelebt. Die Möbel würden auf jeden Fall passen. Ein schwerer Holztisch, ein handgemachter Stuhl, eine Bauernkommode. Sogar die Gardinen haben sie ausgewechselt. Anstelle der üblichen weißen Krankenhausvorhänge hängen rot karierte, die zwar viel zu kurz sind, aber was soll's.

Als wäre es in der Klinik nicht ohnehin andauernd überheizt, steht an der Wand ein Ungetüm von einem Fünfziger-Jahre-Heizlüfter, der definitiv den Stromverbrauch einer Kleinstadt hat.

»Den hat er immer so gemocht, der Sepp«, sagt Tante Erika, dann stellt sie mich vor. »Schau mal, wen ich dir mitgebracht hab.«

Mein Großonkel schaut nicht, sondern schlummert friedlich vor sich hin.

»Das ist der Lukas, dein Großneffe, erinnerst dich?«

»Wie soll er sich an mich erinnern, Tante Erika, wir haben uns nie gesehen.«

»Der erinnert sich schon. Da Sepp, Pralinen hat er dabei, die magst du doch.« Mit geübter Hand setzt sie dem alten Mann das Gebiss ein. »Da. Mit Schnaps.«

Mein Großonkel schlägt die Augen auf und blickt ins Leere. Er sieht einfach durch uns hindurch.

»Also wenn du nicht magst, dann nehme ich mir eine.«

Nachdem Tante Erika die ganze Schachtel aufgegessen hat, lässt sie uns allein.

»Ich gehe dann jetzt. Und gut aufpassen, heute hat die gamsige Schwester Bettina Dienst. Der Sepp hat schon immer was übrig gehabt für so brummerte Weiber.«

Mein Großonkel wird mir immer sympathischer.

»Und nicht vergessen, Lukas. Reden, reden, reden.« (Und immer ans Erbe denken.)

Ich mache es mir in einem Stuhl gemütlich und sage: »Ich halte einfach die Klappe, Sepp, wenn's dir recht ist.«

Er schnarcht zustimmend, und schon bin auch ich eingenickt. Um Mitternacht schrillt das Telefon.

»Ich wollte nur sichergehen, dass du nicht einschläfst.«

»Würde ich nie tun, Tante Erika.«

»Ist alles paletti mit'm Sepp?«

»Es geht ihm bestens. Er sitzt gerade im Schwesternzimmer und trinkt Sekt mit der Bettina. Sie meinen, sie hätten da noch ein paar Formalitäten zu erledigen.«

Dann lege ich auf. »Schlaf einfach weiter, Sepp.«

Ich bin froh, dass wir uns so gut verstehen.

28

Stevie lachte Tränen, als ich ihm von meinem kurzen Heimattrip berichtete. Noch als ich das Beichtbuch längst zugeklappt hatte und am Herd stand, um Kaffee zu kochen, giggelte er vor sich hin. Natürlich hatte ich den Krankenbesuch etwas ausgeschmückt und ziemlich blumig geschildert, aber im Kern war es so gewesen. Was konnte ich denn dafür, wenn zu Hause alle durchdrehten?

Trotzdem schämte ich mich. Wieder hatte ich mit Erika kein einziges Wort über Paul gewechselt. Wahrscheinlich hätte sie es auch nicht zugelassen, aber ich hatte es noch nicht mal probiert. Stattdessen hatte ich mir einen derben Spaß gemacht.

»Den deine Tante auch verdient hat«, meinte Stevie.

Vielleicht. Vielleicht würde ich jetzt aber keine Gelegenheit mehr bekommen, mit ihr zu sprechen.

»Was hättest du sie denn fragen wollen, Kleiner?« Der Pfarrer sah mich durchdringend an.

»Wenn ich das wüsste ... Wie das alles so weit kommen konnte, mit Paul und so.«

Stevie verdrehte die Augen. »Wie heißt die Band, bei der Johnny Marr nach den Smiths spielte?«

»Spinnst du jetzt?«

»Sag schon.«

Ich überlegte, dann fiel es mir ein. »The The, glaube ich.«

»Und wie waren die?«, führte er das Verhör fort.

»Verschnarcht. Hat mich nie interessiert.«

»Eben. Und warum haben sich die Smiths getrennt?«

»Weil sie doof waren, weil man aufhören soll, wenn's am schönsten ist, weil Morrissey von dem vielen vegetarischen Essen zu schwach geworden ist, was weiß ich denn?«

»Einigen wir uns auf musikalische Differenzen.«

»Ach, hör doch auf«, ich wurde ärgerlich, »ist doch auch egal.«

»Jetzt bist du auf der richtigen Fährte, Glockenjunge. Es ist wurscht. Die hatten eine großartige Zeit, und fertig. Dann kamen viele Jahre, die man getrost vergessen kann, und jetzt hat Johnny Marr ein solides Soloalbum rausgebracht, und Morrissey soll neulich sogar gelächelt haben.«

»Was willst du mir damit sagen, Prediger?«

»Nichts. Außer dass man's vielleicht auch stehen lassen kann. Dass man nicht ständig weiter nachfragen oder hadern muss. Es war gut, damals, und jetzt ist es auch gut. Ende der Ansage.«

»Du redest einen dermaßenen Schwachsinn. Woher willst du denn wissen, ob es damals gut gewesen ist? Da war ja nichts. Ich hatte nie 'ne Band mit Paul.«

»Schon mal über den Begriff Familien-*Bande* nachgedacht?«

»www.klugscheißer.de. Verschon mich mit deinem Gesabbel.«

»Ist ja gut, Lukas. Vielleicht will ich damit nur sagen, dass das Schlimmste, was auf Erden passieren kann, eine *Reunion* ist.«

Ich dachte natürlich nicht über das nach, was Stevie gesagt hatte. Im Gegenteil, ich bohrte weiter.

»Wusstest du, dass Paul zu einer Hure gegangen ist?«

»Ach was?« Stevie war ehrlich erstaunt. »Schätze mal, damit hat er uns beiden was voraus.«

»Bei dir bin ich mir da nicht so sicher, Tuntenschnabel.«

»Nicht ausfällig werden jetzt.«

Ich zeigte ihm den Eintrag über Denise in meinem Beichtbuch.

»Dann rede doch mit ihr«, sagte Stevie grinsend, »wenn du schon Detektiv spielen willst.«

»Ich hab's mir tatsächlich überlegt.«

»Ein Mann muss irgendwann tun, was ein Mann tun muss. Gib mal dein Handy.«

Ehe ich reagieren konnte, hatte sich Stevie das Telefon bereits geschnappt und tippte die Nummer ein.

»Lass das«, sagte ich, aber ich sagte es mehr als halbherzig. Mein Wissensdurst war noch nicht gestillt, und insgeheim, glaube ich, war ich froh, dass mir jemand die Entscheidungen abnahm.

»Anrufbeantworter«, wisperte Stevie und bedeckte (wahrscheinlich, weil er das Vor-Kommunikationszeitalter noch erlebt hatte) die imaginäre Sprechmuschel mit der Hand. Dann quasselte er los.

»Hallihallo, hier spricht der ... der Lucky. Lucky Lukas. Und ich wollte ... ja, wie sagt man das am besten, ihre Dienste in Anspruch nehmen wäre zu viel gesagt ... ich würde mich auf jeden Fall über einen Rückruf freuen.«

Er nannte meine Nummer und legte schnell auf. Dann sah er mich mit rotem Kopf entschuldigend an.

»Aua, aua, ich hab so was noch nie gemacht.«

»Lucky Lukas, du bist so ein Volltrottel, Stevie.«

Er unterbreitete umgehend ein Friedensangebot. »›Stangl-Wirt‹, heut Abend? Ich zahle.«

Ich machte ihm zustimmend den Kaiser. »Ja, ist denn heut schon Weihnachten?«

Genau genommen war Pfingsten. Das Stevie und ich mit der Routine eines alten Ehepaares hinter uns brachten. Unsere Zusammenarbeit war so eingespielt, dass uns der Doppelgottesdienst kaum Anstrengung und Nerven kostete. Selbst als sich unser polnischer Organist wohl an seine katholischen Wurzeln erinnerte und entgegen strikter Anweisung selbstvergessen zur dritten Strophe von »Am Pfingsttag unter Sturmgebraus erfüllt der Geist das ganze Haus« hinreißen ließ, blieben wir vergleichsweise tolerant. (Vielleicht, weil hier die dritte Strophe nur mittelblöd ist. »Die fragen: Sagt, wie kann das sein? / Und spotten: Ja, der süße Wein! / Doch Petrus tut der Menge kund: / Gott schenkt den Geist in dieser Stund. / Halleluja.«)

»Wenn das noch einmal vorkommt«, sagte Stevie, »dann gebe ich dich zur Abschiebung frei.«

Meine Drohung, dass im Wiederholungsfalle des Sakrilegs er die Glocken läuten und ich die Orgel spielen würde, war wirkungsvoller. Er bekreuzigte sich und gelobte Besserung. Wie auch immer, Pfingsten ist traditionell die Zeit der Zeichen und Wunder, also erlebten auch wir welche.

Am Pfingstmontag, den 9. Juni 2003, erhielt ich zum ersten und einzigen Mal eine E-Mail von Dietsche, keine Ahnung, wie er an meine Adresse gekommen war. Er begann seine Ausführungen mit dem verachtungswürdigen Smiley-Zeichen in doppelter Ausführung: »:) :)« Dabei war mir nicht nach Lachen zumute.

»Sehr starke Show beim Koma-Onkel!!! Mama was not very amused.«

(Anstatt mich zu schämen, erinnerte ich mich an einen schönen selbstreferenziellen Satz des Linguisten David Moser: »Dieser Satz !!! leidet an vorzeitigen Ausrufezeichen.«) Der Rest des Schreibens war das typische Gerede meines älteren Cousins, das in der reinen Schriftform – also seines Tonfalls und nonverbalen Understatements beraubt – nur noch schal und angeberisch klang.

»Anyway«, schrieb Dietsche weiter, »wird sich schon wieder einrenken :); von einem Sepp zum anderen: Ich habe für einen Trachtenmoden-Laden den Webauftritt gestaltet, das dürfte euch Komiker interessieren, klickt unter www.a-gwand-vom-sepp.de und habt Spaß. Ansonsten solltet ihr morgen mal ins Netz oder in die Zeitung schauen; Quelle vertickt als erstes Versandhaus Autos übers Internet !!! my idea. Gehabt euch wohl und gebt Laut, wenn ihr mal wieder in der Gegend seid :)«

Das Postskriptum war dann wohl als Annäherung gedacht, oder als Ohrfeige, wie man's nimmt, ich werde es nie erfahren. Auf jeden Fall tat es nicht besonders weh.

»P.S. Was ich dir noch sagen wollte, Lukas, und ich hoffe, du gräbst deswegen nicht das alte Kriegsbeil wieder aus: Ich gehe mit Hanna. That's life. Liebe Grüße, dein D.«

Du *gehst* also mit Hanna, dachte ich, hübsche Formulierung. Ganz kurz überlegte ich, wie viele Ligen unter ihm Hanna angesiedelt war, dann löschte ich die Mail. (Wenn ich heute ganz ehrlich sein soll: Hätte ich zum damaligen Zeitpunkt gewusst, dass diese Worte das letzte Lebenszeichen meines älteren Cousins sein würden, hätte ich genauso gehandelt.)

Ich hatte auch keine Zeit, länger darüber zu sinnieren, denn Wunder Nummer zwei ereignete sich nur einige Feierabendbiere später und zog mich mit Haut und Haaren in seinen Bann: Ich erhielt einen Anruf von mir selbst.

Eine kleine Ewigkeit starrte ich ungläubig auf das Display meines Mobiltelefons, das vibrierend in meiner zittrigen Hand lag und einen »Anruf von Lukas« signalisierte. Erst als ich abhob und die warme Stimme von Schwester Magda vernahm, erinnerte ich mich daran, dass Paul ja mein altes Kartenhandy mitgenommen hatte.

»Ein frohes Pfingstfest«, sagte Schwester Magda und kam ohne Umschweife zur Sache, »bevor Sie sich erschrecken, Paul geht es gut. Ich möchte nur gerne etwas mit Ihnen besprechen.«

Sie erzählte mir, dass sich Paul prima eingelebt habe, ja, dass es ihm ihrer Ansicht nach sogar besser gehe als noch vor einem halben Jahr. Auch besuche er wieder regelmäßig sein Heimatdorf, was ihn zwar jedes Mal etwas aufwühle, ihm aber letztlich gut tue.

»Da ist nur eines«, Schwester Magda holte kurz Luft, »er spricht viel von Ihnen, Lukas. Er spricht auch von seinem Bruder und von seinen Patenkindern, aber von Ihnen am meisten. Das hat er übrigens immer getan, seit ich ihn kenne. Allerdings habe ich jetzt das Gefühl, verstehen Sie mich bitte nicht falsch, dass er ... auf einem Weg ist, den er gerne zu Ende gehen möchte. Ich habe den Eindruck, dass er bei Ihnen in München etwas, wie soll ich es nennen, begonnen hat, das er gerne abschließen möchte. Wissen Sie, was ich meine?«

Ich wusste es nicht und schluckte schwer. Mein Oberarm schmerzte, als wolle er mir Nachhilfe geben.

»Paul ist ein herzensguter Junge«, fuhr Schwester Magda fort, »aber so wie ich seine *dementia* einschätze, wird ihm nicht mehr die *Zeit der Welt* bleiben, die der Jugend eigen ist. Wissen Sie, Lukas, als Paul seinerzeit hierher kam, zermarterte er sich immerzu sein Gedächtnis und sprach davon, dass es noch so viel zu klären gäbe, das ist vorbei. Jetzt möchte er *erleben.* Er hat das Verbum gewechselt: Immer wieder spricht er nun davon, dass er noch *einiges, manches, vieles* erleben möchte. Er sagt nie, was genau, nur, dass er es möchte, weil – und das scheint mir der Punkt zu sein – weil er nie dabei gewesen sei. Vor allem im Sommer. Er hat das so gesagt: *Ich habe den Sommer nie mitgemacht.*«

Ich hielt das Telefon an Ohr und Backe gepresst, und ein Schwall Schuldgefühle und schlechten Gewissens presste sich aus meinen Tränendrüsen, flüssig gewordene Städtereisen, Jugendfreizeiten und Zeltlager, die ich ohne meinen Cousin unternommen hatte, Interrail-Urlaube, Schüleraustäusche, Radtouren, für die er zu jung gewesen war, Nachmittage im Freibad, am See, Bootsfahrten, bei denen er zwar mit, aber eben doch nicht dabei gewesen war.

Schwester Magda hatte wohl mit so einer Reaktion gerechnet und beschwichtigte mich sofort.

»Das ist in keinster Weise ein Vorwurf, lieber Lukas, auch Paul sagt das frei von Ressentiments. Im Gegenteil, die Zeit bei Ihnen war, so glaube ich, genau jenes Erleben, von dem er spricht, er war sehr glücklich bei Ihnen. Was ich jetzt bei ihm heraushöre, ist eher ein zarter, ein leiser Wunsch nach mehr. Seien Sie versichert, ich möchte Ihnen keine Verantwortung aufbürden, aber ich würde Paul gerne anbieten, dass er noch einmal zu Ihnen darf, vielleicht nur für ein paar Tage, vielleicht für eine Woche ... es ist Sommer.«

»Natürlich dürfen Sie das. Von Herzen gern.« Ich hatte keine Sekunde gezögert, und bei alldem, was Schwester Magda noch sagte (dass ich gar nichts Großes unternehmen müsse, dass ich keinerlei Verpflichtungen hätte, dass ich Paul jederzeit zurückbringen könne), hörte ich gar nicht mehr richtig hin.

»Dann bis kommendes Wochenende, Lukas. Seien Sie bedankt.«

Der Rest war Vorfreude.

»Paul is in the house again?«, lachte Stevie, »wir sollten das Wasser abstellen lassen.« Er holte zwei weitere Biere. »Komm, wir saufen uns schon mal ins Plus.«

Nachdem wir eine Weile rumgealbert hatten, was Paul alles anstellen würde und ob es nicht doch die eine oder andere Band gäbe, bei der eine Wiedervereinigung eine gute Sache wäre, wurde ich sehr ruhig. Auch ich habe noch nicht abgeschlossen, dachte ich.

Stevie dagegen drehte auf.

»Das wird Spitze, Kleiner, wir werden die tollsten Sachen machen, ich habe für vier Wochen eine Vertretung«, er tänzelte durch die Wohnung, »wir werden die Welt bereisen ... Okay, du musst Sonntag immer heim, Glocken läuten, aber Paul und ich werden Spaß haben ... Und abgesehen davon kommt dann der Zehnerpack Zahnpasta im Bad endlich weg.«

Nachdem er sein Bier fast in einem Zug ausgetrunken hatte, fragte er ernst: »Sag mal, was ist das eigentlich für eine Sache mit seinen Zähnen?«

Ich war immer noch ruhig.

»Das ist keine große Geschichte.«

»Erzähl sie mir.«

29

Am 7. Januar 1981 wurde Paul das erste Mal verurteilt.

Ein diesiger, nicht allzu kalter Wintertag, die Südtangente war schneefrei und trocken, auf den Nebenstraßen lagen die Reste der Weihnachtsferien herum: Zweige, abgebrannte Knallkörper, Matsch. Der Schneemann, den Lena und ich mehr aus Langeweile hinter dem Haus gebaut hatten, war zu einem unansehnlichen Torso zusammengeschmolzen. Er sah aus wie ein Elefantenmensch, die Gliedmaßen mit dem Körper verwachsen, alles voller Knubbel, und überall tropfte und eiterte es aus ihm heraus. Wir standen am Fenster und guckten ihm beim Sterben zu.

»Der Mensch besteht zu achtzig Prozent aus Wasser«, sagte Lena, »also pass auf, dass dir nicht dasselbe passiert, wenn du rausgehst.«

»Sehr witzig.«

Das Gesicht des Schneemanns war eingefallen und augenlos, es saß schief auf einem mittlerweile etwa gleich großen Klumpen, der einmal sein stolzer Körper gewesen war. Der Hut, Mutters alte Bratpfanne, und die obligatorische Mohrrübe lagen auf dem Boden. Schneemann im Hungerstreik, lange würde er es nicht mehr machen. Das Einzige, was noch an seine frühere Kraft erinnerte, war der schmutzige Rettich, den Lena ihm in den Rumpf gerammt hatte.

»Man kann immer noch sehen, dass es ein Mann ist«, sagte sie und kicherte blöde.

»Geile Sau«, antwortete ich.

Erstaunlich, wie lange das Wurzelgemüse dem natürlichen Verfall trotzte. Der fleckige Leib des Mannes war längst dem Untergang geweiht und wurde stündlich weniger, aber der Radischwanz stand unermüdlich.

Dann war da das Eichhörnchen.

»Guck mal«, rief ich.

Ein buschiges, hellbraunes Eichhörnchen flitzte durch den Garten, was keine Seltenheit war, es gab in der Gegend damals Hunderte von ihnen, aber für mich war es jedes Mal eine kleine Sensation.

»Der possierliche Nager ist ein emsiger Sammler und behänder Gesell«, sagte Lena im Tonfall Heinz Sielmanns, und obwohl ich kein Wort verstand, musste ich lachen. Das Eichhörnchen huschte ein paar Mal um den Schneemann herum, schnupperte an der Bratpfanne, richtete sich immer wieder auf und guckte erschrocken zum Haus. Als täte es etwas Verbotenes. Die Vorderpfoten hielt es hoch, wie ein Boxer in Abwehrstellung, kommt mir bloß nicht zu nahe. Aber für die Karotte und die Pfanne schien es sich nicht zu interessieren, denn auf einmal sprang es den Schneemann an und kletterte an ihm empor. Die Krallen schlugen dabei kleine Löcher in den Schnee, rissen ihm regelrecht Fleischstücke aus dem welken Körper. Dann stoppte das Eichhörnchen wieder, sah sich um, kletterte weiter, ein Aasfresser, der hastig seine Zähne in die Eingeweide seines wehrlosen Opfers gräbt. Jetzt hatte es die Beute entdeckt, suchte Halt, nahm Witterung auf, stieß weiter vor, hing beinahe senkrecht. Mit einer Pfote stupste es vorsichtig an den Rettich, ein kleiner Brocken Schnee löste sich und fiel zu Boden. Das Eichhörnchen versuchte es mit den Zähnen, ruckte und rüttelte an der Feldfrucht. Der Schneemann wehrte sich nicht.

»Jetzt kriegt er auch noch einen geblasen«, sagte Lena, »eine schöne Art zu sterben«, und sie lachte ihr dreckig-blödes Ältere-Schwester-Lachen, ein glucksendes Kichern eher, sie lachte in letzter Zeit öfter so, was aber nichts mit Paul zu tun hatte und auch nichts mit dem Urteil.

Von der Verhandlung weiß ich natürlich nichts, aber fair kann sie nicht verlaufen sein, denn es gab keinen Verteidiger. Den richterlichen Vorsitz übernahm meine Mutter, Vertreter der Anklage war Doktor Bangert. Zeugen waren keine geladen. Dietsche hatte noch Schule und sollte danach zu uns kommen.

»Letztlich müssen das natürlich Sie entscheiden, es ist Ihr Kind«, wird Doktor Bangert gesagt haben.

»Das Kind meiner Schwester«, wird Mutter ihn verbessert haben.

»Wie auch immer, der Schiefstand ist reparabel, allzu lange würde ich allerdings nicht mehr warten.«

Das Plädoyer war abgeschlossen, der Richterspruch gefällt.

»In Ordnung.«

Paul dürfte währenddessen versucht haben, möglichst viel von dem scharfen Desinfektionsmittel einzuatmen, nach dem es in Doktor Bangerts Praxis immer roch. Als könnte es betäuben.

»Kriegt Paul jetzt eine Spange?«, fragte ich Dietsche, als er sich die Stiefel auszog.

»Nein«, fuhr Lena dazwischen, »sie amputieren ihm den Pimmel.«

»Was besser wär als eine Spange«, sagte Dietsche.

Wenn Dietsche das sagte, musste es stimmen.

»Bangert wird ihn nicht allzu lange leiden lassen«, knurrte Dietsche in diesem Westernslang, den ich so bewunderte, »der Doc weiß, was er tut.«

Doktor Bangert war der Zahnarzt am Ort. Einmal im Jahr kam er in die Schule, um Angst und Schrecken zu verbreiten, er erzählte von Parodontose und zahnlosen Kindermündern in Indien. Anhand eines Gebisses aus Ton erklärte er uns, wie wir die Zähne zu putzen hätten, »immer waagrecht«, sagte er, »dreimal täglich, mindestens fünf Minuten«. Und einmal pro Woche sollten wir Zahnseide verwenden, »bis es blutet«, betonte er, sonst – und das war sein größter Trumpf – »sonst müsst ihr eine Spange tragen«.

Dann verteilte er noch Comic-Heftchen, in denen brave Kinder die gemeinen Verbrecher Karius und Baktus zur Strecke brachten, und ging.

Ein paar Tage nahmen wir Doktor Bangerts Anweisungen sehr ernst, dann gehörte Zähneputzen wieder zum Tätigkeitsfeld Hausaufgabenmachen, Aufräumen, Heckeschneiden.

Um ehrlich zu sein, sympathisierten wir sogar mit Karius und Baktus. Für uns waren sie kleine, ehrliche Ganoven, immer auf der Flucht vor den fiesen Kampfmaschinen der Zahnhygiene. An den Schieferfelsen am Waldrand spielten wir ihre Abenteuer nach. Die Gesteinsblöcke waren vom Regen so rund geschliffen, dass sie tatsächlich an Zähne erinnerten. Einige Stellen waren von Moos überzogen, das stellte den Zahnschmelz dar, genau genommen waren die Schieferfelsen das Gebiss von Doktor Bangert. Wir stiegen darin herum und setzten ihm ordentlich zu.

»Nimm dies, Bangert, du Hund«, riefen wir dann und schlugen, so fest wir konnten, mit Schäufelchen und einer kleinen Spitzhacke auf die Steine. Es sollte ihm verdammt noch mal wehtun. Manchmal hatte Dietsche Böller dabei. Die drapierten wir in Felsspalten und versuchten so, die Backenzähne zu sprengen.

»Davon wirst du dich so schnell nicht erholen«, sagte Dietsche. Es machte jedes Mal einen Höllenkrach, doch Bangert war zäh. Mehr als ein paar Splitter brachen selten ab. Aber aufgeben kam nicht infrage, Karius und Baktus wurde man nicht so schnell los. Wenn keine Artillerie zur Hand war, verlegten wir uns auf biologische Waffen. Wir sammelten Küchenabfälle, Hundekot und andere hochgiftige Substanzen und legten sie wettergeschützt in Gesteinsmulden, damit sie ihre zersetzende, faulende Wirkung tun konnten. Oh ja, Krieg war ein schmutziges Geschäft. Einmal fanden wir in einem Felszwischenraum eine tote Ratte.

»Au, Mann«, sagte Dietsche und senkte den Kopf, »den Kleinen hat's erwischt.«

Es war nicht auszumachen, woran das Tier gestorben war. Vielleicht war es in Bangerts Mundhöhle ertrunken, vielleicht war es aber auch an einem unserer Arsenale mit B-Waffen erstickt, *died in friendly fire*. Egal, die Ratte war in gerechtem Kampf gefallen. Wir erwiesen dem toten Kameraden die letzte Ehre und begruben ihn am Fuße eines Eckzahns, möglichst nah an der Wurzel, damit er über den Tod hinaus durch Zersetzung von Nutzen sein konnte.

Man kann sagen, dass uns die Hygienepädagogik der ausgehenden siebziger Jahre fest im Griff hatte. Am besten war es an den Zahnfelsen natürlich, wenn es regnete.

»Alarm«, schrie Dietsche dann, »das Schwein gurgelt!«

Und dann hüpften wir wie bekloppt auf den Steinen herum und versuchten, dem Regen auszuweichen. Auch wurden die Felsen glatt, und ein ums andere Mal rutschten wir aus und schlugen uns die Ellbogen und Knie blutig. Bangert kämpfte mit allen Mitteln. Meistens riefen uns dann aber unsere Eltern, und wir vereinbarten einen Waffenstillstand.

Wenn Paul zu den Schieferfelsen mitkam, musste er auf Seiten des Feindes in die Schlacht ziehen. Er stand unten und schlug mit einem alten Seil nach uns. Dietsche und ich turnten im Gebiss rum und wichen aus.

Zu gerne wäre Paul auch einmal Karius oder Baktus gewesen, aber er war der Jüngste, und so lief das Spiel nun mal.

»Ich könnte doch Parodontus sein«, rief er.

»Den gibt's nicht, du Depp«, antwortete Dietsche, »nimm dein Lasso und schlag gefälligst härter zu.«

»Ich will aber nicht immer die Zahnseide spielen.«

Vielleicht war es unsere mangelnde Solidarität, oder vielleicht war das Leben einfach nur gemein, aber als Mutter und Paul nach Hause kamen, sahen wir mit Entsetzen, dass das Urteil bereits vollstreckt war. Paul trug etwas, was man heute euphemistisch Head-Gear-Klammer nennt. Pauls Gesicht schimmerte schmerzverzerrt, seine Mundwinkel waren in die Breite gezogen, Metallstifte ragten heraus, die sich zu Drahtschnüren verjüngten und von einem Band gehalten wurden, das rund um seinen Kopf lief. Tod durch Bügelspange.

»Ist ja nur für ein Jahr«, sagte meine Mutter.

Mein Gott, so lange konnte sich nicht mal Paul verstecken, irgendwann musste er ja auch was essen und in die Schule. Dietsche hatte Recht gehabt, besser, sie hätten ihm den Pimmel abgeschnitten.

»Tja«, sagte Lena, »das haste nun davon.«

»Wenn du willst, darfst du jetzt auch mal Karius sein«, sagte ich, als meine Mutter weg war.

Dietsche wurde sehr ernst. Immerhin war Paul sein Bruder.

»Ich hab mal«, begann er, »von einer Elektroschockbehandlung gehört. Soll ziemlich wehtun, aber man kann die Zähne so in ein oder zwei Tagen wieder reparieren.«

Wir starrten ihn an.

»Wenn es mir gelingt«, fuhr er fort, »die Drähte der Eisenbahn an deine Klammer zu löten und den Trafo anzuschließen, könnte es klappen.«

Paul sah ihn dankbar an und schaute dann hoffnungsvoll aus dem Fenster.

Draußen stand ein kastriertes Häufchen Schneemann.

30

»Und vergib uns unsere Schuld, wie auch wir vergeben unseren Schuldigern ...«

Stevie betete mit Schwung und Elan. Schon während der Predigt hatte er ein ums andere Mal zur Schaltzentrale hochgesehen, als hätte er heute nur für uns gesprochen.

Paul und ich lachten und drückten gemeinsam auf den Knopf. Mir war, als klängen die Glocken heute anders.

Es hatte keine halbe Stunde gebraucht, bis mein kleiner Cousin die Kirche wieder völlig in Beschlag genommen hatte (von wegen »Eingewöhnungszeit«, die Schwester Magda angemahnt hatte, bevor sie zurück nach Zangberg gefahren war). Die Kaffeemaschine war in Dauerbetrieb. Verstreut und vergessen lagen Pauls Sachen herum. Ausgelassen tobte er mit Mathe-Manni und Kevin zwo durch den Garten – er war angekommen. In null Komma nichts. Und ich merkte, wie sehr ich ihn vermisst hatte.

Am Abend des Sonntags schmiedeten wir dann Reisepläne.

»New York, Rio, Tokio«, schmetterte Stevie in einer Tour, weil wir aber alle noch zu tun hatten, einigten wir uns vorerst auf Passau.

Niederbayern an einem Montag kann trostlos sein. Inmitten von geschäftig herumwuselnden Passanten liefen wir von einem geschlossenen Museum zum anderen. Sogar die Kirchen waren zu

– Passau hatte Ruhetag. Stevie kramte sein Restwissen über Geschichte und Architektur der Dreiflüssestadt zusammen, Patrizia kaufte Silberschmuck, und ich überlegte, ob ich je einen langweiligeren Tag verbracht hatte. Als wir damals angeln waren, fiel mir ein, Angeln und Passau – the two most boring things of my life ...

Paul war das alles egal, er strahlte. Er rannte freudetrunken von hier nach dort, fotografierte glucksend Autos und Haustüren und stellte interessante Fragen.

»Kommt der Zebrastreifen daher, dass da mal ein Zebra überfahren wurde?«

»Kann gut sein, Paul.«

Nachdem es ihm gelungen war, eine Gruppe peruanischer Straßenmusikanten mit angewachsenen Panflöten vermittels arythmischen Mitsingens zu vertreiben sowie das Rätsel des Satzes »alle Coffee-Spezialitäten auch to go« zu lüften, wurde er müde. Eine Weile regelte er an einer Fußgängerampel mit Druckknopfschaltung noch ziemlich eigenwillig den Verkehr einer stark befahrenen Straße, dann hatte er genug.

»Jetzt will ich ein Eis, dann können wir wieder heim.«

Während wir auf einer Bank am Flussufer saßen und schweigend unser Eis schleckten, wurde mir bewusst, wie Recht Schwester Magda gehabt hatte. Wir hätten irgendwo hinfahren können, völlig egal, wohin. Paul war dabei gewesen, das allein zählte. Ganz ruhig und in sich gekehrt saß er neben mir und hielt vorsichtig und mit beiden Händen seine Waffel fest. Keine Sekunde wandte er seinen Blick davon. Immer wenn sich ein Rinnsal geschmolzenen Schokoladeneises aufmachte, an der Außenseite des Hörnchens herunterzutropfen, leckte er es schnell ab. Als hätte er panische Angst davor, etwas zu vergeuden. Die Kugeln hatte er dabei noch kaum angerührt, nur ab und an berührte er sie sacht mit seinen Lippen, wie ein Liebender. Wir anderen waren schon fast fertig, bei ihm wölbte sich noch immer ein beachtlicher Schokoladenturm.

Plötzlich sagte er in die Stille hinein: »Lukas, weißt du noch, wie mir das Eis runtergefallen ist und Papa kein neues kaufen wollte? Du hast mir dann deins geschenkt. Aber das war Waldmeister. Und ich konnt's dir doch nicht zurückgeben ... Dann war mir schlecht.«

Ich wusste es nicht mehr und war dankbar, als Patrizia meine Hand nahm und sie lange drückte. Paul war mit seinen Gedanken ohnehin schon woanders.

»Was is'n das für'n komisches Haus?«, fragte er und deutete auf die andere Seite des Flusses.

»Das ist das ›Rotel Inn‹«, beeilte ich mich zu sagen, schließlich prangte der Name in überdimensionalen Lettern an der Fassade des seltsam gewellten Gebäudes.«

»Hui«, zog Stevie mich auf, »was du alles weißt.« Allerdings konnte er auch nur das beisteuern, was auf einer kleinen Hinweistafel stand, die neben unserer Sitzgelegenheit angebracht war.

»Bei dem, was Sie vor sich sehen, handelt es sich um Kunst am Bau, genannt das ›Rotel Inn – der ruhende Mensch‹, wie der Name schon sagt, ein Hotel, erbaut im Jahre 1993.«

»Wie alt war ich da?«, fragte Paul.

»Neunzehn, glaube ich.«

»Ich war noch nie in einem Hotel«, sprang Paul zum nächsten Gedanken.

Ich biss mir auf die Unterlippe. Und was ist mit dem Kloster Zangberg?, dachte ich. Hast du das vergessen? Du arbeitest sogar in einem Hotel ... Was ist eigentlich, wenn er das aus seinem Gedächtnis streicht? Stevie teilte meine Bedenken offenkundig nicht.

»Du warst noch nie im Hotel? Na, das lässt sich ändern. Kommt, wir gehen uns das mal anschauen, der Wagen steht ja auch auf der anderen Innseite.«

»Ich will nicht klugschwätzen«, sagte Patrizia, »aber das ist die Donau.«

»Ups«, meinte der Pfarrer, »bei den vielen Flüssen hier kann man wirklich durcheinander kommen.«

»Du weißt aber schon noch, wo das Auto ist?«, warf ich vorsichtig ein, ich hatte nämlich keine Ahnung mehr.

»Oh mein Gott, nein«, rief Stevie in Westernmanier aus, »wir ... wir haben es verloren, Luke. Und bald bricht die Nacht herein. Damned, was sollen wir nur tun?« Er packte Paul am Arm. »Irgendwie müssen wir die Pferde durch den Fluss bringen. Mit ein bisschen Glück gelingt es uns, bis zur Festung Rotel zu kommen. Sollen wir es versuchen?«

»Ja«, brüllte Paul, »ich bin dabei.«

»Viel Glück, Sergeant«, sagte ich lachend, »die Hoffnungen von zehntausend Menschen reiten mit Ihnen.«

Stevie und Paul rannten in Richtung der nächsten Brücke, Patrizia und ich folgten ihnen gemächlich.

»Ich werde bei Ihnen bleiben, Mylady«, sagte ich und küsste sie.

Das »Rotel Inn« war in der Tat eine bestens geschützte Trutzburg. Wer der Feind war, stand außer Frage: die Japaner. Wer sonst? Schon in der Eingangshalle hingen zwei riesige Bilder, die ironischerweise im Stil von Manga-Comics gehalten waren. Das eine zeigte einen Fantasiepanzer und hieß »Japanische Roboter überrollen den Westen«, auf dem anderen sah man schlitzäugige Dämonen, die europäische Kulturdenkmäler platt machten.

»Wollt ihr mal hören, wie Ausländerfeindlichkeit auf Niederbayerisch klingt?«, fragte Stevie. Er hatte einen Hotelprospekt gefunden und zitierte genüsslich daraus:

»Seit den siebziger Jahren sieht Europa zu, wie ein Industriezweig nach dem anderen an Japan verloren geht. Wir kauften so lange japanische Fotoapparate, bis wir heute nur noch japanisch fotografieren können. Die zollfreien Grenzen dienen nur den Japanern. Die ganze Welt wird von japanischen Autos, Hightech- und Massenprodukten überschwemmt, und Japan kauft vergleichbar nichts vom Ausland. Made in Germany läuft Gefahr, auch die letzten tragenden Säulen der Wirtschaft zu verlieren. Europa versinkt in Schulden, und Japan wird immer reicher, kauft die halbe Welt und vernichtet ... Und deshalb ist dieses Hotel vor allem eine wirtschaftspolitische Demonstration.«

Ganz klar, wir waren im Zentrum der Japanophoben gelandet. Die gelbe Gefahr hatte ein neues Gesicht. Sie kamen, um uns fertig zu machen, und mit Passau wollten sie anfangen ...

»Egal«, meinte der Pfarrer, »Angst vor Fernost brauchen wir heute Nacht auf jeden Fall nicht zu haben.«

Hatten wir denn auch nicht. Und so verbrachte Paul »seine erste Nacht im Hotel« und war rundherum glücklich. Vielleicht, weil er es sich nicht hatte nehmen lassen, etlichen anderen Hotelgästen die Koffer auf falsche Zimmer zu tragen und dann, aus Trotz über eine rüde Zurechtweisung seitens des Personals, die halbe Nacht nach dem Zimmermädchen zu klingeln. Ich beschränkte meinen Protest auf die Frage an die Rezeptionistin, ob ich den Scheck auch in Yen ausstellen könne.

Stevie ging das nicht weit genug. Nachdem wir am nächsten Morgen wider Erwarten unser Auto gefunden hatten, bemerkten wir anhand der großen Anzahl von geparkten Reisebussen, dass Dienstag tourismusmäßig mehr los war in Passau. Der Pfarrer schnappte sich eine japanische Reiseführerin und erklärte ihr eindringlich, dass sie mit ihrer Gruppe unbedingt das »Rotel Inn« besuchen müsse, weil das ein hochberühmtes fernöstliches Kulturzentrum sei, das just heute eine Art spontanes Kirschblütenfest ausrichte, welches man auf keinen Fall versäumen dürfe, und dass sie das nach Möglichkeit vielen Landsleuten weitersagen solle.

Den Ausgang der Schlacht warteten wir nicht mehr ab, aber als wir auf die Ausfallstraße einbogen, sahen wir eine hübsche Prozession fotoapparatbehängter Menschen hinter einem mit japanischen Schriftzeichen versehenen Regenschirm Richtung Donauufer tippeln.

Unsere erste Reise war ein voller Erfolg gewesen.

31

Wir wurden zu Touristen im eigenen Land.

Paul zuliebe unternahmen wir täglich Ausflüge und Kurztrips und merkten, wie wenig wir unsere eigene Gegend kannten. Noch bevor am 21. Juni offiziell der Sommer begann, Harry Potter offiziell dafür sorgte, dass erstmals ein englisches Buch die deutschen Bestsellerlisten anführte, und Pfarrer Gotthold Hasenhüttl (wahrscheinlich wegen des vielen heidnischen Treibens) nun auch offiziell vom Dienst suspendiert wurde, hatten wir den Wendelstein bestiegen, die Schlösser Neuschwanstein und Nymphenburg bewundert, den Wildpark Poing durchforstet und in der Anzinger »Westernstadt« der oberbayerischen Landbevölkerung beim Indianer- und Cowboyspielen zugeschaut. An sich waren all diese Unternehmungen belanglos, wenn nicht gar öde, aber durch Paul wurden sie jedes Mal zu einem Ereignis. Wie ein Kind begeisterte er sich (und uns) an den nebensächlichsten Kleinigkeiten. Wir begannen die Dinge mit seinen Augen zu sehen, uns seinem Rhythmus anzupassen und seine Erlebnisse mit ihm zu teilen. Er verbreitete Freude – auch wenn er fast alles postwendend wieder vergaß. In unseren abendlichen Vorleserunden frischten wir sein Gedächtnis wieder auf.

Paul allerdings schrieb kaum noch etwas in sein Merkheft. Nicht, dass es ihm schlechter gegangen wäre (zumindest fiel es mir nicht auf), es schien ihm einfach nicht mehr wichtig, die Dinge festzuhalten, nur noch das unmittelbare Erleben des Augenblicks war von Belang. In einem aber blieb er sich treu, seinem Hang, mittlere bis riesige Katastrophen auszulösen; was uns schöne Beichtbuchgeschichten bescherte:

Nach getaner Arbeit besteigen wir mit dem letzten Glockenschlag das Auto, um König Ludwigs nasser Ruhestelle einen Besuch abzustatten. Stevies tuntiger Verehrung des Kitschkönigs sowie Pauls Wunsch, zur See zu fahren, ist es geschuldet, dass wir in Starnberg das klapprige Ausflugsschiff »Carmen« besteigen, um der Königlich-Bayerischen Seenschifffahrt ein unvergessenes Erlebnis zu bereiten.

Patrizia lässt sich es sofort nach dem Ablegen nicht nehmen, die dieseltuckernde Dschunke zu einem Luxusliner umzudefinieren und sich mit ausgebreiteten Armen an den Bug zu stellen. Sofort eilen Dutzende von Bierbäuchen in Freizeitkleidung zu ihr, um pflichtschuldig »Ich bin der König der Welt« auszurufen. Ich belasse es bei dem Satz: »Jeder weiß, wie der Film ausgeht, und trotzdem schauen ihn sich alle an.« Stevie (der es dreißigmaligem »Titanic«-Gucken zum Trotz nicht wahrhaben will, dass Leonardo Di Caprio am Ende stirbt) boxt mir daraufhin mit ungeahnter Brutalität an den Oberarm. Mein Ausschlag fühlt sich persönlich getroffen und rächt sich mit einem heftigen Juckreiz, der Schlimmes befürchten lässt. Ein Kontrollblick auf Paul, der aufgeregt wie Jim Hawkins in der »Schatzinsel« an der Reling hin und her tigert, sich aber ansonsten ruhig verhält, wiegt mich in Sicherheit. Ein erster Fehler.

Schon auf der Strecke von Starnberg nach Possenhofen entlang dem Westufer wenden fast alle Passagiere ihren Blick seewärts, um (obgleich sie in einer guten halben Stunde ungleich näher dran sein würden) ein wenig vom königlichen Glanz zu erhaschen. Natürlich sieht man bereits von hier die gegenüberliegenden Ortschaften Berg und Leoni und mit einem Feldstecher sogar die berühmte Votivkapelle, aber vom »Kini«, geschweige denn von jenem eisernen Kreuz, das seine Todesstelle markiert, keine Spur. Vielleicht liegt es im Wesen der Eventgesellschaft, auf einer derartigen Schiffsfahrt ausschließlich auf das eigentliche Event ausgerichtet zu sein, aber die Tatsache, dass dreiundsiebzig von vierundsiebzig Passagieren das näher liegende, ja das rettende Ufer komplett aus den Augen lassen, und das über einen längeren Zeitraum hinweg, muss als weiterer Fehler gewertet werden.

Der vierundsiebzigste Passagier ist – wie soll es anders sein – Paul, der beharrlich, interessiert und freudestrahlend in die andere Richtung guckt; in die richtige Richtung, wenn man bedenkt, dass das Boot zu diesem Zeitpunkt relativ ufernah vor sich hin schippert und man besten Blick noch auf das kleinste Detail genießt.

Gen Osten dagegen sieht man nichts, aber man freut sich, dass sich dies in Bälde ändern wird. Einige Touristen aus dem Odenwald stimmen »Eine Seefahrt, die ist lustig, eine Seefahrt, die ist schön« an, doch sie werden schon bald überstimmt von einer immer hitziger werdenden Diskussion über den genuinen Gegenstand dieser Rundtour.

»Ertränkt haben sie ihn, den König Ludwig«, ruft eine Frau im rosa Lodenjanker.

»Ach was«, versucht man sie zu beschwichtigen, »ersoffen ist er.«

»Genau, wegen der Dunkelheit, er konnte ja nichts sehen.«

»Nee, nee, den haben sie umgebracht, weil er schwul war.«

»War der gar nicht, der war nur sehr speziell.«

»Das war wie bei der Lady Di, die haben sie auch umgebracht.«

»Aber die war doch nicht schwul. Und ertränkt haben sie die auch nicht.«

Ein Aspekt von Verschwörungstheorien ist, dass sie einen unglaublich in den Bann zu ziehen vermögen, so sehr, dass man alles andere um sich herum ausblendet. Auch Stevie, Patrizia und mir ergeht es so, was als Fehler Nummer drei angesehen werden muss.

Natürlich ist es Zufall, dass »Carmen« just in diesem Moment den nahe Possenhofen gelegenen Badestrand »Paradies« passiert. Und natürlich ist es ebenfalls Zufall, dass ausgerechnet an diesem 22. Juni 2003 eine Gruppe von rund zwanzig allein urlaubenden, lebenslustigen Engländerinnen ein paradiesisches Sonnenbad nimmt. Von Engländerinnen weiß man, dass sie, vor allem wenn sie ohne männliche Begleitung unterwegs sind, wenig Hemmungen kennen, nachmittäglich dem Alkohol zusprechen und vom Wort »Sonnenbrand« noch nie gehört haben. Noch weniger haben sie gehört von den Gepflogenheiten in bayerischen Seebädern, weswegen sie sich nichts dabei gedacht haben mögen, sich geschlossen ihrer Bikinioberteile zu entledigen. Als jetzt ein Schiff an der männerlosen Gesellschaft vorüberfährt, ist es wohl eine Melange aus Bier, Sonneneinstrahlung und Gruppendynamik, welche die Engländerinnen dazu bewegt, wie wild zu winken, eine Art Balztanz aufzuführen und in obszöner Pose den vermeintlichen Matrosen ihre Brüste zu präsentieren (Brüste, die späteren Zeugenaussagen zufolge übereinstimmend zwar nicht als schön, aber doch als ausgesprochen üppig beschrieben werden). Ein zufälliges, spontanes und so nicht vorgesehenes Happening. Allein, nur ein einziger Matrose sieht hin.

An der jetzt eventabgewandten Seite des Schiffs erreicht die Diskussion soeben ihren vorläufigen Höhepunkt.

»Aber der Leibarzt vom Kini, der war schwul.«

»Genau, und der hat ihn ertränkt«, brüllt der Lodenjanker.

»So ein Schmarrn, ertrunken ist er, der blöde Depp.«

Die Stimmung ist derart aufgeladen, dass man bereits ein touristisches Handgemenge vor Augen hat. Stattdessen aber ertönt hinter unserem Rücken und völlig überraschend die gellende Stimme meines kleinen Cousins.

»Titten! Da sind lauter rote Titten! Die hüpfen! Kommt schnell, krebsrote, hüpfende Riesentitten!«

Wenn sich dreiundsiebzig ausgewachsene Menschen, nach einer kurzen Schrecksekunde, übersprungshandelnd und gleichzeitig von der einen Reling eines Ausflugsschiffs zur anderen bewegen, und zwar in hoher Geschwindigkeit, dann ist das eine Menge Holz. Bei einem angenommenen Durchschnittsgewicht von siebzig Kilogramm pro Person walzt also eine Masse von über fünf Tonnen flutwellenartig über Deck und löst auf dem schwimmenden Objekt ein Krängungsmoment aus ... Statiker sind bestimmt in der Lage, derartig wirkende Kräfte exakt zu bestimmen, Tatsache ist, dass das Ausflugsschiff »Carmen« der Königlich-Bayerischen-Seenschifffahrt diesen Kräften nicht gewachsen ist und mit einem tosenden Gurgeln und imposanten Krachen kentert.

Menschen, die dem drohenden Tod noch in letzter Sekunde von der Schippe gesprungen sind, berichten übereinstimmend, dass ihr gesamtes Leben vor ihrem inneren Auge abgelaufen sei. Bei mir ist es wohl noch nicht so weit, denke ich, denn ich sehe das Leben meines kleinen Cousins – ich sehe ausschließlich Bilder von Paul: rotzverschmiert als Dreijähriger, verheult im Alter von fünf, mit einem blauen Auge und verschrammt als Sechsjähriger auf dem Fußballplatz. Paul mit Schultüte, mit Windpocken, mit Zahnspange. Paul bei der Konfirmation, Paul im Wald und die tschechische Frau, die ihn schlägt, Paul, der mit meinen Eltern ins Auto steigt ... Dann wie er schweigend in meiner Küche sitzt, wie er durch den Pfarrgarten rennt, wie er die Glocken läutet ...

Als ich wieder Luft bekomme, schwimmt mein kleiner Cousin neben mir und lacht, wie ich noch nie in meinem gesamten Leben jemanden habe lachen sehen, er prustet und schnappt nach Luft vor Lachen, er brüllt vor Lachen, »ist das nicht toll, Lukas, ist das nicht toll?«, er lacht und lacht, noch während wir ans Ufer schwimmen, lacht er, er lacht, während wir wie nasse Pudel unsere Häupter schütteln, und als uns barbusige Engländerinnen hilfsbereit ihre Handtücher reichen, lacht er immer noch. Das Strandbad trägt seinen Namen zu Recht. »Paradies«.

Es grenzte an ein Wunder, dass bei der Havarie niemand ernstlich zu Schaden kam. Nicht mal eine Panik brach aus. Weder zum Zeitpunkt des Kenterns noch später am Ufer. Es war, als gehörte für die Besucher des König-Ludwig-Events ein Beinahe-Ertrinken mit zum Programm. Einige Passagiere beklagten zwar die Zerstörung geliebter Kleidungsstücke und den Verlust ihrer Brieftaschen und Brillen, die nun für immer auf dem Grund des Starnberger Sees liegen würden, aber im Großen und Ganzen blieben alle entspannt. Als kurze Zeit später die Rettungskräfte und die Polizei eintrafen, machten die Ersten sogar schon wieder Scherze und überprüften ihre Verschwörungstheorien dahingehend, ob nicht vielleicht ein gesunkenes Schiff eine zentrale Rolle gespielt haben könnte, damals in jener Juninacht des Jahres 1886, als Ludwig II. von Bayern in den Fluten versank und zum »König der Herzen« aufstieg.

Angesichts der immer größeren Menge von wild gestikulierenden Ordnungshütern und übermotivierten technischen Hilfswerkern meinte Stevie, dass es vielleicht ratsam sei, sich zu verkrümeln.

»Bevor hier irgendjemand anfängt, Fragen zu stellen«, fügte er hinzu.

Erst jetzt wurde mir das volle Ausmaß der Katastrophe bewusst. Was, wenn sie den Unfall untersuchen und Paul verhören würden? Wenn sie ihn in Gewahrsam nähmen? Ihn für schuldig befänden? Ein versenktes Schiff war kein Kavaliersdelikt mehr, nicht einmal in Bayern ließ sich so etwas vertuschen.

Aber ich täuschte mich. Keiner interessierte sich für uns, und außer einem lokalen Fernsehsender und einigen Provinzblättern (die das Ganze ziemlich herunterspielten) gab es niemanden, dem das Spektakel überhaupt eine Meldung wert war. Vielleicht war der Königlich-Bayerischen Seenschifffahrt der Vorfall so peinlich, dass sie schützend ihre Hand darüber legte? (Schließlich war es noch nicht so lange her, dass die Presse kübelweise Häme über die Gesellschaft ausgekippt hatte, weil deren brandneues, superhippes und sauteures Hightech-Boot noch auf der Jungfernfahrt ungebremst in einen Steg gerauscht war.)

Vielleicht lag das mediale Schweigen aber auch daran, dass sich der rosa Lodenjanker noch am Ort des Geschehens durch nicht zu knapp bemessene Geldzuwendungen an alle Beteiligten die Exklusivrechte an der Geschichte sicherte.

Uns kümmerte das wenig, wir kamen heil aus der Sache heraus und ohne nennenswerte Zwischenfälle wieder nach Hause. Trotzdem stellten wir unsere Reisetätigkeit nach diesem Abenteuer vorerst ein, und Paul veränderte sich.

32

Es war nicht so, dass Paul seine Freude verlor, im Gegenteil, sein fröhlicher Forscherdrang war auch in der Kirchengemeinde ungebremst, aber irgendwie schien sein Erlebnishunger gestillt. Als hätte er gefunden, was er gesucht hatte.

Nach wie vor verbrachte er seine Nachmittage mit Manni und Kevin, aber nicht nur mir fiel auf, dass er bisweilen seltsam reduziert wirkte.

»Paul ist anders, findest du nicht?«, fragte mich Patrizia eines Abends, als Paul – wie stets – abwesend vor dem Fernseher saß und literweise Kaffee in sich hineinschüttete.

Ich nickte. Konnte aber nicht bestimmen, was dieses *anders sein* ausmachte, geschweige denn, woran es lag. Es kam mir so vor, als sparte er seine Kräfte auf für irgendwas, von dem weder er noch ich wussten, was es sein könnte.

»Manchmal wirkt er«, versuchte Patrizia Pauls Zustand in Worte zu fassen, »manchmal wirkt er so ... *aufgeräumt.*«

Vielleicht traf es das. Vielleicht war es aber auch so, dass *wir* uns veränderten und sich somit unsere Sichtweise der Dinge. Eine Woche lang hatten wir uns ausschließlich Paul gewidmet und seinem Verlangen, etwas zu erleben. Wir hatten uns untergeordnet, waren rumgefahren, hatten Urlaub gemacht, den wir streng genommen gar nicht eingereicht hatten. In der Gemeinde war in der Zwischenzeit eine Menge Arbeit aufgelaufen, die jetzt darauf wartete, erledigt zu werden. Wahrscheinlich war es dieser Paradigmenwechsel, der die *Veränderung* meines kleinen Cousins ausmachte: unsere Rückkehr zum Trott. Oder ehrlicher formuliert: Wir kümmerten uns weniger um Paul als vielmehr um uns.

Mit dem Einzug des Alltags warfen Stevie und ich auch unsere bewährte Alltagsbewältigungsmaschine wieder an, den gepflegten Zynismus.

»Wir spielen die größten Verbrechen der siebziger und achtziger Jahre und das Schlimmste von heute«, witzelte der Pfarrer, als Paul wie gebannt in den Fernseher starrte und sich die »80er-Jahre-Show« ansah.

»Mann, wie mir dieser Retrokult auf die Eier geht«, ereiferte sich Stevie weiter, »80er-Show, 70er-Show, es ist entsetzlich. Weißt du, Lukas, wenn schon Nostalgie, dann richtig. Wie wär's denn mal mit der 40er-Jahre-Show? Das wäre eine Sendung, die mir gefallen würde.«

Ich nahm den Ball auf. »Hey, hier kommen die Vierziger – ein Jahrzehnt, in dem in Deutschland, und von dort ausgehend in der ganzen Welt, wirklich eine Menge los war, an das sich vor allem die Älteren gerne erinnern.«

»Im Ernst, Glöckner, warum muss man die spannenden Epochen alle Guido Knopp überlassen, warum nicht ein wenig Glamour und Pop? Ich stelle mir da einen bunten Blumenstrauß vor, mit Hintergrundberichten, Showeinlagen, Talkgästen. Moderiert von jemandem, der damals in der Pubertät war, so wie Oliver Geißen in den Achtzigern und Hape Kerkeling in den Siebzigern.«

»Könnte eng werden in den Vierzigern«, wandte ich ein, aber Stevie war nicht zu bremsen.

»Was hältst du von Peter Alexander? Das wär endlich jemand, der zur Abwechslung mal moderieren kann. Der kann singen, tanzen, überhaupt ist es eventuell nicht doof, für die vierziger Jahre einen Österreicher zu verpflichten, da haben wir Erfahrung mit.«

Beflügelt von seiner gelungenen Pointe, zählte der Pfarrer auf, wen er sich als erste Talkgäste vorstellte: Inge Meysel, Hans Filbinger und Jopi »Heut roll'n wir ins Exil«-Heesters.

»Am Schluss singen die Fischer-Chöre das Horst-Wessel-Lied, es regnet Persilscheine von der Hallendecke, und Hammerquoten sind garantiert. Und wenn das Ganze gut ankommt, schieben wir gleich die 30er-Jahre-Show nach. Untertitel: Deutschland sucht den Superstar.«

Paul hatte uns nicht auch nur einmal zugehört. Er blickte immer noch angestrengt in die Mattscheibe und holte uns mit einem einzigen Satz auf den Boden zurück. Ein Satz genügte, um unsere Zynismen zu Staub zerfallen zu lassen. Er deutete auf den Fernseher und fragte: »Ist das das, wo ich kleiner war?«

In der Sendung zeigten sie gerade einen Ausschnitt aus der australischen Seifenoper »Neighbours« mit Jason Donovan und Kylie Minogue. Dann wurden Bilder von Frisuren eingeblendet, wie sie in den Achtzigern angesagt waren: toupierte Dauerwellen, tiefe Seitenscheitel, geleckte Matten. Man sah grelle Jacketts, Lederkrawatten, Karoröcke, die Sprechblasen mit vermeintlich typischen Sprüchen wie »affentittengeil, hey« absonderten. Mit dem Ausblick, dass in wenigen Minuten eine zu Recht vergessene Synthiepopband live ihre Wiedervereinigung zelebrieren werde, leitete Oliver Geißen über in die Werbung.

»Nein, Paul«, sagte ich leise, »das hat mit dir nichts zu tun. Das ist ... Plastikleben.«

Welches mir einmal ganz schön wichtig war, dachte ich. Im Gegensatz zu Paul, den Moden nie interessiert hatten. Paul hatte die Accessoires der Oberflächlichkeit nie benötigt, um irgendwo dazuzugehören. Besser gesagt: Er hätte auch *mit* ihnen nicht wirklich dazugehört, weil wir ihn nicht gelassen hätten.

»Das ist nicht deine Jugend.«

Mein kleiner Cousin schien mit der Antwort zufrieden zu sein.

»Dann ist gut.«

Mir kam ein Ausspruch des österreichischen Sängers Falco in den Sinn, mit dem sie gerade irgendein fürchterliches Musical bewarben. »Wer sich an die achtziger Jahre erinnert, der hat sie nicht erlebt.«

Paul machte keine weiteren Anläufe, etwas aus seiner Vergangenheit herauszubekommen. Und ich vermied es tunlichst, ihn darauf anzusprechen. Er verbrachte seine Tage wie immer, und die Tatsache, dass er zwar weiterhin ruhig, aber dennoch sehr vergnügt wirkte, bestärkte mich in diesem Tun. Vielleicht war es ganz gut, einfach ein bisschen vor sich hin und nebeneinanderher zu leben.

Tatsächlich entspannten wir uns alle. Erst kam es mir so vor, als müssten wir die Zeit totschlagen – Patrizia, Stevie und ich mit Arbeit, Paul mit Nichtstun. Aber schon gegen Ende dieser letzten Juniwoche brachten wir die Tage nicht mehr nur rum, sondern lebten in sie hinein.

Bis zu den Sommerferien waren es ohnehin nur noch drei Wochen, und seit bestimmt vier oder fünf Jahren würde ich zum ersten Mal nicht auf eine Kirchenfreizeit oder in ein Zeltlager fahren – ich hatte einfach frei (vom sonntäglichen Glockenläuten einmal abgesehen, aber das ließ sich regeln). Ich freute mich und registrierte, dass diese Freude beinahe täglich größer wurde. Endlich Zeit! Für mich. Für Paul. Und auch für Patrizia, die den immer konkreter werdenden Plänen der Landeskirche, ihre Stelle zu streichen, nach wie vor gelassen entgegensah.

Stevie dagegen tobte.

»Das sind dermaßene Bürokrampen und Leitz-Nasen, wirklich wahr. Erst kicken sie Patrizia und geben uns dafür einen Diakon, bis sie merken, dass der viel teurer ist und als Missionar in die Oberpfalz geschickt werden muss. Aber keine Angst, wir werden das nicht hinnehmen, wir wehren uns. Wir legen ihren Computer lahm oder treten in den Hungerstreik. Und wenn das nicht hilft, fahren wir hin und räuchern sie mit Stinkbomben aus!«

»Das ist toll«, jubelte Paul, »ganz toll ist das.«

Dann sah er uns lange mit großen Augen an. Schließlich fragte er: »Manchmal muss man so was machen, gell? Sich wehren, meine ich?«

Kurz verspürte ich wieder diese Angst, die Paul mir vor allem zu Beginn gemacht hatte und dann lange nicht mehr. Aber es war nur ein kurzer Anflug.

Und Stevie sagte: »Ja, Paul. Ich glaube, manchmal muss man das.«

33

So ganz ohne Zukunftsplanung kam Patrizia dann aber doch nicht aus.

»Was sind wir eigentlich? Ein Paar?«, fragte sie mich unvermittelt und kuschelte sich an meinen Arm. »Ich meine, wie nennen wir unser ... Zweierding?«

Ich stöhnte theatralisch auf.

»Hoppla, Herr Baumgarten«, lachte Patrizia, »ich wollte Ihnen nicht zu nahe treten.«

Wir lagen im Bett, und obwohl wir beide nackt waren, hatten wir keine Lust auf Sex. Wir hingen einfach nur so rum. Ohne jede Vorwarnung und mit voller Wucht rammte mir Patrizia plötzlich ihr Knie gegen den Oberschenkel.

»Aua!«, brüllte ich, »das tut weh.«

»Das soll es auch«, grinste Patrizia.

Ich hatte völlig vergessen, *wie* weh das tat. Ein typischer Kindheitsschmerz: der blaue Fleck am Oberschenkel. Er erinnerte mich an Fußballspielen und Pausenhof. Er gehörte so unabdingbar zur Vergangenheit wie aufgescheuerte Knie oder Kaugummi im Haar oder mit der Zunge am Laternenmast kleben bleiben im Winter. Schmerz ließ sich nicht verdrängen.

»Wie habt ihr das früher genannt?«, fragte Patrizia, »Pferdekuss?«

»Nee, Elefantentritt.«

Mit einem Mal erinnerte ich mich daran, dass Dietsche dieses Wort aufgebracht hatte. Er war der unangefochtene Meister in den Disziplinen Elefantentritt und Kopfnuss gewesen. Wir alle, Paul, ich, Much, selbst stärkere Jungs wie Max hatten Angst vor ihm gehabt. Er wusste, wie es ging, andere zu malträtieren, ohne dafür zur Rechenschaft gezogen zu werden. Der Elefantentreter. Hieß es nicht, dass die Dickhäuter nie etwas vergaßen?

Ich massierte meinen Oberschenkel und jammerte.

»Pferdekuss ist schöner«, sagte Patrizia ungerührt, »als Begriff, meine ich.«

Sie ließ mich schmollen und blätterte in meinem Beichtbuch. Ich genoss diese Vertrautheit. Dass sie so offen an meinem Leben teilhatte. Und dass ich es zulassen konnte. Vielleicht war das meine Art der Kommunikation?

»Ist dir eigentlich aufgefallen, dass du im Präsens schreibst?«

»Hä?« Was war das denn wieder?

»Na hier.« Sie wedelte mit dem Beichtbuch.

Ich verstand immer noch nicht.

»Wer hat denn Germanistik studiert, du oder ich?« Patrizia sah mich belustigt an. Dann erklärte sie: »Soweit ich weiß, hast du immer in der Vergangenheitsform erzählt. Aber in letzter Zeit verwendest du das Präsens. Das finde ich schön, es ist so ... direkt. Die Geschichte beim Koma-Onkel zum Beispiel oder wie wir ›Carmen‹ versenkt haben.«

»Keine Ahnung. Ist so passiert.«

»Kann man wohl sagen.« Nach einer Weile meinte sie: »Weißt du, was ich glaube? Das liegt an Paul.«

Sie hatte Recht. Paul sorgte für Unmittelbarkeit. Er war die Gegenwart. Etwas anderes blieb ihm ja auch nicht.

»Also, 'ne Affäre ist es nicht. Nicht mehr«, nahm Patrizia das vorangegangene Thema wieder auf. »Aber Beziehung ist so ein Dreckswort.«

»Wie wär's mit *altes Ehepaar?*«, schlug ich vor. »So wie wir hier rumliegen.«

Sie nahm mein Angebot nicht an. Komm schon, dachte ich, das war doch ein Wink mit dem Zaunpfahl. Kein Stress jetzt.

»Romanze«, platzte sie heraus. »Darf ich es *Romanze* nennen?«

»Okay.«

Patrizia nickte zufrieden und vertiefte sich wieder in die Lektüre meiner Gedanken.

Nannten wir es eben Romanze. Romanze mit Pferdekuss.

Von mir aus hätte es so weitergehen können. Ich war verliebt, das Wetter war schlicht und ergreifend der Hammer, und Paul fühlte sich nicht nur gut, er sagte es uns auch.

»Wisst ihr was?«, meinte er eines Morgens, »ihr seid meine Familie.«

Selbst Stevie konnte sich da einer gewissen Rührung nicht erwehren und pulte peinlich berührt an seinem Frühstücksei herum.

Für Paul war es nur ein Satz, den er schnell wieder vergaß, aber für mich war es mehr. Glück vielleicht. Lob. Bestätigung. Dafür, dass ich endlich auch mal etwas richtig gemacht hatte.

Und so sah ich es weniger mit Belustigung als vielmehr mit Genugtuung, dass mein kleiner Cousin seinen Kumpels ein neues Spiel aufnötigte. Das ewig erfolglose Suchen nach Massenvernichtungswaffen im Pfarrgarten war auf die Dauer allen zu öde geworden, aber dass Manni und Kevin nun auf einmal Vater-Mutter-Kind spielen sollten, war für beide eine große Herausforderung. Als Paul ihnen jedoch gestattete, ihre Pumpguns zu behalten, stimmten sie zu. Warum sollten Soldaten nicht auch Familie haben?

Während dieser gesamten Woche machte alles Sinn. Alles war leicht. So leicht, wie ich es noch nie erlebt hatte. Es gab nur zwei Dinge, die mich, wenn auch nur für kurze Zeit, irritierten.

Zum einen war das eine Nachricht auf meiner Mailbox, deren Vorgeschichte ich vollständig verdrängt hatte.

»So, so«, sagte eine dunkle, rauchige Frauenstimme, *»Lucky Lukas* also, toller Spitzname, Herr Baumgarten. Soll mir auch egal sein. Hier ist Denise. Wenn du mein Richard Gere sein willst, dann meldest du dich halt noch mal. Blowjob und Akt sind achtzig Euro, mit Gummi, ist ja wohl ein schmaler Taler. Hausbesuche mach ich keine. Nur die Liebe zählt, bis dahin – *Lucky.*«

Scheiße! Paul hatte ja ein Vorleben. Das ich ergründen wollte. *Das schwarze Schaf der Familie.*

»Wollen Sie die Nachricht löschen?«

Ja, dachte ich. Und tat es nicht.

Die zweite Sache betraf meinen zukünftigen Nachhilfeschüler Philip, der nun täglich seltsam verschüchtert durch unsere Straße tigerte und sich damit hervortat, die Luft aus unseren Fahrradreifen zu lassen.

Alles an ihm stieß mich ab. Sein Gang, seine Kleidung, seine fettigen Haare, die ihm ins Gesicht hingen und ihm einen verschlagenen Ausdruck verliehen.

Er erinnerte mich an Paul.

An Paul als Kind.

Jedes Mal, wenn ich Philip beobachtete, löste er ein beinahe körperliches Unwohlsein in mir aus. Dabei sah er Paul nicht im Geringsten ähnlich. Es war diese Aura der Einsamkeit, des Verlorenseins, auch der Versehrtheit, die mich ständig an früher denken ließ. Hatte Paul neben mir, neben Dietsche, neben seiner Familie nicht auch so gewirkt? War er nicht genauso ziellos und letztlich allein durch die Sommer der Kindheit gestolpert?

Vor allem, weil Paul in diesen Tagen so ganz anders wirkte, gelang es mir, die Fragen in einem Winkel meines Gedächtnisses zu parken, in dem sie mir nichts anhaben konnten.

Als die Hitze den Deutschen unerbittlich und endgültig klar gemacht hatte, dass die Ventilatorenhersteller und Mineralwasserabfüller die Kriegsgewinnler dieses Sommers waren und sich die Bevölkerung die Reise in den warmen Süden dieses Jahr definitiv sparen konnte, beschloss die Bahn, die alte Bahncard doch wieder einzuführen. Mit dem Late-Night-König Harald Schmidt schickte sie ihren besten Mann ins Werberennen, um die Bevölkerung flächendeckend davon in Kenntnis zu setzen.

»Der soll lieber wieder anständige Sendungen machen«, quengelte Stevie.

Aber obgleich die Mehdorn'sche Ermäßigungschipkarte deutlich teurer war als früher, sorgte ihre Wiedereinführung doch dafür, dass wir unsere Reiseplanungen erneut aufnahmen. Trotzdem brauchte es das Sommerloch, um sie konkret werden zu lassen.

Am 8. Juli scheiterte in Singapur die in der Medizingeschichte erste operative Trennung von erwachsenen siamesischen Zwillingen. Unter großer Anteilnahme der Weltbevölkerung starben die beiden Schwestern Ladan und Lale Bidschani noch auf dem Operationstisch.

Wahrscheinlich in der Hoffnung, dass ihre Meldung in diesem Schlagzeilengewitter untergehen könnte, räumte zeitgleich in einem anderen Winkel der Erde die US-Regierung erstmals Fehler bei der Rechtfertigung für den Irakkrieg ein.

Und als sei es damit noch nicht genug, erklärte wiederum zum selben Zeitpunkt und noch einmal 10.000 Kilometer entfernt der TV-Moderator und Politiker Michel Friedman seinen Rücktritt von allen öffentlichen Ämtern. Er hatte sich den zwielichtigen Kontakt zu einem Menschenhändlerring und einigen osteuropäischen Prostituierten aufs saubere Image geladen – zum Glück aber auch Kokain genommen, denn dafür konnte er eine Geldstrafe akzeptieren und Gras über die Sache wachsen lassen.

(Stevie ließ sich die Gelegenheit zum Bohren in frischen Wunden allerdings nicht entgehen. »Weißt du, was der Friedman den Nutten gegenüber für ein Pseudonym benutzt hat?«, neckte er mich. »Paolo Pinkel. Wenn das mal nicht geil ist, *Paolo Pinkel,* ich finde, da kannst du dich mit *Lucky Lukas* durchaus sehen lassen.«)

Zum Glück lenkte uns der Kanzler ab, als er sich nur einen Tag später in den Reigen der Headlines einreihte und aus Protest über Äußerungen des italienischen Tourismus-Staatssekretärs Stefano Stefani seinen Urlaub in Italien absagte. In Hannover sei es auch ganz schön.

»Da hat er Recht, der Gerd«, jubelte mein Pfarrer, »was sollen wir mit den ganzen *einförmigen, supranationalistischen Blonden* an der Riviera, die können wir zu Hause genauso haben. Lasst uns nach Hannover fahren.«

Gesagt, getan. Und so fuhren Stevie, Patrizia, Paul und ich frisch bebahncardet und zum Familienpreis in die Perle Niedersachsens.

Um den »Bundeskönig zu besuchen« (Paul).

Um uns seine Heimatstadt zu zeigen (Stevie).

Weil wir Lust hatten (Patrizia und ich).

Außerdem sollte es im Norden kühler sein.

34

Es ist nicht kühler.

Und auch sonst ist Hannover schlimm. Der Bahnhof blinkt Expo-blöd durch die traurig verchromten Häuserschluchten, es riecht nach Richtlinienkompetenz und den Scorpions, und über allem wabert die Diktatur des »Nur wir hier sprechen das richtige Hochdeutsch«.

Das zieht sich bis in den Untergrund hinein, denn in Hannover gibt es, wie Stevie schon auf der Zugfahrt mehrfach betont hat, »das weltweit einzige Graffito mit Strichpunkt!«. Und das müssen wir uns jetzt angucken. Unser erster Programmpunkt: das Dokument einer jugendlichen Sprühaktion in der Hannoveraner Nordstadt besichtigen (vielleicht, um den Spraybildern in Passau etwas entgegenzusetzen?).

»Seht her, das ist das Sprengel-Gelände«, ruft Stevie stolz und zeigt uns einen abbruchreifen Häuserkomplex. »Da habe ich mein halbes Leben verbracht. Alles, was irgendwie links, alternativ oder schwul war, hat sich hier getroffen.«

Aua, denke ich, da ist ja das Jugendzentrum in meinem Heimatdorf freakiger.

»Und da«, mein Pfarrer ist jetzt sichtbar erregt, »da ist das Graffito.«

In riesigen Buchstaben steht an einer Hauswand der Satz: »Die Revolution ist großartig; alles andere ist Quark.«

Patrizia kennt das Zitat und grinst Stevie frech an.

»Gab es den Strichpunkt zu Lebzeiten Rosa Luxemburgs überhaupt schon?«

»Ist doch auch egal«, gebe ich ihr Schützenhilfe, »aber bei der Sprühaktion wäre ich gerne dabei gewesen. Was ist nur mit unserer Jugend los? Wahrscheinlich haben die hirngepiercten Sprayer das vorher ausdiskutiert: *Voll krass, der Spruch, aber sag mal, gehört da 'n Komma hin? – Ne, Alder, mit Semikolon kommt es viel fetter!*«

Stevie zieht eine Schnute. Wehmutsvoll blickt er auf den Satz und seufzt: »Wir waren halt jung.«

»Hast du das etwa gemalt?«, platzt Paul dazwischen.

Der Pfarrer nickt.

»Als du klein warst?«

Stevie nickt erneut und setzt sein Bitte-nicht-schimpfen-Gesicht auf.

»Boah«, Pauls Augen glänzen, »das will ich auch machen.«

»Na, dann mal los, für Revolutionen ist man nie zu alt!« Ich schaue Stevie an. Das hast du dir selber eingebrockt, mein Lieber, jetzt sieh zu, wie du da wieder rauskommst.

Aber Pauls Gehirn hat schon einen Sprung gemacht.

»Gehen wir jetzt den König besuchen?«

Ich boxe Stevie in die Seite. »Das wär doch ein erster Schritt, so 'ne kleine kommunistische Verzierung an der Fassade des Kanzlerbungalows.«

»Der steht immer noch in Bonn. In Hannover wohnt er bloß.«

Stevie ist jetzt ernsthaft sauer, weil wir ihm so gar kein Lob für seine wilde Jugend zollen.

»Mach dir nichts draus, Seelsorger«, sage ich und nehme ihn in den Arm.

Eine halbe Stunde später stehen wir vor einem protzigen, aber schmucklosen Reihenendhaus im Zooviertel.

»Der Palast gibt wirklich nichts her für eine Revolte.«

Man sollte sich von solchen Orten fern halten. Die fast schon zu typische Spießigkeit ernüchtert uns alle.

»Seht her«, scheint das Haus zu rufen, »ich bin völlig normal!«

»Da wohnt der Herrscher?«, fragt Paul ungläubig.

»Jawoll.«

»Ist er zu Hause?«

»Keine Ahnung. Klingel doch.« Stevie hat seine alte Form wiedergefunden.

Allein, ganz so einfach wird es den Untertanen nicht gemacht, denn das Haus hat keine Klingel. Dafür steigt ein betont unauffälliger Zwei-Meter-Mann in Lederjacke und mit Knopf im Ohr aus einem Mercedes und mustert uns grimmig.

»Vielleicht musst du den Butler fragen«, schlägt Patrizia vor, aber Paul hat anderes vor. Mit seinen Händen formt er einen Trichter und brüllt aus Leibeskräften: »Hallo König, bist du da? Köööönig, huhu.«

Gespannt schaut er das Haus an und lässt, als alles ruhig bleibt, resigniert seine Arme sinken.

»Jetzt ist aber auch wieder gut«, die Lederjacke tippt Stevie auf die Schulter.

Doch da gerät er an den Richtigen.

»Wie bitte? Nichts ist gut, gar nichts!« Der Pfarrer zieht den Bodyguard außer Pauls Hörweite und guckt streng. »Der junge Mann hier hat nur noch wenige Wochen zu leben. Es war sein sehnlichster Wunsch, hierher zu kommen. Außerdem haben wir das mit dem Sekretariat und Frau Schröder-Köpf abgesprochen.«

Hundertzwanzig Kilogramm Muskeln können ganz schön belämmert aus der Wäsche gucken.

Wie auf Kommando rüttelt Paul in diesem Moment heftig am Gartenzaun und schreit wie von Sinnen: »Ich will hier rein!!!«

»So, was ist nun?«, blafft Stevie den konsternierten Wachmann an. »Können Sie uns jetzt vielleicht mal anmelden oder nicht?«

Die Lederjacke nestelt hilflos an einem Funkgerät herum. »Ich weiß gar nicht, ob überhaupt jemand zu Hause ist.«

»Na, Sie sind mir eine schöne Leibgarde. Und wen beschützen Sie dann hier? Den Vorgarten und die Eternitplatten?«

Der Muskelprotz sieht immer bedröppelter drein.

»Tausend Kilometer Fahrt für nichts und wieder nichts«, poltert Stevie weiter, »das darf doch alles nicht wahr sein. Den wählen wir nicht mehr, was, Paul?« An unserem Pfarrer ist wirklich ein Schauspieler verloren gegangen. »Ich weiß gar nicht, wie ich das dem Jungen klar machen soll.«

Der Junge aber braucht gar keine Aufklärung. Lächelnd tritt Paul zu uns. In seinen Händen hält er sein Merkheft und einen Edding.

»Möchtest du dem Herrscher vielleicht noch ein Bild malen?«, fragt Stevie fürsorglich.

»Nee, nee, ich musste nur was nachschauen. Kommt mal, ich hab ihm was dagelassen.«

Er zieht uns zum Gartentor, an dessen einen Pfosten er mit Krakelschrift geschrieben hat: »Lieber Bundeskönig. Ich wollte dich gucken kommen, aber du warst ned da. Bitte ruf mich an.«

Darunter steht fein säuberlich die Nummer meines alten Kartenhandys. Herr im Himmel, hätten wir es ihm doch nie gegeben. Und der Drecks-Edding lässt sich natürlich nicht abwischen. Damit ist uns eine vordere Platzierung in der Hitliste »Deutschlands dümmste Verbrecher« sicher. *Sehen Sie heute: Des Kanzlers Schmierfink.*

»Jetzt hab ich auch einen Satz gemalt, so wie du. Nur kleiner.« Paul strahlt Stevie an, und der ringt um Fassung.

»Ich glaube, wir gehen jetzt besser.«

Der Kleiderschrank ist zum Glück mit der ganzen Situation immer noch dermaßen überfordert, dass er uns nur ein genuscheltes »alles Gute« mit auf den Weg gibt.

Soll der Kanzler doch anrufen, denke ich, als wir uns ein Taxi suchen, Paul hat ihm bestimmt eine Menge zu erzählen. Wenn er sich überhaupt erinnert.

Für den Abend hat Stevie »noch ein Leckerchen« geplant, so drückt er es zumindest aus und meint damit den Besuch eines »Event-Lokals«, in dem man wahlweise im Dunkeln oder ohne Besteck speisen kann. Für Fortgeschrittene sogar beides. Betreutes Kleckern. Immerhin ist das Essen wirklich gut, und Paul rockt den Laden. Er ist von oben bis unten verschmiert mit Kürbiscremesuppe, verschiedensten eingelegten Gemüsen, Fleischresten und Schokoladensoße. Wir anderen sehen nicht viel besser aus.

Als mein kleiner Cousin satt ist, springt er lachend von Tisch zu Tisch, um anderen Gästen »beim Essen zu helfen«. Hilfsbereit schiebt er älteren Damen Fischfilets in den Mund, schenkt Wein nach und unterhält den halben Schuppen mit Kinderliedern. Dabei ist er so charmant, dass ihm niemand böse sein kann. Gelernt ist gelernt. Einmal Bellboy, immer Bellboy. Die Mehrzahl der Gäste hält ihn mit Sicherheit für einen zum Event gehörenden »singenden Kellner«, wie diese traurige ABM-Maßnahme für schlechte Schauspieler euphemistisch genannt wird. Trotzdem ist die echte Belegschaft des Lokals sichtlich erleichtert, als wir endlich gehen. Sie wird ihr »Erlebniskonzept« überdenken müssen.

35

Hannover war Pauls letzte Reise.

Und zugleich die weiteste, die er je unternommen hat.

Ich zermarterte mir den Kopf und suchte noch die entlegensten Winkel meines Gedächtnisses ab. Aber da war nichts. Als Kinder sind wir nie weiter verreist als nach München, Passau oder an die umliegenden Badeseen.

»So schön wie daheim ist es doch nirgends«, hatte es immer geheißen. Und nach dem Tod meiner Eltern waren große Sprünge ohnehin nicht mehr drin gewesen. Später, als wir alt genug waren, um allein wegzufahren, taten wir genau das: allein wegfahren. Ohne Paul. Ich konnte es drehen und wenden, wie ich wollte. Es blieb bei dieser einen Reise (an die sich Paul, kaum dass wir im Zug saßen, partout nicht mehr erinnern konnte; gar nicht mehr). Ausgerechnet Hannover.

Seine anhaltende Glückseligkeit aber entschädigte mich. Mein kleiner Cousin hörte gar nicht mehr auf zu strahlen. Man kann es nicht anders ausdrücken: Es war, als hätte er ein Licht gesehen. Er leuchtete. Er leuchtete von innen heraus. Und hörte nicht mehr auf damit.

Keiner von uns konnte ausmachen, ob er sich überhaupt noch an irgendetwas erinnerte. Sein Merkheft rührte er nicht mehr an. Und wenn wir ihm gegenüber unsere gemeinsam erlebten Abenteuer erwähnten oder aus den Beichtbüchern vorlasen, schenkte er uns herzliche Lachsalven, aber kein Verständnis mehr. Die jüngere Vergangenheit war gelöscht. Es schien, als gingen die Worte in ihn hinein, lösten eine kurze Gefühlsregung aus und verließen ihn dann wieder. Das Gefühl war immer Glück. Man konnte es sehen. Innere Einkehr. Er lachte uns an und nahm das Lachen dann mit nach innen.

Bis heute sind Patrizia, Stevie und ich uns einig, dass wir nie einen glücklicheren Menschen gesehen hatten.

Die Ersten, die Paul nicht mehr erkannte, waren Manni und Kevin.

Sie trugen es mit Fassung. Zwar lachte mein kleiner Cousin auch mit ihnen, aber ein Spielkamerad, der ständig die Regeln vergisst, ja, der nicht einmal mehr merkt, dass es sich überhaupt um ein Spiel handelt, ist nur bedingt tauglich.

Als Paul dann immer öfter vor sich hin zu singen begann, sagte Patrizia: »Ich glaube, es ist so weit.«

Auch ich hatte schon des Öfteren daran gedacht, Schwester Magda anzurufen. Mich aber nicht getraut, es auszusprechen.

Sosehr es mich schmerzte, es schien das Beste, Paul wieder in ihre Obhut zu geben. Schwer fiel es mir schon, mich an diesen Gedanken zu gewöhnen. Mich damit abzufinden. Auch damit, dass ich vielleicht vieles, was früher geschehen war, nicht mehr erfahren würde. Nie mehr. Kein Licht im Dunkel der Vergangenheit. Keine Wahrheit.

Auch der Welt kamen die Zeugen abhanden. Am Freitag, den 18. Juli, beging der ehemalige UNO-Waffeninspekteur David Kelly Selbstmord und nahm sein Wissen mit ins Grab. Zwei Tage später bezeichnete die BBC den Wissenschaftler als Hauptquelle für ihren umstrittenen Bericht über irakische Waffen. (Jetzt würden sie es sich hinbiegen, wie sie es brauchten.) Noch einmal zwei Tage später töteten amerikanische Soldaten bei einem Feuergefecht in der nordirakischen Stadt Mossul Udai und Kussei, die Söhne Saddam Husseins. Auch sie hätten vielleicht etwas zu erzählen gehabt.

»Was passiert denn jetzt eigentlich mit dem Irak?«, stellte Patrizia eine nicht unberechtigte Frage, und Stevie antwortete ebenfalls berechtigt: »Wahrscheinlich dasselbe wie in Deutschland nach dem Krieg. Der Irak wird in vier Sektoren aufgeteilt – Normal, Diesel, Super und Super Plus.«

Allein, Deutschland gab keine Nachhilfe, sondern hielt sich raus. Und beschloss endgültig die Gesundheitsreform, inklusive einer Zusatzversicherung für Zahnersatz (Paul würde es egal sein) und einer Praxisgebühr von zehn Euro pro Arztbesuch und Quartal (Paul würde sich das Geld sparen können).

Es war unsere letzte Arbeitswoche. Noch ein paar Tage, dann waren Sommerferien, und wir würden Paul ins Kloster Zangberg geleiten. Obgleich er wahrscheinlich nichts davon haben würde, reifte in mir die fixe Idee eines letzten Ausflugs. Ein Abschluss. Und zwar ein schöner. Ich brauchte nicht lange zu überlegen. Der Ferienbeginn fiel traditionell mit der Auer Dult zusammen, Münchens schönstem Jahrmarkt.

Rummelplatz, das ist es, dachte ich und erinnerte mich an die Riesenräder meiner Kindheit. Und an die Geisterbahnen. Die Lebkuchenherzen. Mit meinen Eltern waren wir immer auf die Dult gegangen, später mit Erika und Onkel Dietrich, noch später allein. Ich konnte sie förmlich greifen: Den Duft der gebratenen Mandeln. Den Nervenkitzel in der klapprigen Achterbahn. Die Trauer über die Niete an der Losbude. Den angehaltenen Atem beim Betrachten der Steilwandfahrer. Das Lachen im Spiegelkabinett. Die Bewunderung für den Glühbirnenesser und den Kettensprenger. Den Neid auf den älteren Jungen, der die Boxautos parken durfte. Den Stolz über die erste selbst geschossene Rose.

36

Paul gefällt es. Egal, was wir machen, Dosenwerfen, Achterbahn, Schießen, alles macht ihm Spaß. Er giggelt und lacht, und wenn wir fertig sind, hat er es vergessen.

Genüsslich zupft er Zuckerwatte von seinem Stab und stopft sie sich in den Mund.

»Schön«, mampft er, »schön ist das.«

»Ja, Paul«, sage ich, »das ist es.«

Ich merke, wie Traurigkeit in mir aufsteigt und sich breit macht. Mein Ausschlag brennt wie Feuer. Ein letztes Aufbäumen vielleicht.

Stevie kann gar nicht genug kriegen von all den Gewerken. Er schleppt uns von Karussell zu Karussell, jede Schiffschaukel muss ausprobiert werden, noch bei der letzten Lotterie wird gekauft. Nieten gibt's nicht mehr. »Jedes Los gewinnt.«

Paul folgt ihm dicht auf den Fersen. Die beiden tragen je eine prall gefüllte Plastiktüte bei sich, randvoll mit Stofftieren, Plastikrosen und anderem Nippes. Wie zwei Kinder, die nicht genug kriegen können.

Überschwänglich ruft Stevie: »Kommt, jetzt hau'n wir den Lukas!«

Paul bleibt abrupt stehen, erstarrt.

»Nein«, presst er hervor, »das tun wir nicht.«

»Was hast du denn, Paul?«, fragt Stevie und will meinen kleinen Cousin weiterziehen, aber der steht bewegungslos da. Stevie schaut verständnislos.

»Das macht einen Fetzenspaß. *Hau den Lukas* – guck, alle machen das.«

»Das dürfen die aber nicht«, sagt Paul beinahe tonlos, »niemand darf das.«

Er ist wach, denke ich, er ist völlig klar. Dann erst kapiere ich, dass es ihm um mich geht. Um meinen Namen.

Wieso darf mich niemand schlagen? Was geht in ihm vor? Will er mich beschützen? Vor wem? Warum? Abgesehen von ein paar harmlosen Raufereien in meiner Jugend wurde ich nie verprügelt. Zwei Dinge sehe ich auf einmal deutlich: Ich hatte nie jemanden, der mich beschützte. Ich hatte aber auch nie jemanden gebraucht. Vielleicht ist beides falsch?

»Paul«, sage ich vorsichtig, »das ist ein Spiel.«

Ich deute auf das kleine, eingezäunte Areal. Ein übergewichtiger Gamsbartträger schwingt gerade den schweren Hammer durch die Luft.

»Keine Rundschläge«, ermahnt ihn der Budenbetreiber.

Der Hammer kracht donnernd auf einen Metallzapfen, der über ein Hebelsystem mit einem kleinen Gewicht verbunden ist. Auf dieses wird nun die Stoßenergie des Hammerschlages übertragen und schießt es in einer vertikalen Führungsschiene nach oben. Allerdings nicht besonders weit. Etwa auf halber Strecke der Stange macht das Gewicht kehrt und fällt wieder nach unten. Entweder hat der Gamsbart den Zapfen nicht richtig getroffen, oder er ist wirklich ein »Schwächling«. Das zumindest steht an der Stelle, bis zu der er das Gewicht getrieben hat. Die Umstehenden lachen höhnisch. Unterhalb von »Schwächling« stehen nur noch »Luftikus« und »Mädchen«. Immerhin. Ganz oben an der Stange, über »Muskelprotz« und »Meister«, hängt eine Glocke. Auf selbige zu geben gilt es. Hau den Lukas.

»Siehste Paul, nur ein Spiel.«

»Wieso heißt das so?«

Man sieht ihm die Anstrengung förmlich an, die Anstrengung zu *begreifen.*

»Keine Ahnung«, sage ich, »ist halt so. Es könnte auch ganz anders heißen.«

»Auch *Hau den Dietsche?*«

Ich kratze meinen Oberarm wund.

»Ja, Kleiner. Aber so heißt es nun mal nicht.«

»So hieß es nie. Nie hieß es so. Nie.«

Paul wackelt mit dem Kopf. Irgendwelche dunklen Erinnerungsströme laufen durch seinen schiefen Körper. Dann sagt er: »Ich will das machen.«

»Na, dann kommen S' mal näher«, marketendert der Budenbesitzer, »der junge Mann möchte sein Glück versuchen?«

»Ja. Einmal bitte«, sagt Stevie.

Paul tritt an die markierte Stelle. Ganz sicher und bestimmt. Als machte er so etwas täglich. Mit der Routine des gelernten Bauarbeiters greift er nach dem Hammer. Mit einer Hand tut er das. Geht leicht in die Knie dabei. Prüft das Gewicht des Hammers in seiner Hand. Sucht nach dem richtigen Griff. Findet ihn schnell.

Nimmt die zweite Hand dazu. Holt aus. Gar nicht mal weit. Und schlägt zu. Mit irrer Wucht.

Es klackt einmal dumpf.

Dann schnellt das Gewicht nach oben, und dem Gamsbart bleibt der Mund offen stehen. Das Ende der Fahnenstange ist erreicht. Die Glocke bimmelt wie verrückt.

»Amen«, sagt Paul und wendet sich lachend zum Gehen. Seinen Gewinn, einen roten Plüschteddy, nehme ich für ihn entgegen.

Wir schlendern weiter in Richtung Autoskooter.

Neun oder zehn Boxautos fahren wild durcheinander. In den meisten sitzen Jungen und brüllen herum. Es sind aber auch einige Väter dabei, die mit ihren Söhnen fahren und wieder zum Kind werden.

Unter der Überdachung herrscht eine angenehme Kühle, auch ist es – verglichen mit der gleißenden Sonne, die auf den Platz scheint – beinahe dunkel. Deutlich erkennt man die Funken an der Decke des Autoskooters.

Paul guckt interessiert zu, wie die Insassen bei jeder Kollision leicht von ihren Sitzen gehoben werden und dabei lauthals jubeln.

»Willst du?«, frage ich ihn.

»Nein«, sagt er ruhig, »wenn's kracht, sterben ja die, die vorne sitzen.«

Ohne nachzudenken weiß ich, was Paul gerade vor sich sieht: Das ist nicht der Sommer 2003, und das sind auch keine Boxautos, in denen jauchzende Kinder sitzen.

Das ist ein froschgrüner Audi 80, zwanzig Jahre zuvor, und das Kind auf der Rückbank ist er.

»Onkel Hartmut hat die ganze Zeit am Radio rumgedrückt.«

Es ist das erste Mal seit bestimmt zehn Jahren, dass jemand den Namen meines Vaters ausspricht. Wie seltsam das klingt, aus Pauls Mund. Hartmut. Elisabeth und Hartmut. Mama und Papa.

Paul spricht klar und deutlich.

»Im Radio waren die Beatles und der neue König. Tante Lissi wollte Schrauben kaufen und Moltofill. Und Onkel Hartmut hat rumgedrückt. Ich habe das Zwinkerspiel gemacht. Bei jedem Pfosten, der vorbeigeflogen ist, hab ich gezwinkert.«

Was tue ich hier? Was maße ich mir an? Warum lasse ich zu, dass Paul das noch mal durchmachen muss? Weil ich es wissen will.

»Onkel Hartmut und Tante Lissy haben gestritten wegen der Musik im Radio. Und wegen der Schrauben.«

Paul holt kurz Luft.

»Dann hab ich noch mal gezwinkert. Dann hat's gerumst. Und dann war's dunkel.«

Mein kleiner Cousin macht die Augen weit auf. Sie strahlen.

»Was jetzt?«

Alle schweigen. Ich weine lautlos und fühle grenzenlose Scham. So war das also. *Jetzt weißt du's.* Mein Ausschlag kennt keine Gnade.

»Als ob du das nicht gewusst hättest!«

Natürlich wusste ich es. Habe es immer gewusst. Wieso habe ich gezweifelt? Wegen Lena? Wegen Paul? Was habe ich denn erwartet? Es war ein Unfall. Fertig. Aus. Kein Urknall. Kein Trauma. Ein Unfall. Erbärmlich und banal. Ich heule einfach weiter. Nehme kaum mehr etwas wahr von dem, was um mich herum geschieht. Ich wusste es doch. Schrauben und Moltofill, verdammte Scheiße. Schrauben für ein hässliches Regal, das nie aufgebaut wurde. Das Dietsche und ich vier Wochen später auf dem Flohmarkt verkauften. Und Moltofill für einen Riss an der Badezimmerwand. Er hat den Nachmieter nicht gestört.

Patrizia legt ihren Arm um mich und lässt ihn dort liegen, wie einen Rettungsring.

Paul lacht. »Ich muss mal.« Seine Stimme verrät, dass er schon wieder vergessen hat. Vergessen, was eben war. Vergessen, was hier passiert ist. *Back to the inner world.*

»Gut«, sagt Stevie, »lasst uns gehen.«

Das Sonnenlicht blendet uns derart, dass es wehtut in den Augen.

»Wie in ›Men in black‹«, sagt der Pfarrer, »wir werden *geblitzdingst* und erinnern uns an nichts mehr.«

Für Paul trifft das zu.

37

Es traf nicht zu. Zumindest nicht ganz.

Denn im Pfarrhaus reichte mir Paul sein Merkheft.

»Schreib's mir rein.« Er lachte – wie er es schon während der gesamten Rückfahrt getan hatte. »Den ganzen Tag. Alles, was war. Schreib's rein.«

Und so wurde der 27. Juli 2003 nicht nur zu dem Tag, an dem Lance Armstrong zum fünften Mal hintereinander die Tour de France gewann und der Mörder des Frankfurter Bankierssohns Jakob von Metzler zu lebenslanger Haft verurteilt wurde, sondern auch zu dem Tag, an dem ich ein längst bekanntes Geheimnis lüftete und mich bemühte, so genau wie nie zuvor Tagebuch zu schreiben. Zeugnis abzulegen. Abzuschließen.

Bisweilen fühlte ich mich wie bei einer Strafarbeit. *Und jetzt schreibst du tausend Mal und in Schönschrift: Ich soll nicht wissen wollen, was ich schon weiß.*

»Hier, Paul«, sagte ich, als ich am Abend fertig war, »dein Heft.«

Mein Cousin sah mich fragend an.

»Du wolltest doch, dass ich dir den heutigen Tag aufschreibe.«

»Was für ein Tag?«

Er schüttelte verständnislos den Kopf und wandte sich anderen Dingen zu. Als da waren: Kaffee kochen. Kinderlieder singen. Lachen. Leuchten.

Diesmal war das Vergessen endgültig. Er rührte sein Merkheft nie wieder an.

Der Rest war Ausklang.

30.7. 2003: Im mexikanischen Puebla lief der letzte VW-Käfer vom Band. Seit 1938 waren 21 Millionen Stück hergestellt worden.

»Und warum gibt's die jetzt nicht mehr?«, fragte Paul.

»Keine Ahnung«, sagte ich.

»Haben die Popowärmer?«

»Ich glaube nicht.«

»Na, dann ist's klar.«

31.7. 2003: Der Vatikan forderte alle Gläubigen und Politiker auf, »gegen die rechtliche Anerkennung homosexueller Lebensgemeinschaften Einspruch zu erheben«. Die »Legalisierung des Bösen« sei eine »schwer wiegende unsittliche Handlung«.

»Ihr seid dermaßen ewig gestrige Zipfelklatscher«, rief Stevie dem Fernseher zu.

Paul lief zum Gerät und wechselte den Kanal. Dort lief die »80er-Jahre-Show«.

»Die auch«, bestimmte er.

1.8. 2003: Der britische Lordrichter Brian Hutton begann in London mit der Untersuchung des Selbstmordes des Biowaffenexperten David Kelly. (Paul verschlief diesen Tag komplett.)

2.8. 2003: Die ARD zeigte erstmals seit 1988 wieder die Bundesligaspiele in der »Sportschau«. Fünf Millionen Zuschauer sahen die Sendung. Unter ihnen: wir. Einträchtig saßen wir in der Küche und gaben unsere Kommentare ab.

»Hau ihn doch rein, du Nulpe!« (Ich)

»Was für ein Deppenspiel!« (Stevie)

»Der soll mal öfter in sein Trillerding pusten.« (Paul)

»Mit dem würde ich gern mal duschen.« (Patrizia)

»Aber erst Zähne putzen.« (Paul)

3.8. 2003: Seinen Teddybär im Arm, läutete Paul zum letzten Mal die Glocken. Wie ein Kind, das sich nichts weiter wünscht auf dieser Welt.

4.8. 2003: Mit 40,8 Grad Celsius wurde der heißeste Tag des Jahres gemessen. Trotzdem schaltete Paul, als wir ihn ins Kloster Zangberg zurückbrachten, immer wieder die Sitzheizung an.

Und war glücklich.

Er hatte seinen Sommer gehabt.

Allein – er war noch nicht zu Ende.

38

Zehn Tage später, am Donnerstag, den 14. August, ereignete sich in den USA der größte Stromausfall der amerikanischen Geschichte. Über fünfzig Millionen Haushalte waren zeitweise völlig ohne Elektrizität. Todesopfer waren jedoch, wie durch ein Wunder, keine zu beklagen. (Der volkswirtschaftliche Schaden dagegen war immens. Die Ursache konnte nicht geklärt werden.)

Zum selben Zeitpunkt reichte in einem oberbayerischen Kreiskrankenhaus ein einziger, kleiner Kurzschluss aus, einen Menschen zu töten. (Der volkswirtschaftliche Schaden war verschwindend. Ursache war ein völlig veralteter, unsachgemäß abgeschirmter Heizlüfter.)

Bezeichnenderweise war es nicht Erika, Onkel Dietrich oder Lena, die mich von Dietsches Tod unterrichteten, sondern Marlene. Sie hatte im Krankenhaus zu tun gehabt, war zufällig auf einem benachbarten Flur unterwegs gewesen und so als eine der Ersten in Onkel Sepps Zimmer.

»Lukas«, erzählte sie am Telefon, »wir wussten ja nicht, was los war, keiner hat Dietsche kommen sehen ... ich bin ein paar Minuten nach dem Knall zum Koma-Onkel rein, Dietsche lag da und, es war so furchtbar, ich musste dermaßen lachen. Und auch die beiden Ärzte und die Schwester ... die haben sich gekrümmt vor Lachen.«

Die Schmerztherapie kennt Fälle, in denen Menschen, die grausige Leichenfunde machen oder Zeugen furchtbarer Verbrechen werden, Lachkrämpfe bekommen. Es handelt sich um eine Art Übersprungshandlung, mit der auf das unfassbar Schreckliche reagiert wird.

Auch wenn Dietsches Leiche kein schöner Anblick gewesen sein konnte – ein paar Tausend Volt hinterlassen ihre Spuren, wenn sie durch einen Körper jagen –, lag der Fall hier anders.

Der Kurzschluss musste das Ventil der sich in jedem Intensivzimmer befindenden N_2O-Leitung beschädigt haben, was zur Folge hatte, dass große Mengen des Gases ausströmten. Bei vollkommen relaxierten Menschen hat N_2O eine narkotisierende Wirkung, bei Menschen im Wachzustand dagegen führt es zu unkontrollierbaren Lachkrämpfen – daher auch der umgangssprachliche Name »Lachgas«.

In der allgemeinen Hektik dauerte es allerdings eine geschlagene Viertelstunde, bis dieser Umstand bemerkt wurde. Fünfzehn Minuten, in denen drei Ärzte und eine Krankenschwester vergeblich versuchten, meinen älteren Cousin von dem völlig demolierten Heizlüfter wegzubekommen, mit dem er verschmolzen war, fünfzehn Minuten, in denen sie wie aufgescheuchte Hühner zwischen einem grotesk verdrehten, angesengten Krankenbesucher und einem friedlich vor sich hin schlummernden Komapatienten hin und her liefen, fünfzehn Minuten, in denen sie nur den stabilen Zustand des einen und den Tod des anderen feststellen konnten. Und sich dabei die Bäuche hielten vor Lachen.

Erst dann hörte einer der Ärzte das leise Zischen, öffnete die Fenster und stellte das Lachgas an einem vorgeschalteten Hahn ab.

So weit die Fakten. Dietsches Abgang war die ganz große Show gewesen. (»Jungunternehmer im Krankenhaus gegrillt – Ärzte lachen«, sollte am nächsten Tag in der Zeitung stehen.)

Noch lange nach dem Telefonat mit Marlene saß ich am Küchentisch und wartete. Ein paar Stunden war Dietsche jetzt tot. Kein Anruf von der Familie. Keine Regung bei mir. Ich horchte in mich hinein. Aber da war nichts. Keine Trauer. Kein Mitleid. Keine Genugtuung.

Nur Leere. Die mit einem Schlag aufgefüllt wurde mit Angst, als sich Stevie zu mir setzte und mit leiser Stimme sagte: »Schwester Magda hat angerufen. Paul ist verschwunden. Schon seit gestern Abend.«

Der fette Brunner war der Erste, der eine Verbindung herstellte. Er witterte die Story seines Lebens und hinterließ am Abend drei immer reißerischer werdende Nachrichten auf meinem Anrufbeantworter.

1) »Mein Beileid, Lukas. Das mit Dietsche tut mir echt Leid. Ruf mich bitte an.«

2) »Lukas, noch mal Max hier. Paul ist weg, hab ich gehört. Melde dich bitte. Die Sache ist nicht ganz koscher.«

3) »Herrgott, Baumgarten, geh ans Telefon. Ich hab einen Zeugen, der Paul heute früh in der Stadt gesehen hat. Kurz vor der Geschichte im Krankenhaus. Das stinkt doch zum Himmel. Wenn du irgendwas weißt, ruf an, in einer halben Stunde ist Redaktionsschluss.«

Die beiden übereifrigen Polizeibeamten, die am nächsten Morgen vor unserer Haustür standen, wurden deutlicher. Oder versuchten es zumindest.

»Hält sich Paul Hofstetter zurzeit bei Ihnen auf?«

»Nein.«

»Haben Sie Kenntnis davon, wo er sein könnte?«

»Ich weiß es nicht. Er ... er müsste im Kloster Zangberg sein.«

»Dort ist er aber nicht.«

Ich zuckte mit den Schultern.

»Dürfen wir uns umsehen, Herr Baumgarten?«

»Natürlich. Aber, was ist denn eigentlich passiert?«

»Wir haben Grund zur Annahme, dass Herr Hofstetter den Herrn Hofstetter ... also, dass der Paul Hofstetter den äh ... im Zusammenhang steht ... mit dem Tod seines Bruders.«

»So, und das jetzt noch mal in einem ganzen Satz, bitte«, sagte Stevie, der zwar immer noch sichtlich geschockt war, aber vor den uniformierten Autoritäten seine Fassung bewahrte. Schließlich war er der Hausherr, und wenn zwei Nachwuchskommissare meinten, eine »Tatort«-Folge nachspielen zu müssen, dann spielte er mit.

»Haben Sie einen Durchsuchungsbefehl?«, fragte er ruhig und gefasst, als die Polizisten bereits das Gemeindehaus durchkämmten und der *good cop* von »wir tun hier nur unsere Pflicht« und sein Widerpart von »Verdunkelung« und »Gefahr im Verzug« faselten.

»Ich muss Sie wohl nicht darauf hinweisen, dass es sich hier um ein Gotteshaus handelt«, konterte Stevie mit der Würde eines Fernsehpfarrers.

»Und ich muss Ihnen wohl nicht verdeutlichen, dass wir in einem Kapitalverbrechen ermitteln«, sagte der *bad cop* seinen Text auf.

»Jetzt mach mal halblang, Xaver«, wies ihn sein guter Kollege zurecht, »das hier ist reine Routine.«

Ich saß währenddessen apathisch am Küchentisch, kratzte meinen Ausschlag wund und schnappte Satzfetzen auf.

»Vom Tathergang her müssen wir davon ausgehen ...«

»Müssen Sie? Soso.«

»Ich warne Sie ...«

»Kann ich das Bild noch mal sehen?«

»Flucht ist ein erhebliches Verdachtsmoment.«

»In dubio pro reo, Herr Wachtmeister.«

»Beihilfe.«

»Seelsorgerische Schweigepflicht.«

»Herr Borchert, wir haben das Recht ...«

»Dürfte ich bitte mal Ihre Ausweise sehen?«

Irgendwann hatte die Schmierenkomödie ein Ende.

»Wenn sich Paul Hofstetter bei Ihnen meldet, sagen Sie uns bitte Bescheid.«

»Machen wir.«

So änderten sich die Fakten. Dietsche war tot. Paul wurde verdächtigt. Der Mörder ist immer der Dorfdepp.

Drei Bilder wechselten sich in meinem Kopf ab: Paul, wie er Stevie ansieht und fragt: »Manchmal muss man so was machen, gell? Sich wehren, meine ich?« Dann Paul, wie er zuschlägt, auf der Auer Dult. Und schließlich Lena, die mich einfach nur ansieht, triumphierend ansieht. Als meinte sie: Habe ich's dir nicht gesagt? Paul tut so was.

39

Wir nahmen jede Ablenkung dankbar an. Und sei es nur eine Zerstreuung für wenige Momente. Kaffee kochen. Altpapier runtertragen. Durch den Garten schlendern. Hochgehen. CDs wechseln. Noch einen Kaffee kochen.

Es ging nicht. An jeder noch so nichtigen Tätigkeit, in noch dem letzten Winkel des Pfarrhauses klebte die Erinnerung an Paul. An seine Zeit hier. Und an die Tragödie jetzt. Warum immer er? Die Ausgrenzung, die Krankheit, die Verdächtigungen – es hörte einfach nicht auf.

Die Post kam, und Stevie quittierte sie mit einem Aufschrei.

»Das gibt's doch gar nicht.«

Mit einem Päckchen in der Hand stürmte er in die Küche.

»Schaut doch mal. Das ist für Paul!«

Tatsächlich stand auf dem Paket »An Paul c/o Lukas Baumgarten« und dann unsere Adresse. Ich riss es auf, und zum Vorschein kam ein Kinderbuch.

»Was soll das denn?«

Ich las den beigelegten Brief.

»Lieber Paul. Der Bundeskönig hat sich sehr über deinen Besuch gefreut und ist auch gar nicht böse über die Kritzeleien, die du hinterlassen hast. Damit du erfährst, warum er so selten zu Hause ist, was er macht und wie Politik im Allgemeinen funktioniert, schickt er dir dieses Buch und lässt herzlich grüßen.«

Unterschrieben waren diese Zeilen von einer Verlagsmitarbeiterin. Ich sah mir das Buch an. »Doris Schröder-Köpf: Der Kanzler wohnt im Swimmingpool oder wie Politik gemacht wird«.

»Na, so auf jeden Fall nicht«, wetterte Stevie, »woher haben die überhaupt unsere Adresse?«

»Wird nicht so schwer gewesen sein, die herauszufinden«, sagte Patrizia, »die hatten doch die Handynummer.«

»Ist so was überhaupt erlaubt?« Stevie war immer noch erregt. »Das ist ja Orwell live. Bruder Staat, echt wahr, die kriegen alles raus.«

»Außer wo Paul jetzt gerade wirklich ist«, murmelte ich und legte das Buch zur Seite.

Patrizia brach das Schweigen.

»Was machen sie mit Paul, wenn sie ihn finden?«

»Sie werden ihn verhören«, sagte Stevie, »und er wird sich an nichts erinnern. Im besten Fall war's das, und er darf weiter Koffer tragen. Im schlimmsten stecken sie ihn in eine Anstalt.«

Der Pfarrer merkte selber, wie kalt und deutlich sein letzter Satz im Raum stand. Schnell sprach er weiter.

»Dabei ging's ihm doch so gut. Ich habe ständig dieses Bild vor Augen, wie er im Kloster ankam und sich sofort auf das Gepäck der Gäste stürzte. Wie einverstanden er war. Wie glücklich ...«

Er kramte eine seiner selbst gebrannten Mix-CDs hervor, »The Who – habe ich gestern bestimmt zwanzig Mal gehört«.

»Bell Boy! I got to keep running now.
Bell Boy! Keep my lip buttoned down.
Bell Boy! Carry this baggage out.
Bell Boy! Always running at someone's heel.
You know how I feel, always running at someone's heel.«

Als das Lied aus war, dachte ich nur einen einzigen Satz: Er war's nicht.

Ich ging zum Telefon und rief zu Hause an. Nach dreimaligem Klingeln hob Tante Erika ab.

»Tante Erika, ich bin's, Lukas.«

»Ach, Lukas ...«

Weiter kam sie nicht, Tränen erstickten ihre Stimme.

Nach einer Weile gelang es mir, das zu tun, was man bei einem Trauerfall eben tut. Ich sprach ihr mein Beileid aus. Reihte erst Floskeln aneinander, dann Sätze und merkte, dass ihr das gut tat. Und mir auch. Weil mein Mitleid auf einmal echt war, meine Trauer über den Toten, mit dem ich einen Teil meines Lebens verbracht hatte.

Irgendwann fragte sie: »Kommst du?«

»Ja.«

»Danke, Lukas.«

»Bis später.«

»Und, Lukas?«

»Ja?«

»Weißt du, wo Paul ist?«

Keinerlei Vorwurf lag in ihrer Stimme. Nur Trauer. Trauer und Angst.

»Nein, Tante Erika. Aber ... ich finde ihn.«

»Danke.«

40

»Die Erinnerung ist ein Hund, der sich hinlegt, wo er will.«

Wie aus dem Nichts überfällt mich dieser Satz. Patrizia hat ihn gesagt, fällt mir ein, vor ein paar Tagen schon. Sie habe ihn in der

Zeitung gelesen, er stamme von einem holländischen Autor. Ich hatte gar nicht richtig zugehört, wie öfter in der letzten Zeit. Weil sie von uns sprach, von der Zukunft und weil ich darüber nicht reden wollte.

Irgendwie waren wir auf uns zurückgeworfen, nachdem wir Paul nach Zangberg gebracht hatten, und konnten damit nichts anfangen. Oder ich konnte nicht. Patrizia dagegen sprach immer häufiger davon, dass sie noch mal wegwolle (am liebsten mit mir), weil sie das Gefühl habe, zu kurz gekommen zu sein. Diesen Sommer. Das sei kein Vorwurf, hatte sie gesagt, aber sie müsse sich auch um sich kümmern. Dann hatten wir von Dietsches Tod erfahren, und sie kümmerte sich um mich.

Ausgerechnet jetzt fällt mir das ein, denke ich, während ich den Volvo die B 12 ostwärts chauffiere. So lange ist das gar nicht her, da war das eine andere Straße. Voll gepackt mit sexuellen Prahlereien. Mit Genugtuung registriere ich, wie die alten Merkpunkte am Wegesrand undeutlicher und wertloser werden, wie sich das Bild Patrizias und die frische Erinnerung an unsere gemeinsame Zeit immer wieder über die älteren schiebt und dort liegen bleibt.

Das hier bringe ich zu Ende, denke ich, und dann gibt es nur noch traute Zweisamkeit. Kurz vor Reichertsheim glaube ich mir diesen Satz.

In Ramering holt mich mein Merksystem wieder ein. Hanna, meine Hanna. Und Dietsches letzte Freundin. Armes Mädchen! Ich kann nicht anders und stelle sie mir auf der Beerdigung vor. Sie wird ihr eng anliegendes schwarzes Kleid tragen, schulterfrei. Man wird sehen, dass sie geweint hat. Armes Mädchen! Gespielte Trauer, echte Tränen. Trotzdem wird ihr Make-up nicht verlaufen sein. Sie wird sehr würdevoll Abschied nehmen und stumm eine einzelne rote Rose ins Grab werfen. Armes Mädchen! Sie wird blinzeln, schweigen und es genießen, im Mittelpunkt zu stehen. Und sie wird jemanden finden, der sie tröstet.

Ich passiere Heldenstein und bin mir mit einem Mal sicher, zu wissen, wo Paul ist. Natürlich ... Wieso bin ich da nicht gleich draufgekommen? Ich entspanne mich. Es wird nicht ganz einfach sein, ihn tatsächlich aufzuspüren, aber das hat Zeit.

Mein Ausschlag meldet sich. Ob ich auf einen Abstecher ins »My Way« will?

Ich will nicht. Trotzdem muss ich an den Strunzenegger denken. Kneipenkurzschluss. Mit einem Schlag ist er da, der alte, kauzige Horst. Wie er an seinem Tisch sitzt, der seltsame, traurige Lkw-Fahrer. Irgendwann hatte er angefangen, ein zweites Gedeck zu bestellen, wenn er im »Bräu-Stüberl« zu Abend aß. Es stand verwaist dem seinen gegenüber, als erwarte er noch jemanden. Von Zeit zu Zeit blickte er zur Tür, dann auf den leeren Platz, aber niemand kam. *So long, Einsamkeit!*

Es konnte vorkommen (zu besonderen Anlässen, wie ich mir einbildete), dass der Strunzenegger sogar ein zweites Essen orderte, und zwar immer jenes, das auch er selbst nahm. Aß er einen Rostbraten, so tat dies auch sein imaginäres Gegenüber. Genehmigte er sich ein Dessert, dann bekam auch der oder die Unsichtbare eines. Nie rührte er auch nur einen Bissen des zweiten Essens an, es wurde stets wieder abgetragen. Kalt geworden und unbrauchbar. Es wurde an die Schweine verfüttert oder, was auch vorkam, vom »Stüberl«-Koch aufgewärmt und später einem fremden Gast vorgesetzt, der sich aus unerfindlichen Gründen in unsere Gegend verirrt hatte.

Manchmal war ich neidisch auf diesen Unbekannten, dem der Strunzenegger ein Essen spendierte. Zu fragen habe ich mich nie getraut, vielleicht deswegen, weil ich mir insgeheim wünschte, ich könnte dieser Unbekannte sein.

Als ich bei Erika und Dietrich ankomme, bin ich sehr ruhig. Ich klingele, trete ein und nehme meine Tante in den Arm. Eine kleine Ewigkeit lang wünsche ich mir, aus einem anderen Anlass nach Hause gekommen zu sein. Dann löst sie sich aus meiner Umarmung, und schon mit dem ersten Satz verflüchtigt sich mein Wunsch. Es ist wie immer.

»Komm in die Stube, Lukas, ich habe Apfelkuchen gebacken.«

Onkel Dietrich sitzt am feierlich gedeckten Tisch und nickt mir zu (wie immer). Müde und ernst. Ich öffne den Mund, will etwas sagen, lasse es dann aber. Dietrich winkt ab.

»Schon recht.«

Er bedeutet mir Platz zu nehmen. Ich setze mich. Erika bringt Kaffee. Schenkt ein. Schneidet den Kuchen an. Verteilt ihn. Wir essen. Stumm. Irgendwann halte ich das Schweigen nicht mehr aus. Ich lasse die Gabel sinken, straffe meinen Rücken und sehe meine Zieheltern an.

»Erika, Dietrich, es tut mir sehr, sehr Leid …«

Mehr bringe ich nicht heraus, meine Stimme verharrt in jener Hebung, die man bei einem Komma macht, doch es kommt nichts mehr. Ich atme tonlos ein und mit einem leisen Seufzen aus. (Vorher, im Auto, habe ich versucht mir vorzustellen, wie das Wiedersehen aussehen könnte, habe mir Sätze zurechtgelegt. Es war schon da nicht gegangen.)

»Es tut mir Leid«, wiederhole ich. Diesmal schließe ich den Satz ab.

Onkel Dietrich nickt mir zu. Tante Erika schnäuzt sich.

»Es ist schon recht.«

(Auf diesen Satz haben sie sich wohl geeinigt.) Dann gibt sich Erika einen Ruck, schnäuzt sich erneut und beginnt, die Teller abzutragen. Ich stehe auf, um ihr zu helfen.

»Lass ruhig«, sagt sie, und im Gehen: »Du kannst oben schlafen, ich hab das Gästezimmer gerichtet.«

Dietrich öffnet die Verandatür, zieht seine Hausschuhe aus, stellt sie akkurat nebeneinander und schlüpft in ein Paar Gummistiefel. Für einen Moment meine ich, dass er noch etwas sagen will, aber er stapft schweigend in den Garten.

»Ich bringe mal eben meine Sachen hoch«, beeile ich mich, ihm nachzurufen, und bin froh, dass ich auch etwas zu tun habe.

Das Gästezimmer ist Lenas und mein altes Zimmer. Nichts erinnert mehr an früher. Der Boden ist neu (Laminat), das Stockbett musste einem praktischen Schlafsofa weichen, das aufgeklappt und frisch bezogen an der weißen Wand steht. Daneben eine Ikea-Kommode (auf der zwei gebügelte Handtücher liegen), davor ein hellgrüner Läufer. Am Fenster befindet sich ein kleiner, vollkommen leerer Schreibtisch. Der dazu passende Stuhl steht an der anderen Wand. Über dem Stuhl, in Kopfhöhe, hängt ein Bild, Rosina Wachtmeister, Stillleben mit Sonnenblumen und Katze – das war's, fühl dich wie zu Hause.

Ich stelle meine Tasche ab und gehe ins Nebenzimmer, das einmal Dietsches und Pauls war. Es gleicht dem unseren aufs Haar, mit dem Unterschied, dass neben der Katze Nelken auf dem Bild zu sehen sind und das Sofa zusammengeklappt ist. (Sogar der originale Schutzbezug ist noch darüber gezogen.) Ich bin also der einzige Gast, vielleicht der erste seit Jahren.

Auf der Ablage im Flur liegen die Prospekte zweier Beerdigungsinstitute, »Trauerhilfe Dehmel« und »Josef Pischetsrieder, Bestattungsunternehmen«.

In beiden ist der »Sarg mittlerer Kategorie (Eiche, Standard)« rot unterstrichen. Preisvergleich. In einem der Prospekte steht handschriftlich vermerkt: »Rabatt wg. Sepp?«

Im Garten sticht Onkel Dietrich den Kompost um. Eine Zeit lang beobachte ich ihn. Kraftvoll lässt er seine Forke in die mit Eierschalen und Gemüseresten durchsetzte Erde sausen. Er dreht sie ein paar Mal schwungvoll herum und zieht sie wieder heraus. Dann sticht er wieder zu. Auch das war immer so, kommt es mir in den Sinn. Immer hatte er irgendetwas zu tun. Tagsüber ging er arbeiten, abends und am Wochenende werkelte er am Haus herum. Oder im Garten. Ackerte, um sich nicht unterhalten zu müssen. Sieben Jahre habe ich in seinem Haus gelebt, denke ich, und kann mich nicht an ein einziges längeres Gespräch mit ihm erinnern. Das Reden überließ er Erika.

Auch jetzt, da er mich bemerkt, sagt er nichts, sondern gräbt einfach stumm weiter. Hingebungsvoll. Als gäbe es nichts Wichtigeres für ihn. Wahrscheinlich ist das sogar so.

Erst als ich Anstalten mache, wieder zu gehen, unterbricht er kurz seine Tätigkeit und schaut in die Ferne.

»Vielleicht ist jetzt endlich Ruh«, murmelt er.

Ja, vielleicht. Ich gehe, er gräbt.

»Wann ist denn die Beerdigung?«, frage ich so beiläufig wie möglich, während ich Tante Erika beim Abwasch helfe.

»Ende der Woche, haben sie gesagt, wenn sie mit der Untersuchung fertig sind«, sie reicht mir einen Teller zum Abtrocknen, »wahrscheinlich Donnerstag. Freitag ist ja eh nichts.«

Ich schaue auf, schnell spricht Erika weiter: »Ich hab pro forma schon mal das Nebenzimmer im ›Stüberl‹ reserviert. Stell den Teller einfach da auf die Anrichte. Ach, und Lukas ...«

»Ja.«

»Wir haben deinen Namen mit auf den Kranz getan, weil die Lena und der Hubert haben einen eigenen, und du, ich meine, das macht ja gar keinen Sinn, dass du jetzt einen auch noch ... kostet ja alles Geld. Die kommen übrigens morgen zum Kaffee, die Lena und der Hubert, mit den Kindern, so gegen drei. Der Pfarrer wollte dann am Sonntag nach der Kirche hier vorbeischauen. Die kümmern sich wirklich ... Und kein Einziger hat gesagt ... Lass das einfach da stehen, ich räume es nachher weg. Ach so, die Marlene hat auch angerufen, heut Morgen schon, zum Kondolier'n, und der Doktor ... der Paul ist sehr krank, oder, Lukas?«

Während sie geistesverloren an einer Schüssel herumschrubbt, sieht sie mich an. Eher erwartungsvoll als traurig.

»Ja, Tante Erika, das ist er.«

»Natürlich hat er viel Scherereien gemacht, und die Leute haben geredet und ... aber er war ja auch krank, und er wird auch nicht mehr, hat der Doktor gesagt.« Sie hebt die Schüssel aus dem Spülbecken und wischt den Schaum ab. »Ich mein, wenn er doch so krank ist, dann war's doch auf keinen Fall ... dann kann er den Dietrich doch gar nicht ... Ich mein ...« Schwungvoll tunkt sie die Schüssel wieder unter Wasser. »Weißt du, was ich denk? Egal, wo der Paul jetzt gerade ist ...« Als wolle sie sich damit Mut machen, kippt sie noch einmal Spülmittel ins Becken, dann sagt sie: »Vielleicht ist es am besten, wenn er da bleibt.« Dann schrubbt sie wieder. Hält ihren Blick starr auf die Schüssel gerichtet und schrubbt.

»Erika!«, entfährt es mir.

»Es ist schon recht.«

Sie schrubbt. Wie besessen. Signalisiert, dass sie jetzt nichts mehr hören will. Nichts mehr hören, nichts mehr sagen, nichts mehr sehen. Punktum.

Es ist, wie es ist, und so soll es bitte schön auch bleiben!

Hatte sie nicht gewollt, dass ich Paul finde?

Vielleicht ist jetzt endlich Ruh!

Mein Onkel gräbt, und meine Tante schrubbt. Schrubbt die längst schon saubere Schüssel blitzeblank, als sei diese Schüssel ihr Gewissen, als klebe der Dreck eines ganzen Lebens daran, als könne man Verantwortung unter Spülschaum begraben.

41

»Ist Onkel Dietsche jetzt im Himmel?«

Carina zerrt mich an der Hand in Richtung Spielplatz und stellt Fragen.

»Ist er *jetzt* schon im Himmel oder erst, wenn er begraben ist?«

»Ich glaube, *jetzt* schon.«

»Ist es schön im Himmel?«

»Weiß nicht. Ja.«

»Frau Fischerer hat gesagt, da gibt's sogar Engel.«

»Hat sie gesagt? Soso. Wer ist denn die Frau Fischerer?«

»Meine Reli-Lehrerin. Und die hat gesagt, dass da Engel sind. Und die haben nichts an. Aber das macht nichts, weil alle gleich sind. Ist Dietsche jetzt auch nackt?«

»Keine Ahnung, Carina. Ich glaube, das erfährt man erst, wenn man selbst in den Himmel kommt.«

»Man muss aber brav sein, sonst kommt man in die Hölle. Aber Dietsche ist im Himmel, oder?«

»Mhm.«

»Kann er uns jetzt sehen? Vielleicht hat er ja ein Fernrohr? Dann kann er uns bestimmt sehen, oder? Darf man ein Fernrohr mitnehmen in den Himmel? Ich würd ja die Sandra mitnehmen.«

»Wer ist denn die Sandra?«

»Meine Puppe. Die hat mir der Onkel Pauli geschenkt. Mit der Post. Weil er ganz weit weg ist, sagt die Mama. Der Himmel ist auch ganz weit weg, oder? Schickt mir der Dietsche auch mal was?«

»–«

»Frau Fischerer hat gesagt, dass man zu den Engeln beten kann. Ich hab dem Dietsche gebetet, dass er mir den Ponyhof schicken soll. Von Playmobil. Das klappt, oder? Die Frau Fischerer sagt auch, dass nur der Geist in den Himmel kommt. Der Körper muss dableiben. Der liegt im Grab und schläft, gell? Weil's da dunkel ist, oder? Schläft Dietsches Körper jetzt auch?«

Die Fragen sprudeln nur so aus Carinas Mund, Fragen, die sie bis eben nicht stellen durfte.

»Wir wollen da jetzt nicht drüber reden, Kinder.«

Lenas erster Satz. Noch bevor wir an der Kaffeetafel Platz nehmen konnten, hatte sie das Gesprächsfeld bereits abgesteckt. Kein Wort über Dietsche oder Paul, denkt an die Kleinen. Stattdessen: »Der ist prima, der Zwetschgendatschi, ist da Zimt drin? Sitz gerade, Hendrik! Und stütz den Ellbogen nicht auf! Carina, bitte, was hatten wir ausgemacht? Nicht mit vollem Mund sprechen!«

Jetzt ist Carinas Mund leer.

Allein, der Spielplatz ist interessanter als das Fragespiel über Leben und Tod (zumal ich ein lausiger Antwortgeber bin).

»Darf ich zu Hendrik auf die Schaukel?«

»Natürlich.«

Meine Fresse, denke ich, während meine Neffen lachend von Gerät zu Gerät tollen, war das eine Lehrstunde! Eine Bilderbuchlektion in beredtem Schweigen, Stocksteif-Dasitzen und Nichts-Sagen. Thema der heutigen Sitzung: Tempusbildung beim Smalltalk.

Früher war alles besser. Es ist schon recht. Es wird schon werden.

Das Kaffeekränzchen des Grauens. Fünfundvierzig Minuten lang hat mir meine Familie gezeigt, was sie kann:

Onkel Dietrich kann exakt so Kuchen essen, wie er Kompost umgräbt. (Derselbe Bewegungsablauf, nur in klein.)

Hubert kann schon fast so gut schweigen wie sein Schwiegervater. Was ihm an Perfektion fehlt, macht er durch Gänge auf die Toilette wett. (Insgesamt geht er viermal.)

Lena kann Backrezepte austauschen, ihren Kindern Anweisungen geben, die geplante Kürzung der Eigenheimzulage referieren und immer, wenn sie mich anguckt, die Mundwinkel kurz nach unten ziehen. (Und das alles gleichzeitig.)

Hubert kann das Wort »Konfirmandenblase« fehlerfrei aussprechen. (Sogar als ganzen Satz: »Konfirmandenblase«, entschuldigendes Schulterzucken, Abgang.)

Carina und Hendrik können reden, wenn sie gefragt werden. (Es fragt nur keiner. Stattdessen hagelt es Erzähl-Imperative: »Carina, sag der Oma doch mal die Baumarten auf, die ihr in Sachkunde gelernt habt.« – »Hendrik, erzähl dem Opa doch mal, wie du letztes Wochenende das Tor geschossen hast.«)

Die Kleinen können dann ihren Text. (Er klingt wie auswendig gelernt.)

Die Großen können zustimmend nicken und »prima« sagen. (Wahlweise auch: »Das ist ja toll, nur die Birke hast du vergessen.«)

Tante Erika kann sich sogar freuen. (»Es ist doch schön, dass die ganze Familie mal wieder beieinander sitzt.«)

Lena kann dann blitzschnell das Thema wechseln.

»Der Hubert muss jetzt weniger oft auf Dienstreise.«

»Mensch, das ist ja toll.«

»Dann können wir auch wieder öfter kommen.«

»Prima.«

»Nicht mit dem Essen spielen, Hendrik.«

»Es ist schon recht.«

»Konfirmandenblase.«

»Der Ältere von den Jensens musste auch dauernd aufs Klo, und dann war das Gehirnhautentzündung.«

»Der Onkel Sepp hat einen Schlauch in seinem Pimmel.«

»Carina, was hatten wir ausgemacht? Ich bin ja auch gegen übermäßiges Impfen, aber mit Meningitis ist nicht zu spaßen.«

»Früher gab's viel weniger Zecken. Und die waren auch nicht so gefährlich.«

»Das kommt von der Umwelt.«

»Die Jensens sind aber auch aus Hamburg.«

»Schmarrer.«

»Ich fahr am Montag in den Großmarkt, wenn ich dir was mitbringen soll, Dietrich ...«

»Schon recht.« (Diesen Satz können alle.)

Und ich? Was, zum Teufel, kann ich? Ich kann, ohne mit der Wimper zu zucken, zusehen. Dem Heile-Welt-Spielen. Dem stillschweigenden Einverständnis. Dem Aussparen der einzig wichtigen Frage. (Stellen kann ich sie nicht. *Wo ist Paul?* Es wird schon werden.)

»Soll ich dir beim Abwasch helfen, Erika?« (Lena beendet die Schulstunde.)

»Dürfen wir auf den Spielplatz?« (Jetzt könnten wir reden.)

»Nur, wenn euch ein Erwachsener über die Straße bringt.« (Lena guckt mich an. Sie will auch jetzt kein Gespräch.)

Onkel Dietrich zieht seine Gummistiefel an. Tante Erika trägt das Geschirr ab. Hubert ist auf dem Klo. Ich nicke.

»Wir kommen gleich nach.«

»Schon recht.« (Ich habe schnell gelernt.)

Inmitten der herumwuselnden Mütter entdecke ich Beate Jung. Sie sticht immer noch alle aus, denke ich, einmal Bundesliga, immer Bundesliga.

Scheinbar teilnahmslos sitzt sie auf der Bank neben dem Sandkasten und liest. Ihre Kinder sind ja auch schon etwas älter, fällt mir ein. Ich setze mich zu ihr.

»Hallo Bea.«

»Oh, grüß dich, Lukas. Bist du mit Hendrik und Carina hier?«

»Ja.«

»Mein Beileid, übrigens.«

»Danke.«

Wir schweigen und gucken den Kindern beim Sandburgbauen zu. Eigentlich wäre das Gespräch jetzt beendet, ich will aber weiterreden.

»Wie geht's dir denn?«

Beate schaut mich an, und es ist offensichtlich, dass sie mein Interesse für Heuchelei hält und damit auch Recht hat. Trotzdem antwortet sie.

»Ganz gut.«

»Und Martin?«

»Überweist ausreichend Geld, wenn du das wissen willst.«

Ich will das nicht wissen. Natürlich nicht. Ich will einfach mit irgendjemandem reden.

»Sorry.«

»Schon okay.«

Jetzt schweigen wir wieder. Fast muss ich grinsen, jetzt sitze ich wirklich mal neben der Klassenschönsten und kriege keinen geraden Satz heraus.

Beate hat mit der Situation weniger Probleme.

»Eure Familie zieht das echt an«, hilft sie mir, »erst das mit deinen Eltern, jetzt Dietsche.«

»Und Paul«, füge ich leise hinzu.

»Armer Kerl. Weißt du was von ihm?«

Ich schüttele den Kopf. »Keine Ahnung.« Ich kann jetzt nicht darüber sprechen. Beate scheint zu verstehen und vervollständigt die Aufzählung meiner kaputten Familie.

»Nicht zu vergessen ein Onkel, der wohl in hundert Jahren noch im Koma liegt«, sagt sie und lächelt. »Weißt du, was Max im ›Anzeiger‹ geschrieben hat?« Spott mischt sich in ihre Stimme.

»Der einzige Zeuge, der Einzige, der Licht in diese Sache bringen könnte, ist zu ewigem Schlaf verurteilt. Wehe dem Tag, da er erwacht. Da ist dem fetten Brunner bestimmt einer abgegangen dabei.«

Ein kleiner Junge im Sandkasten lenkt sie ab.

»Benedikt«, ruft sie in strengem Mutterton, »gib dem Mädchen die Schaufel zurück!«

Der Knirps tut, wie ihm geheißen. Benedikt? Ich schaue Beate an.

»Marlenes Sohn?«

»Ja. Ich passe auf ihn auf. Sie müsste gleich hier sein.«

Instinktiv suche ich den Spielplatz ab, fast springe ich auf.

»Jetzt bin ich abgemeldet, was?«, fragt Beate grinsend.

Ertappt. Ich lehne mich zurück und lasse es darauf ankommen.

»Ach, Bea, du spielst in einer anderen Liga als ich.«

»Wer erzählt dir denn so was?«

In diesem Moment biegen Marlene und Doktor Söhnlein um die Ecke. Er sieht jünger aus, als ich ihn in Erinnerung habe. Benedikt stößt einen Freudenschrei aus und läuft jauchzend auf seine Eltern zu. Söhnlein nimmt ihn strahlend in die Arme und hebt ihn hoch.

»Er scheint sich gut erholt zu haben«, sage ich schnippisch.

»Oh ja«, antwortet Beate vieldeutig. So, wie sie mich ansieht, ist eine der Bedeutungen: Siehst du, Marlene hat jemanden, ich dagegen bin allein ...

Doktor Söhnlein spielt Vorzeigepapa, und Marlene winkt uns zu, unschlüssig, ob sie herüberkommen soll (wo ich doch gerade so nett mit der Bundesliga-Lady plaudere).

Beate setzt noch einen drauf: »Woher willst du eigentlich wissen, ob es nicht manchmal ganz schön einsam ist an der Spitze?«

Sie kennt das Spiel. Und ich scheine tatsächlich einen Schlag bei den Alleinerziehenden zu haben. Trotzdem stehe ich auf.

»Vielleicht komme ich darauf zurück.«

Hui, der A-Klässler wird größenwahnsinnig! Beate schaut mich mitleidig an. Wenn sie wollte, könnte sie mich mit einem Fingerschnipsen ins Abseits laufen lassen. Sie will: »Marlene ist übrigens wieder schwanger.«

Carina und Hendrik spielen Fangen, Benedikt sitzt mit seinem Vater auf der Wippe, und ich will jetzt endlich Klarheit.

»Stimmt es, dass Dietsche obduziert wird?«

Marlene lacht bitter.

»Weißt du, was das kostet? Dazu müsste die Leiche nach München in die Gerichtsmedizin, das dauert ewig. Egbert und Professor Neureuther haben ihn untersucht, da ist nichts, soweit man das sagen kann, ist ja nicht mehr viel übrig von ihm.«

»Wie war das eigentlich damals, mit Dietsche und dir?«

»Ist das wichtig?«

»Nicht wirklich. Doch, vielleicht.«

»Er war ein Schwein.«

Mehr will sie nicht erzählen. Aber da ist noch etwas anderes. Sie wippt vom einen Fuß auf den anderen, schließlich sagt sie: »Lukas, wenn du Paul findest ... Du weißt ja, wie's hier läuft, vielleicht ist es besser, wenn er eine Weile nicht auftaucht.«

Haben in diesem Dreckskaff denn alle dieselbe Meinung? Erika, Marlene ... *Aus den Augen, aus dem Sinn, erst mal Gras über die Sache wachsen lassen, die Zeit heilt alle Wunden* ... Und was ist mit den Narben? Ich unterdrücke meine Wut, weil ich weiß, dass Marlene nur das Beste für Paul will, ich weiß nur nicht, ob es auch das Beste ist.

»Ich muss dann mal«, sagt Marlene, »wir sehen uns.«

Ich gucke kurz zu Doktor Söhnlein, dann werfe ich so, dass sie es mitbekommt, einen Blick auf ihren Bauch.

»Sag jetzt einfach nichts.«

»Tschüs, Lukas!«

Carina und Hendrik stehen am Ausgang des Spielplatzes und winken synchron. Wie auf Kommando. Direkt hinter ihnen wartet Lena, ich habe ihr Kommen nicht bemerkt. Wortlos schiebt sie die beiden ins Auto, steigt dann selbst ein, und schon brausen sie davon. Hubert hat den Motor laufen lassen. Die ändern sich nicht mehr, denke ich und gehe zurück zum Sandkasten. Beate ist verschwunden.

Auf dem Fußabstreifer vor Dietrichs und Erikas Haustür steht »Hax'n abkratz'n!«. Oben an den Türrahmen hat jemand mit Kreide »20 * K * M * B * 03« geschrieben. Die »3« hat eine andere Farbe. Dietsche, Paul und ich sind auch einmal als Heilige Drei Könige durch die Siedlung gelatscht, wir haben nicht schlecht verdient. (Pauls Gesicht hatten wir vorher mit Schuhwichse geschwärzt.)

Ich trete in den Flur und unternehme einen letzten Versuch.

»Tante Erika, wo sind eigentlich unsere alten Sachen, das ganze Spielzeug und so?«

»Einen Teil hat Lena, aber das meiste haben wir weggegeben. Nur die Eisenbahn steht noch im Hobbyraum. Bist du zum Essen da?«

Sie geht schnell in die Küche und schält hochkonzentriert und mit gesenktem Kopf Kartoffeln. Die Schalen schmeißt sie in den Komposteimer, die geschälten Erdfrüchte legt sie in eine sehr saubere Schüssel.

Wann haben wir eigentlich angefangen, »Hobbyraum« zu sagen, frage ich mich, und nicht mehr »Keller«? Das muss noch vor dem Tod meiner Eltern gewesen sein.

Die Pressspanplatte mit Dietsches Eisenbahn darauf nimmt fast das ganze Zimmer ein. Eine feine Staubschicht liegt über den Wiesen, dem Tunnel, den Häusern. Wochenlang hat Dietsche hier gesessen und all die Teile in mühevoller Kleinarbeit montiert, geklebt, mit der Pinzette wieder abgezupft, neu arrangiert. Manchmal durften Paul und ich ihm helfen. *Wenn ich groß bin, will ich Lokomotivführer werden.*

Als alles fertig war, haben wir dann sehr unterschiedlich mit der Eisenbahn gespielt. Dietsche ließ die Züge immer mit Höchstgeschwindigkeit fahren. So liebevoll er beim Aufbau gewesen war, so zerstörerisch ging er mit dem fertigen Produkt um. Immer wieder ließ er die Züge entgleisen und freute sich, wenn die einzelnen Waggons bis in sein Miniaturstädtchen geschleudert wurden.

Ich dagegen achtete darauf, den Zug immer gleichmäßig und nicht zu schnell laufen zu lassen, damit die Reisenden die schöne Umgebung genießen konnten.

Nachdem ich Jack Londons »Abenteurer des Schienenstrangs« gelesen hatte, suchte ich mir manchmal die schönste Märklin-Figur aus und ließ sie hinten auf den fahrenden Zug aufspringen, als blinden Passagier. Ich stellte mir das schön vor: heimlich auf den Zug und einfach los, Tausende von Kilometern westwärts. Aber die Eisenbahn fuhr immer nur im Kreis.

Was Paul beim Spielen gedacht hat, weiß ich nicht. Was, wenn die Geschichte wahr ist?

Ich drehe am Trafo, kein Strom. Die Drähte hängen lose herab.

Auf dem an die Badezimmerkacheln geschraubten Emailleschild steht: »Ringsherum, hin und her, Zähneputzen ist nicht schwer.«
Ich habe hier nichts mehr zu suchen.
Außer Paul.

42

Ab da ging alles sehr schnell.
Nachdem mir Stevie eine aufmunternde SMS geschickt hatte (»Du hast die Glocken vergessen, du Pfeife! Patrizia ist für dich eingesprungen. Was macht der andere Bellboy? Love, S.«), wählte ich zum ersten Mal die Nummer.
»The person you've called is temporarely not available. Please try again later. Ihr Gesprächspartner ist zurzeit nicht erreichbar. Bitte versuchen Sie es zu einem späteren Zeitpunkt noch einmal.«
Wäre ja auch zu einfach gewesen. Ich versuchte es später und noch später erneut, ohne Erfolg.
»Ihr Gesprächspartner ist zurzeit nicht erreichbar.«
Einen Gesprächspartner benötige ich aber, fluchte ich und meinte damit nicht den Ausschlag an meinem Oberarm, der wieder stärker zu jucken begann. Vielleicht brauchte ich mehr Geduld, aber außer der Telefonnummer hatte ich keinen weiteren Anhaltspunkt.

Am Montag bekamen wir Bescheid, dass Dietsches Leiche freigegeben sei, Anzeichen fremder Gewalt habe man nicht entdecken können. Die Beerdigung konnte also, wie geplant, am Donnerstag stattfinden.
Von Paul sprach niemand.
»The person you've called is temporarely not available.«

Im »Bräu-Stüberl« war das bestimmende Thema der nächsten beiden Tage der Skandal um den Düsseldorfer Maler Jörg Immendorf. »Kanzler-Maler bei Sex- und Drogenorgie erwischt«, titelte der fette Brunner im »Anzeiger«, und die Leute am Stammtisch zerrissen sich das Maul. Nur der Wirt meinte lapidar: »Der ist todkrank, der Typ. Da würde ich mir auch mal was gönnen.«

Wie wahr! Dieser Satz hätte vom Strunzenegger sein können, dachte ich, aber der war nicht da. Weder am Dienstag noch am Mittwoch.

»Ihr Gesprächspartner ist zurzeit nicht erreichbar.«

Ich vergoss keine einzige Träne auf Dietsches Beerdigung. Ich dachte nichts und fühlte nichts. Nicht in der Kirche, nicht, als wir hinter dem Sarg herliefen, und als wir am Grab standen und die Beileidsbekundungen entgegennahmen, auch nicht. (Die »Trauerhilfe Dehmel« hatte wirklich alles sehr schön arrangiert.)

Die Familie war vollzählig versammelt, und auch sonst war so ziemlich meine ganze Kindheit und Jugend anwesend: Marlene (mit Benedikt), Dr. Söhnlein, Frau Hofer, Hanna (mit Rose), Mechthild, Martin und Much, Beate (mit zwei Kindern), Anneliese, Susanne, Rainer Brüderle, der fette Max und viele andere. Etliche kannte ich, eine Vielzahl sah ich das erste Mal. Sie alle schritten den engsten Familienkreis ab und kondolierten. Erst Erika und Dietrich, dann Lena, Hubert und den Kleinen und schließlich mir. Anschließend warfen sie mit einer kleinen Schippe etwas Erde ins Grab. *Asche zu Asche und Staub zu Staub.*

Es gelang mir, ausnahmslos allen in die Augen zu schauen, es gelang mir aber auch, nicht das Geringste dabei zu empfinden. Als der Pfarrer das Vaterunser sprach, wollte Carina an meine Hand. Lena zog die Mundwinkel nach unten, sagte aber nichts. Während des Gebets dachte ich an Paul.

Beim anschließenden Leichenschmaus im »Stüberl« wies mir die Tischordnung einen Platz ganz außen zu.

»Please try again later.«

Auch später, als ich alleine war, konnte ich nicht weinen. Ich hatte das Lokal als einer der Ersten verlassen und war ziellos durch die Straßen gestrichen.

Alle fünf Minuten drückte ich die Wahlwiederholungstaste und hoffte auf ein Wunder. Vergeblich.

Was, wenn der verdammte Anschluss gar nicht mehr existierte? Seit wann gab es eigentlich diese Computeransagen? Gottverfluchte Technik!

Aus Wut wurde Panik, aus Panik Resignation.

»Du bist ja so eine Memme«, sagte das Ekzem auf meinem

Oberarm, und ich tat das, was ich auch früher immer getan hatte, wenn ich nicht mehr weiterwusste. Ich ging zum Strunzenegger.

Der Wirt wird mir schon sagen können, wo er steckt, dachte ich, während ich aus sicherer Entfernung zusah, wie sich der »Stüberl«-Parkplatz langsam leerte. Als ich mir sicher war, dass der letzte Trauergast die Feier verlassen hatte, betrat ich das Lokal.

Ich brauchte den Wirt nicht zu fragen, der Strunzenegger saß an seinem Tisch, als wäre er nie woanders gewesen. Auf dem leeren Platz ihm gegenüber stand ein schales Bier und ein unberührter Teller Kuddeln. Ich setzte mich und grüßte ihn stumm. Er sah mich eine Weile an, dann fragte er lächelnd: »Brauchst jemanden, der dir beim Weinen hilft?«

Es sind diese Sätze, dachte ich, diese unglaublichen Sätze, noch nach Jahren wusste er genau, was mich bewegte.

»Ja, Horst«, sagte ich, »auch das.«

Die Bedienung räumte das Essen ab und brachte mir ein frisches Bier.

»Bist lang nimmer da gewesen, Lukas«, sagte der alte Lkw-Fahrer.

»Heute gibt es einen Anlass«, antwortete ich.

»Ja, ja, bei den Beerdigungen sind immer alle da.«

Ich sagte nichts, weil ich wusste, dass Horst jetzt zu einem seiner Monologe ansetzen würde. Aber er sprach nicht von Dietsche.

»Den Paul und dich hab ich immer am liebsten gemocht. Keine Ahnung, warum. Hoffentlich schaffen sie's, die zwei, hab ich oft gedacht ... Wobei ich mir bei dir weniger Sorgen gemacht hab. Als der Paul dann angefangen hat zu spinnen, musste ich manchmal an mein eigenes Leben denken. Wieso packen's die einen und die anderen nicht? Ich habe oft hier gesessen und mich gefragt: Wann hab ich aufgehört zu kämpfen? Warum hab ich resigniert? Da muss doch irgendwas Großes passiert sein, irgendein Riesenschlag, und danach geht's einfach nicht mehr. Aber da war nichts. Nur viele kleine Schläge. Verstehst du, Lukas, es ist die Summe kleiner Demütigungen. Bei jeder einzelnen hättest du dich wehren können, zurückschlagen können, aber du hast es nicht gemerkt. Und irgendwann merkst du es dann doch, nur dann hast du keine Kraft mehr. Gewöhnung, das ist es, man gewöhnt sich an alles. Und dann trinkst halt oder fängst an zu spinnen. Kann man nichts machen.«

Er nahm einen tiefen Schluck und sprach weiter: »Dich hab ich manchmal aufrichtig bewundert, weil du durchgekommen bist. Da saß ich hier und dachte: Hoffentlich kommt der Junge nicht so oft her. Immer, wenn er ins ›Stüberl‹ kommt, ist was. Dann braucht er Hilfe, die ich ihm nicht geben kann. Aber du bist immer seltener gekommen und irgendwann gar nicht mehr. Da wusst' ich, du hast es geschafft. Eine Frage, Lukas: Hilft Weggehen?«

»Ja, Horst, mir schon, glaube ich.«

»Dann mach's.«

»Hm. Ich hab auch eine Frage: Für wen ist das zweite Gedeck?«

Er stieß kurz auf und trank dann den Rest seines Bieres in einem Schluck aus.

»Das, wenn ich wüsst' ... Gewöhnung. Vielleicht, weil ich mal gedacht hab, dass irgendwann jemand herkommt und mich wachrüttelt, mir Bescheid sagt, mir hilft. Aber das ist ein Schmarrn. Es kommt keiner. Das muss man schon selber machen. Ich muss weiter, Lukas, sag, was ansteht.«

»Wenn man nur eine Telefonnummer hat, Horsti, und einen falschen Namen dazu, wie kriegt man raus, wo der Betreffende wohnt?«

Ich reichte ihm den Ausriss aus meinem Beichtbuch. Horst studierte ihn.

»Wenn du hier geblieben wärst, würdest du es wissen. Jeder weiß das.«

Er kritzelte eine Adresse auf das Papier und begann zu lachen.

»Für Überraschungen warst du immer gut. Kreuzkruzifix, direkt nach der Beerdigung mag er zu einer Nutte, nicht schlecht, Herr Specht. Schau, dass du weiterkommst.«

Polternd verließ der Strunzenegger das »Stüberl«. Ich beglich seine Rechnung und machte mich auf den Weg.

43

»Sind Sie Denise?«, fragte ich, als sie endlich die Tür öffnete.

»Ja. Was dagegen?«

Sie sah nicht aus wie eine Prostituierte, zumindest nicht so, wie ich mir eine vorstellte. Im Gegenteil: Mit ihrer verwaschenen Jogginghose, ihrem Mickymaus-Sweater und ihren hastig hochgesteckten Haaren passte sie perfekt in die Umgebung, eine Siedlung mit Mehrfamilienblocks aus den siebziger Jahren am Stadtrand von Mühldorf. (»D. Scharrer« stand am Klingelschild.)

»Ich empfange niemand«, sagte sie abweisend, »wie du siehst, habe ich gerade Urlaub.«

Ich schätzte sie auf Ende dreißig, vielleicht war sie auch jünger. Man konnte sehen, dass sie regelmäßig ins Solarium ging und sich häufig schminkte, an Augen und Mundwinkeln hatte sie ein paar Falten.

»Aber nackt hat sie bestimmt ein lecker Figürchen«, mischte sich mein Ausschlag ein. Ich ignorierte ihn.

»Ich probier's seit Tagen telefonisch«, stotterte ich, »und jetzt bin ich halt hergefahren ...«

»Du scheinst es ja ziemlich nötig zu haben, Junge.«

Noch immer machte sie keine Anstalten, mich in die Wohnung zu bitten. Ich stammelte weiter: »Das ist es nicht, ich ... ich wollte nur mit Ihnen reden.«

»Alle wollen immer reden«, blaffte sie mich an, »wer reden will, soll zum Psychiater gehen. Ich bin eine Hure, bei mir wird gevögelt. Außer wenn ich Urlaub habe, capito?«

Endlich gelang es mir, meine Fassung wiederzuerlangen.

»Ich komme wegen Paul. Ist er hier?«

Sie zeigte nicht die geringste Regung.

»Ich bin Lukas«, fügte ich hinzu.

»Da schau her«, ihre Miene hellte sich auf, »hattest du nicht mal angerufen? *Lucky Lukas,* oder so ähnlich? Da wolltest du aber nicht reden.«

»Das verstehen Sie falsch, ich ...«

Sie ließ mich nicht zu Ende sprechen. Ohne dass ich reagieren konnte, schnellte ihre Hand vor, griff in meinen Schritt und legte sich über der Hose fest auf meinen Penis.

»Was verstehe ich falsch?«, fragte sie, während sie den Druck auf meinen Schwanz erhöhte. Er wurde augenblicklich hart.

»Da haben wir's doch«, lachte sie triumphierend und ließ mich los. »Komm rein und siez mich bitte nicht.«

Den Test habe ich wohl bestanden, dachte ich, als ich unschlüssig im Wohnzimmer stand und mir die spießige Einrichtung ansah.

Nichts deutete darauf hin, dass hier normalerweise Freier ein und aus gingen. Aber auch von Paul konnte ich nichts entdecken. Denise brachte Kaffee.

»Du bist also Lukas.«

»Und du bist Denise.«

»Hast du Zigaretten?«

Toller Dialog. Ich gab ihr eine Kippe und steckte mir selber auch eine an. Wir rauchten schweigend und tranken. Nach einer Weile kam sie ohne Umschweife zum Thema: »Hast du dir eigentlich überlegt, was du machst, wenn du Paul findest?«

Ich schüttelte den Kopf.

»Wenn ich dir versichere, dass alles in Ordnung ist, gehst du dann?«

»Ja«, flüsterte ich, »ist er denn hier?«

Sie nickte. »Nebenan. Er schläft.«

Ich atmete auf. Die Anspannung, die seit Tagen an mir klebte, löste sich langsam.

»Geht es ihm gut?«

»Ja, den Umständen entsprechend.« Sie schenkte mir ein Lächeln. »Er schläft, trinkt Kaffee und sagt kein Wort, aber das gibt sich wieder – kennst du ja vielleicht.«

Das kannte ich, und der Letzte, der Paul aus seinem Schweigen herausgerissen hatte, war Dietsche gewesen, erinnerte ich mich.

»Wie lang ist er denn schon bei dir?«

»Im Herbst werden es neun Jahre. Mit Unterbrechungen.«

Wieder lachte sie ihr warmes, offenes Lachen. Das Lachen einer Liebenden.

»Nein, ich meine, jetzt«, hakte ich nach, »wie lang war er *jetzt* hier?«

»Eine gute Woche.«

»Auch, als sein Bruder im Krankenhaus ...?«

»Sicher. Was dachtest du denn?«

Ja, was dachte ich? Was, verdammt?

Denise nahm mir das Denken ab.

»So sind die Regeln bei diesem Scheißspiel. Noch bei der ungeheuerlichsten Anschuldigung bleibt ein Restverdacht. Sogar bei dir.«

Schuldbewusst senkte ich meinen Blick.

»Bleib locker, Lukas. So wie Paul von dir gesprochen hat, glaub ich nicht, dass du wirklich gedacht hast, er hätte Dietsche getötet.«

»Hab ich auch nicht ...«

»Aber so ein Fitzelchen Unsicherheit bleibt, nicht wahr? Und sei der Vorwurf noch so grotesk ... Und jetzt stell dir mal die Leute vor. Dem Dorfdepp traut man doch alles zu. Was hätte ich denn machen sollen?« Wütend zündete sie sich eine weitere Zigarette an. »Nachdem diese fette Qualle vom ›Anzeiger‹ seinen Drecksartikel geschrieben hatte ... Hätte ich zu den Bullen gehen sollen und sagen: Paul kann's nicht gewesen sein, er war bei mir? Super Alibi: Der Sonnyboy der Region wird geröstet, und sein tatverdächtiger Trottelbruder war währenddessen bei der stadtbekannten Nutte! Das hätte Paul nicht durchgestanden. Nee, nee, da halt ich lieber das Maul. Glaub mir, das Beste ist, er ist weg von der Bildfläche.«

»Du bist jetzt schon die Dritte«, entfuhr es mir. »Marlene, also Pauls Ärztin, und seine Mutter haben genau das Gleiche gesagt.«

»Vielleicht, weil's stimmt?« Denise nahm meine Hand, dann sprach sie leise weiter. »Lukas, Paul lebt schon seit langem in seiner eigenen Welt. Manchmal muss man ihn vor dem wirklichen Leben bewahren. Er weiß noch nicht mal, dass Dietsche tot ist.«

Aus dem Nebenzimmer ertönten plötzlich Geräusche. Paul war aufgewacht. Denise drückte meine Hand fester.

»Wart noch einen Moment, er duscht jetzt erst.«

Tatsächlich wurde in diesem Moment ein Wasserhahn aufgedreht.

»Es kann sein, dass er dich nicht erkennt. Sei deswegen nicht traurig, das gibt sich wieder. Zumindest war es bislang jedes Mal so. Dass er sich wieder erholt, meine ich.« Sie ließ meine Hand los und seufzte. »Du bedeutest ihm sehr viel. Die Zeit, in der er bei dir war, dieser Sommer ... war der schönste seines Lebens.«

»Du wusstest, dass er bei mir war?«, fragte ich erstaunt.

»Klar. Schwester Magda hat's mir erzählt. Ich war ehrlich gesagt dagegen, dass er zu dir fährt. Aber Paul wollte doch so gern, und Magda fand es wichtig. Ich hatte Angst und war eifersüchtig.«

Ich verstand gar nichts mehr.

»Ich liebe ihn, Lukas«, sagte Denise, »und frag jetzt bitte nicht, warum. Weil er anders ist als andere Männer, weil er mich sein lässt, ich weiß es nicht ... Seit Jahren schon lebt Paul abwechselnd hier und in Zangberg. Es ist gut so, wie es ist, verstehst du. Mal ist er bei mir, mal bei Magda, ich wollte ihn nicht mit noch jemandem teilen. Aber diese Reise zu dir ... sie hat sich gelohnt.«

Paul saß im Bademantel auf dem Bett und schnitt Bilder aus Reiseprospekten und Zeitschriften aus. Bei näherem Hinsehen bemerkte ich, dass es ausschließlich Kirchen waren, die er ausschnitt und sorgfältig auf einen Stapel legte. Den Rest warf er achtlos weg. Über den ganzen Boden verstreut lagen akkurat durchlöcherte Hochglanzpapiere, Werbefotos, auf denen die Kirchen fehlten. Ich hob ein paar von ihnen auf. Paul hatte so exakt geschnitten, dass man genau erkennen konnte, was da herausgetrennt worden war: Gegenden mit Kirchen-Negativ, dachte ich, Orte, denen Paul den Glauben genommen hatte. Oder umgekehrt.

»Geh nur«, sagte Denise.

Ich trat ans Bett.

»Hi, Kleiner.«

Paul blickte mich an und begann zu quieken. Ich kann es nicht anders beschreiben, er erkannte mich ohne jeden Zweifel und quiekte vor Freude.

»Ui ui ui«, stieß er hervor, »ui ui ui.«

Er sprang auf und umarmte mich.

»Ui ui ui!«

»Zerquetsch mich nicht, Paulemann«, rief ich.

»Ui ui ui«, trällerte er noch mal, hob mich einmal kurz hoch und setzte mich dann sacht ab.

Hierauf wandte er sich wieder seinen Prospekten zu, als sei nichts gewesen.

»Ui«, wisperte er noch ein letztes Mal, dann verlor er sich in seiner Arbeit. Ruhig. Konzentriert. Glücklich.

Denise führte mich aus dem Zimmer und schloss die Tür.

»Und jetzt?«, fragte ich.

Sie zuckte mit den Schultern.

»Warten. In ein paar Tagen wird er sich wieder gefangen haben. Dann bringe ich ihn zu Magda. Ich muss ja auch wieder arbeiten.«

»Weiß sie ... ich meine, weiß Schwester Magda, dass Paul hier ist?«

»Ja.«
»Das hätte sie doch sagen können!«
»Sie würde es nie jemandem sagen.«
»Aber ...«
»Es ist gut, Lukas. Du musst nicht alles wissen. Geh jetzt. Schwester Magda wird sich bei dir melden, wenn du Paul besuchen kannst. Es ist alles in Ordnung, vertrau mir. Auch im Dorf, das renkt sich ein. Und wenn nicht, dann eben nicht. Wir führen ein gutes Leben.«

Als ich schon an der Tür war, sagte sie noch: »Du hast viel für Paul getan.«

Vielleicht, dachte ich, aber es war nichts im Vergleich zu dem, was Denise und Magda getan hatten und weiter taten.

»Danke, Lukas.«

»Nein, ich habe zu danken.«

In Ampfing schickte ich Stevie eine SMS: »Alles gut. In einer Stunde bin ich da.« Dann endlich konnte ich heulen.

Auf der Höhe von Maithenbeth erhielt ich Stevies Antwort: »Hier ist nichts gut. Stangl-Wirt?«

44

»Es tut mir Leid, Lukas«, sagte Stevie, »ich konnte dich einfach nicht anrufen. Du hattest so viel um die Ohren, und außerdem musste ich es Patrizia versprechen.«

»Aber wieso, Stevie, wieso?«

»Ich weiß es doch nicht, Kleiner.«

Es war so einfach wie brutal: Patrizia war weg.

Wir saßen in unserer Stammkaschemme, und Stevie erklärte es mir jetzt zum dritten Mal.

»Wir wussten es doch schon länger, dass wir einen neuen Diakon kriegen, und jetzt ist es eben amtlich. Er fängt zum Ersten an. Patrizias Stelle ist damit weg, das war von Anfang an klar. Sie hat ihren Resturlaub genommen und ist los.«

»Aber wohin denn?«

»Keine Ahnung. Ich glaube, sie wusste es selber nicht.«

»Sie hätte doch anrufen können. Wieso hat sie mir denn nichts gesagt, Stefan?«

»Wenn ich es doch nicht weiß.«

Ich war wie erschlagen. Bei jedem Bier, das wir bestellten, fing ich wieder von vorne an, weil ich es einfach nicht glauben, einfach nicht wahrhaben wollte.

»Hat sie nicht wenigstens einen Brief dagelassen, einen Zettel, irgendwas?«

»Nein, Lukas. Sie hat's versucht, aber es ging einfach nicht, hat sie gemeint. Ich soll's dir sagen, und fertig.«

»Ja, dann sag's mir, Stevie!«

»Hab ich doch.«

»Aber wieso ...?«

»Lukas, ich hab keine Ahnung. Weil sie dich nicht behelligen wollte, oder was weiß ich. Das war 'ne Menge Stoff, die du da am Laufen hattest, Dietsches Tod und Paul und deine Familie ... Da wollte sie dir nicht mit ihrem Job- und Beziehungsquatsch kommen.«

»Hat sie das so gesagt?«

»So ähnlich.«

Stevie legte Bierdeckelpatiencen.

»Aber sie hätte doch wenigstens anrufen können?«

»Hättest du denn Zeit gehabt?«

Mein Ekzem kannte die Antwort und sagte sie auch.

»Und du hältst jetzt ein für alle Mal die Fresse«, zischte ich und kratzte mich wütend.

»Ist ja gut, Kleiner«, sagte Stevie, »komm wieder runter. Patrizia ist im Urlaub, nicht mehr und nicht weniger, sie wird wieder zurückkommen. Noch ein Helles?«

Ich nickte. Stevie mischte die Bierfilzel neu und versuchte, das Thema zu wechseln.

»Möchtest du von Paul erzählen?«

»Ich schreib's ins Beichtbuch.«

»Ist gut. Dann überbringe ich dir eben die nächste Hiobsbotschaft.«

Ich wusste, dass es sich um eine Finte handelte – und ließ mich darauf ein.

»Bin ich auch gekündigt?«

»Im Gegenteil, Glockenjunge, auf deinem Schreibtisch wartet

eine Menge Arbeit auf dich. Und Sarahs Mutter hat auch schon zweimal angerufen.«

»Na, super.«

»Aber ich ... ich hau auch ab«, lächelte Stevie.

»Verlasst mich ruhig alle.«

»Ist ja nur für zehn Tage. Mussuganich weinen.«

»Du bist die größte Flitzpiepe vor dem Herrn.«

»Ich würde dich ja mitnehmen, aber einer muss hier die Stellung halten. Außerdem fahre ich mit Georg, da kann ich mich nicht auch noch um dich kümmern.«

»Es ist schon okay, Stevie. Lass uns ein letztes Bier trinken und dann gehen. Vielleicht tut es mir auch ganz gut, eine Weile allein zu sein.«

Es tat mir nicht gut.

Weil ich mit dem Warten nicht zurechtkam.

Weil ich noch nicht einmal wusste, worauf ich eigentlich wartete.

Ich hing im Pfarrhaus herum und erledigte Dinge, die mir nichts bedeuteten. Von Zeit zu Zeit schrieb ich ins Beichtbuch, ab und an stritt ich mich mit meinem Ausschlag, und am Sonntag läutete ich die Glocken.

Am 3.9. 2005 starb Onkel Sepp. Er hatte es vorgezogen, doch nicht in den Schoß der Familie zurückzukehren, sondern lieber mit Dietsche den Himmel unsicher zu machen. Kein Grund zu weinen. Zur Beerdigung ging ich nicht.

Ein paar Tage später weinte ich dann doch. Vor Freude. Patrizia hatte eine Postkarte geschickt. »Mir geht es gut. Wie geht es dir?«

Nicht gut.

Weil ich gedacht hatte, alles müsste jetzt irgendwie anders sein. Aber dem war nicht so. Ich konnte mein Leben: das Alles-seinen-Gang-gehen-Lassen. Das Nichts-Entscheiden. Das Laufen-Lassen. Das Zynisch-Werden.

Es tat mir nicht gut.

Weil ich mit Sarahs Mutter telefonieren konnte, ohne an Patrizia zu denken.

Weil ich Philip auf der Straße sah, ohne dass er mich an Paul erinnerte.

Weil mich die Gegenwart nicht losließ.

45

Ich muss zu Fuß einkaufen gehen, weil mir Philip die Luft aus dem Fahrradreifen gelassen hat.

Seit ich Philip kenne, fällt mir ein, lässt er ständig die Luft aus allen Fahrrädern in unserer Straße. Wieso er das tut, weiß ich nicht genau. Er hat es immer schon getan, erzählt Frau Emmerling. Ist wohl so eine Art Hobby. Philip ist es übrigens völlig egal, wenn er erwischt wird. Er lässt sogar die Luft aus dem Rad seiner Mutter und auch aus seinem eigenen. Ein dummes Kind.

Schon lange zieht niemand mehr Philip zur Verantwortung, weil er doch noch so klein ist und der Vater tot, die Mutter überfordert, und er hat ja auch sonst nichts. Auch keine Freunde. Keiner will einen Freund, der einem dauernd die Luft aus dem Rad lässt. Außerdem stottert Philip. Stotternde Kinder haben es schwer. Dafür werden sie nicht so oft ausgeschimpft. Keiner schimpft gerne einen Stotterer aus, man fühlt sich nicht besonders gut dabei und pumpt lieber ohne zu murren sein Rad wieder auf.

Früher haben die Leute versucht, nett zu sein und mit Philip zu reden. (Erzählt Sarahs Mutter.)

»Na, wie heißt du denn?«, haben die Leute gefragt, obwohl sie es wussten. »Wie heißt du denn?«

»F-f-f-f-ilip«, sagte er dann.

Inzwischen redet schon lange keiner mehr mit ihm. Und die Räder werden in die Garage gesperrt. Wegen »F-f-f-f-ilip«.

Sein entstellter Name klingt so wie Luft, die aus einem Fahrradschlauch entweicht. Vielleicht ist das ja der Grund für sein Tun? Vielleicht braucht er einfach jemanden, der ab und an mal seinen Namen sagt. Es spricht ja sonst niemand mit ihm. Noch nicht mal seine Mutter. Die spricht lieber mit ihrem Hund.

Weil ich vergessen habe, mein Rad in die Garage zu sperren, muss ich jetzt zu Fuß einkaufen gehen. Auf der Straße treffe ich Philips Mutter, die mit ihrem Hund spricht. Sie kniet neben ihm, streichelt seinen Kopf und sagt immer denselben Satz: »Ja, wo ist er denn? Ja, wo ist er denn?«

Sie krault ihn hinter den Ohren, der Hund mag das.

»Ja, wo ist er denn? Ja, wo ist er denn?«

Ich wünsche mir, der Hund könnte antworten.

»Na, da, direkt vor dir, dumme Kuh.«

Aber der Hund schweigt. Wenigstens stottert er nicht, denkt sich Philips Mutter vielleicht. Ich gehe, ohne zu grüßen, vorbei. Grüßen bedeutete ein Gespräch, und dann müsste ich ihr vielleicht sagen, dass ihr Sohn wieder an meinem Rad war. Weil sie das immer fragt. »War mein Sohn wieder an Ihrem Rad?«, fragt sie, und heute, glaube ich, müsste ich lügen.

Im Supermarkt kaufe ich Obst. Als ich es abwiegen will, fehlt auf der ersten Taste der Waage das Symbol für Bananen. Stattdessen steht dort »Datteln«. Ich bin sehr verwirrt. Habe aber schon die Taste gedrückt. Aus Gewohnheit, weil Bananen sonst immer auf der ersten Taste sind. Das muss so sein. Die Waage spuckt das Klebeetikett aus, »Datteln« steht darauf. Die sind sehr viel teurer als Bananen. Ich versuche das Etikett loszuwerden, es pappt an meinem Daumen. Wieso ist das eigentlich so, dass Bananen immer auf der ersten Taste der Waage sind? Ich suche die ganze Waage ab, das Symbol für »Bananen« fehlt.

»Sie müssen Äpfel drücken«, sagt die Frau hinter mir, »das ist billiger.«

Ich will aber nicht, dass auf meiner Plastiktüte »Äpfel« steht, wenn Bananen drin sind. Ich mache die Kassiererin darauf aufmerksam, dass auf der Waage die Bananen fehlen. Dass da jetzt »Datteln« stünde.

»Haben Sie Taste eins gedrückt?«, fragt die Kassiererin.

»Ja«, sage ich.

»Dann stimmt's auch«, sagt sie.

Ich gehe nach Hause. Philips Mutter ist weg. Ich ärgere mich. Soeben habe ich die teuersten Bananen meines Lebens gekauft. Als Datteln getarnt. Dafür hat irgendjemand mein Rad wieder aufgepumpt. Wahrscheinlich Philip. Wahrscheinlich hat seine Mutter mein plattes Rad gesehen und Philip gesagt, er solle es wieder aufpumpen. Vielleicht hat sie aber auch nichts gesagt und das Rad selber aufgepumpt, weil sie sich schämt. Heute wundert mich ohnehin nichts mehr. Ich bin ein Gewohnheitstier, ich will nicht, dass etwas anderes als »Bananen« auf der ersten Taste der Waage steht.

Am nächsten Morgen ist mein Fahrrad natürlich wieder platt, also war's doch eher seine Mutter. Im Supermarkt steht immer noch »Datteln« auf der ersten Taste. Ich stelle mich in die Nähe der Waage und warte. Viele Leute kaufen Bananen. Sie drücken wie wild auf der Tastatur herum. Die Etiketten kleben sie an die Seitenwand der Waage. Nicht mit mir, denken die Leute wahrscheinlich, jetzt suche ich mir das Billigste. Also Datteln schon mal nicht. Und auch keine Birnen. Lieber Äpfel. So sind die Leute. Wieso steht da »Datteln«?, denke ich.

Zu Hause ist mein Fahrrad immer noch platt. Vielleicht hatte Philips Mutter keine Zeit. Ich schlage im Lexikon unter »Datteln« nach. Dort steht, dass drei Viertel der Weltdattelernte im Irak produziert werden. Vielleicht ging's da gar nicht um Öl? Während des Irakkrieges haben alle immer nur von Öl geredet oder von Terroristen. Von Datteln kein Mensch. Fünfundsiebzig Prozent aller Datteln kommen heute auf jeden Fall nicht mehr aus dem Irak, so wie es da jetzt aussieht.

Mir kommt ein Zitat von George Bush in den Sinn. (Stevie hat es irgendwo ausgegraben. Vor Monaten schon.) George Bush hat in einer Wahlkampfrede gesagt: »Die Mehrzahl der amerikanischen Importe kommen aus dem Ausland.«

Vielleicht haben ihn die Amerikaner ja deswegen gewählt, weil sie dachten, der hat Recht, der Mann. Muss gar nicht immer Öl sein, auch Datteln sind teuer.

Mir fällt ein, dass George Bush, als er noch klein war, gestottert haben soll. Ob so was von so was kommt? Ob Philip später auch mal Länder bombardiert? Man weiß ja nie.

Mein Fahrradreifen ist immer noch ohne Luft. Und im Supermarkt gibt's nach wie vor keine Bananen. Zumindest nicht legal. Ganz unten auf der Tastatur der Waage entdecke ich allerdings ein zweites Schild für »Datteln«, deutlich günstiger als auf der ersten Taste. Vielleicht haben die das einfach nur vertauscht? Ich lege meine Bananen auf die Waage und drücke die untere Datteltaste. Auf dem Klebeetikett steht »Datteln« und ein sehr billiger Preis. War der Krieg also doch zu etwas gut.

Ich will nicht, dass Philip später mal so wird, denke ich. Man muss klein anfangen. Ich lege die Bananen zurück und tue Datteln in die Tüte. So hat alles seine Ordnung. Ich zahle mit einem guten Gefühl und gehe heim.

Ich mag überhaupt keine Datteln.

Mein Fahrrad ist immer noch platt.

Philips Mutter kniet auf der Straße und spricht mit ihrem Hund.

»Ja, wo isser denn?«

Ich grüße.

Ob ihr Sohn mal wieder an meinem Fahrrad gewesen sei, fragt sie.

Ich sage, dass ich Bananen kaufen wollte, stattdessen aber Datteln mitgebracht hätte, obwohl ich die gar nicht mag, weil die aus dem Irak sind. Man muss klein anfangen. Ob Philip wohl Datteln möchte?

»Hier, ich schenke sie Ihnen. Geben Sie sie ihm doch.«

»Danke. Das ist aber nett«, sagt Philips Mutter.

Vor dem Zubettgehen pumpe ich mein Fahrrad auf und stelle es an die Straße. Damit Philip jemanden zum Reden hat.

Am nächsten Morgen ist mein Ausschlag weg. Ich habe sein Verschwinden nicht bemerkt.

Danksagungen

Dieses Buch wäre nicht zustande gekommen ohne Dieter Schwarz, Sascha Bendiks und Jan Hucklenbroich. (Habt Dank, Jungs – let there be rock!)

Genauso wenig aber ohne Julika Jänicke und Kai Precht, die das Lektorat besorgten, sowie Katharina Festner und Urs Wiegering, die von Anfang an dabei waren.

Ebenfalls bedanken möchte ich mich bei Alexia Agathos, Inka Bachmann und Uta Jochimsen, die das Manuskript lasen und mir Mut machten, sowie bei Guylène Obrecht, Agnes Bodziony, Valeska von Knobloch-Droste, Annette Klarmann, Katinka Buddenkotte, Stefanie Weischer, Regina Leonhart, Susanne Reh, Oliver Genzow, Rainald Grebe, Helmut Lotz, Tobias Binnig, Bernd Gieseking und Patrick Balian, die auf verschiedenste Art und Weise halfen und Hinweise gaben.

Dank gebührt weiterhin:

Michael Pietsch und vor allem Lutz Kramer, die in medizinischen und juristischen Fragen weiterwussten. (Ungenauigkeiten sind allein meine Schuld.)

Pfarrer Thomas Diederichs von der Kulturkirche Köln, der mir einen tieferen Einblick in die Alltagsgeschäfte einer Pfarrei gewährte (und der nichts dafür kann, wenn die dichterische Freiheit manchmal stärker war als die Realität).

Schwester Lioba und den Salesianerinnen aus dem Kloster Zangberg für ihre Gastfreundschaft und ihre hypothetische Bereitschaft, Paul bei sich aufzunehmen.

Friedrich Küppersbusch und Holm Friebe, die mich anhielten, über die »40er-Jahre-Show« nachzudenken.

Helmut Schleich, den ich anrufen konnte, wann immer ich wollte, und der dann auch noch die richtigen Antworten zur Hand hatte.

Andreas Rüttenauer, der Entscheidendes zu den Essgewohnheiten des Strunzenegger beitrug.

Hennes Bender, der nicht nur popmusikalisches Fachwissen bereithielt, sondern auch sonst stets ein guter Zuhörer war.

Jan Fehling für die »Schweige-Hotline«.

Lutz von Rosenberg-Lipinsky, der mich in einer grandiosen Livenummer mit dem Liedgut Peter Janssens' bekannt machte. (Und dem Peter Janssens Musikverlag, der die alten Noten tatsächlich noch hatte.)

Frank Goosen und Oliver Domzalski, weil sich in deren Anthologie »Fritz Walter, Kaiser Franz und ich« eine Erzählung von mir findet, aus der das Schlusskapitel des vorliegenden Romans hervorging.

Des Weiteren danke ich:

Dem »Rotel-Inn«-Hotel in Passau für eine fulminante Nacht.

Dem Stuttgarter Sender »Hit-Radio Antenne 1« für seine großartige Aktion »1000 Babys für Baden-Württemberg«. (Nach dem 22. Mai 2003 sind dort nachweislich siebenundsechzig Kinder geboren worden. Wie viele es nach der Nacht in Ampfing sind, ist nicht bekannt.)

Der »Frankfurter Rundschau« (in persona Uta Grossmann) dafür, dass sie einige Geschichten dieses Buches in veränderter Form abgedruckt hat.

Dem WDR (namentlich Georg Bungter, Volker Schäffer und Michael Lohse) dafür, dass er mich immer wieder vorlesen lässt. Selbiges gilt auch und vorrangig für Rita Baus vom Bonner »Pantheon«.
Dem Freiburger »Waldsee« dafür, dass ich dort zwei Jahre ungestört arbeiten konnte.
Dem Publikum der »Swamp Poetry« und Pappa Chico fürs Zuhören.
Der evangelischen Kirche in B., dessen Glockenläutanlage ich vor vielen Jahren einmal bedienen durfte.

Schließlich danke ich Peter W. Hermanns und von Herzen meiner Familie (Gina, Marlis, Achim, Moritz und Anton), weil sie für mich da sind.

Beim Abfassen des Manuskripts hatte ich oft das wunderbare Akkordeonspiel Uli Beegs im Ohr. Weil ich es immer noch nicht fassen kann, dass Uli nicht mehr da ist, ist »Bellboy« auch ein Buch im Gedenken an ihn und seine lebensfrohe, todtraurige Musik.

J. J.

Informationen und Booking unter: www.ursart.de und www.jesses.de